青藏天空

格绒追美 著

作家出版社
全国百佳出版社

图书在版编目（CIP）数据

青藏天空／格绒追美著. -- 北京：作家出版社，2025. 1.
-- ISBN 978-7-5212-3140-3

Ⅰ. I247.7

中国国家版本馆 CIP 数据核字第 2024XX9830 号

青藏天空

作　　者： 格绒追美
责任编辑： 李亚梓
封面设计： 贾　莹
出版发行： 作家出版社有限公司
社　　址： 北京农展馆南里 10 号　　**邮　　编：** 100125
电话传真： 86-10-65067186（发行中心）
86-10-65004079（总编室）
E-mail: zuojia@zuojia. net. cn
http: //www. zuojiachubanshe. com
印　　刷： 河北星强印刷有限公司
成品尺寸： 155×220
字　　数： 190 千
印　　张： 16
版　　次： 2025 年 1 月第 1 版
印　　次： 2025 年 1 月第 1 次印刷
ISBN 978-7-5212-3140-3
定　　价： 88.00 元

目录

中篇小说

蓝色的海

1. 故乡的雨

那些晴朗的日子里，天空中总是弥漫着一种混合着花香、柏香、泥土的类似来自莲花深处的芬芳气息。大地敞然舒怀，葱翠的衣裳上点缀着萌动的花蕾的装饰；清清的河水也是一脉的醉人情怀，那一条条从峰峦上冲泻而下的溪水，像牛乳般纯白；百鸟从四周的天际莅临到人间，啾啾地欢畅了村寨老人和孩子的心灵。母亲说，土地苏醒了！僧人们却说，大地上万物生命忙碌的聚会开始了，你听，到处都是刷刷的跫音呢。农人们的劳作步入了忙碌辛劳的时候。咗咗的吆喝犏牛耕地的声音中，油黑的泥瓣一浪浪在犁尖背后流涌；犏牛呼呼喷鼻，喘着粗气，伸着紫黑的长舌，流出粉丝般的哈喇涎水，在犁手清脆的咂舌和浸透着慈爱的犁地之歌中，一次次来回牵拉剖开泥土湿润的内脏。当一整块地被刨翻犁掘成泥花簇拥的可人图案时，撒种的妇人将箩筐夹在左腋下，右手从箩筐里抓出一把把种子，手臂从下而上呈弧状美妙扬撒，于是，种子像珍珠一样落在大地温暖的怀抱里了。妇人走得多么舒心暖意啊，种子已匀整地密布在她手下的田地。粒粒种子都透出一层层晶亮的光芒！这时，坌地的男男女女持着木耙来了。他们唱起亘古传下来的欢乐的劳动歌儿，在地师的指引下，织经编纬地忙碌开来：垒田埂的，齐垛田的，各自忙开了。一垄垄田埂出现了，土地被切割成一块块长溜的小田，像一张生动的棋盘。盘格中的碎石都被耙净，一粒粒晶亮的种子埋卧到温暖的地衣里了。

这是乡村年复一年下种的画面。这是故乡欢腾于春天里的诗韵舞蹈。穿越历史的每道褶皱，从祖辈一直相似地延续至今。变化了的只是犁具和一些劳作的工具，从易碎易裂的木犁到坚硬的铁器，从木耙到铁耙、铁锹、镐……这也是文人们用艺术歌吟的劳动之歌啊。他们无视农人辛劳的汗滴和疲惫的双眼，天马行空地孕育一篇篇诗歌和华章，从而使自己得以扬名山外。

罗桑站在房顶，看着这原始的劳作图，心中却生出复杂的感慨。十五年了，离开亲爱的故乡整整十五年了！其间经历了怎样艰涩的人生旅程呀！父母、弟弟和侄子们怎么也不让他下地与他们一道干活，只让他守着屋子，烧烧茶，做做饭。而他多么想亲近故乡的每寸土地，多么渴望光着脚丫亲吻油黑的泥土，饱闻土地苏醒后浓郁的清香气息，穿脚透腹地来一个陶陶然的感受哟！同时，他也为故乡亲人生活的艰辛皱起眉头，感到深切的心酸。

那些日子里，他的心中充盈着春天般绚烂如诗的亲情。在转瞬即逝的光阴中，明眸笑意，每一举手每一投足，都在传达亲人团聚的欢悦。他被感动，并深深沉醉于其中。然而，在欢畅中，日子像箭，光阴像哗哗的流水，千万双手都拽不住她柔滑的腰身。为此，他又因为感到分离的日子日益抵近而心悸。

故乡的雨淅淅沥沥地下来了。从神山，从雪峰，覆笼下一层如纱似烟的雨帘和雾霭，终于把故乡沉沉罩住了。

罗桑感到雨点淅淅沥沥也落在了他幽帘般的梦中……

故乡是在金沙江东岸的一条小沟里。那里曾是一片汪洋，在雪域，在村寨，长髯如雪的老者都这样说。总之，在古老的年代，这里是汪洋大海，没有大山，没有树林，连日月都混沌初生呢，天地寂然，造物主用他无形的神奇之手推转着天地之轮，让微尘缘合聚积。海里也没有生物，它只是一个巨大的透亮的生命容器。日月星辰的精气裹合天地之间的尘埃微粒，“簌簌”地落在海子里，海浪在风云的推动下，一浪浪搓揉翻卷着宇宙的尘雾，岁月茫茫，日月变得更加光芒照人了。于是，在海岸、在礁岩上终于附着一层层苔藓，苔藓上终于诞生微小蠕动的最小生灵了，这些生灵又繁衍、生长、变种，又与别的生灵们交合、斗争……几百万年以后，海内的高等生物诞生了。鱼儿欢畅自由地游动，各种海藻、树木繁茂地出现，白色的鸟儿在海面上翻飞啼鸣……万物竞长的时代到了。世界变得丰富多彩。在隆起的喜马拉雅山上，智者说，猕猴和罗刹岩女受观音菩萨的指点结合，黑头藏人诞生了。那时候，英雄辈出，不畏艰险的勇士取来了青稞种子，雪域第一次有了农作物，牦牛、野马被驯服圈养起来，男人和女人在大山里日日茁壮成长，躬耕掘地的历史也开始了。最初，万物相谐和睦，相互间能自由地交流，聪灵的人类能听懂树木的语言，天神之音也时时传达到人群之中。然而，名字起得很难听的妇人用搅茶棍——那时还没有出现酥油茶桶——揩屎，顿时，天地间，人类与万物相连的因缘遁灭了，树木抖颤，哗哗地摇晃汇响出震天眩地的声音，然后静了，噤若寒蝉，树木的嘴巴被封住一般，人类再也听不懂树木的声音了；人类在自视聪慧实则开始变得愚钝的岁月历程中，额上的光柱消失，肩上的明灯也陷入了虚无。当天绳也因为争斗被砍断时，赞普们也无法回到天上去了。人类从此变得孤单起来，他们仰天长叹，人类唯有通过心中的梦想——藏人则通过遍地的寺院，通过房屋村寨，通过神山圣湖，通过特殊的灵介，僧侣、活佛、降神师等——沟通天上人间，神与人，人与万物的联系。至今，仍在孜孜不倦。当黑头藏人还像猕猴父亲似的在树林里吱吱觅食时，青藏高原早已挺拔成了天下最高的脊梁。雪域大地的汪洋向着低处的平原、河谷里滔滔倾泻时，它还是流下了不甘的眼泪：一块块湖泊镶嵌在群山草地间！它们闪耀着幽蓝的大海光芒，心中怀想着大海的绰约丰姿，那是一个变得日渐久远的苦涩之梦啊！只有雪山威严地驻守着这片高原大地，涓涓的清纯雪水像乳汁发育了大江大河，滋养了葱茏的绿色山川，树木蓊郁，草地坦荡，河谷田地丰腴……这也是古老经典里记载下的茫茫历史。的确，这些古老传说的踪影至今仍在雪域村寨里可见端倪，他们把众多的大山湖泊尊为神山圣湖，他们珍爱珊瑚、玛瑙、绿松石等那些来自大海世界的珍宝，用它们装饰出一片盛典样斑斓海韵的服饰舞台，他们还把海螺作为神圣的法器……通过这些，他们联系着来自血脉深处的关于大海的梦幻记忆。在特别的日子里，我也常常能感受到心底一隅的大海的歌吟和舞蹈。我实现了海之梦，而我的亲人们固守在山里，终究未能一睹大海的容颜。

也是在一个阳光灿烂的日子里，作为差民的我母亲走进了土司登巴豪华的庄园。因为到庄园，母亲竭尽所能显出盛装打扮的样儿，在脖子上戴着一串假珊瑚和玛瑙的项链首饰，藏裙前系着的七彩班典虽然洗得泛白了，但却映衬着母亲青春娇嫩的脸。母亲低眉躬身走进厨房，管家阿尼正待吩咐活计，登巴土司就出现在门口，一招手把母亲唤进寨楼，让母亲去收拾经堂和卧室。魁伟英俊的登巴斥退了仆役侍从，热情微笑着，对母亲亲切地说话。母亲在惶恐中，触到了登巴直勾勾的目光，心怦怦直跳，脸上飞上慌乱的云霞。登巴迈着八字步直面走来。保养得极好的手落在母亲的肩上，身上散发出母亲并不熟悉的香气。母亲在微微晕醉的感觉中，身子抖瑟战栗起来，眼里盈满了泪水……

那一天，我的生命光轮被启动，灵魂在微光渺茫中找到了凡尘之音。却是一个惊颤中不安分的种子啊。

十个月后，母亲在简陋寒碜的土屋中生下了呱呱啼叫的男孩。

2. 纷扰的尘音

金沙江两岸，绵绵山脉像母亲伸开的双臂，热情拥抱着神灵的天空，头顶着朗朗的太阳和皎洁的明月。村寨就生长在母亲的怀抱中。啜饮着甘甜雪水汇成的江河，在雪山守卫并赐予碧绿衣裳的清凉中，耕耘着丰腴的土地，收获着岁月河中时而金黄时而惨淡的希望。在阿妈哺育我成长的童年里，我的母亲有着神采焕然幸福盈满双眸，盛装的母亲被人夸赞为美丽的孔雀呢；在我幼小的记忆中，母亲的眉头上也时常笼着一层灰暗的阴云，母亲显得忧郁而颓丧。我记得父亲阿列是某一天突然出场而走入我的生活中的。那时，我怯生生地睁着一双又大又亮的眼睛，陌然地望着。父亲敞开臂膀，对我说，来，儿子！我畏缩着后退，吓得扑进母亲的怀中。母亲摩挲着我的头说，儿子，快叫阿爸，他就是你的父亲，我们是一家人呢。从那以后，父亲、母亲和我搬进一座半新半旧的二十四根柱头的土屋，开始了一个家庭的和睦生活。父亲是个厚道的小人物。对我来说，是恩德如山的汉子，也是世间少有的孝子。当然，所有的秘密是我长大后才知晓的。父亲是为土司登巴牧马的娃子。父亲家里很穷，父母膝下有六个兄妹，嗷嗷待哺。父亲的微薄收入都要接济家用。登巴解放了他的娃子身份，并给他和母亲赐了一间土屋和几亩薄地，当然还有我这个现成的儿子。父亲的心抖瑟了一下，喉咙里冒上艰涩的苦水：我只是人家手中的一个虫子啊！他有些宿命而悲哀地，在屈辱中应承下来。后来，父亲心底的一股活水泛涌开来，心空亮丽一片：毕竟我将有属于自己的家啊，对父母也可以更多地周济了。他躬腰吐舌地感激赏赐的恩德。当然还应承下终生守口的秘密誓言。于是，大肚子的母亲和父亲住在一起。两个月后，我降生了。村寨里的流言蜚语随之横飞了一阵。不久，也变得风平浪静。时间在匆忙流逝，谁也抓不住它的半片羽翎。母亲说，你父亲常年在牧场放牧呢，只在冬天才下山来。所以，那一天，你感到父亲是那么陌生，父亲亲吻你时，你哭声震天呢。二十年后，我们母子促膝闲聊和回忆时，母亲这样凄婉地说。母亲不知道我心底的秘密。其实，我早已洞彻了人世的许多隐私。但我还是真诚地应答：噢，父亲把我像珍宝一样爱抚，母亲把我像花儿一样呵护浇灌。在我日渐成长的岁月里，天地间的神奇、绚烂亲情的温馨是应接不暇的。世界在小孩子稚嫩的眼里是多么纷繁神秘啊！你总也探掘不尽它深邃的内蕴。雪山是神，森林在呓语，风儿在怒吼，鸟儿的歌唱最为嘹亮动听，活佛们是尊崇的，他们仿佛来自天上！我们痴迷而虔敬地睁着眼，聆听着关于活佛的神迹，关于神灵的显示，我们也诚惶诚恐地谈论魔鬼妖邪。在孩子的眼里，万物神圣，都说着自己的言语，悄然挑逗着我们的心花魂焰。我们在不安然而又顺遂的环境中日益长大。山坡上，我们有时都不敢往下滚石头，尽管我们那么倾心于石头隆隆滚下的游戏。大人说，一个人生前滚放下去的石头，死后都要搬回原处，而且只能用自己的发丝拖上来，想一想那是多么可怕的活儿呀。大人们还常以“死亡”吓唬我们，讲说地狱里的种种酷刑，令我们害怕得都不敢听了，晚上就被噩梦缠身。只在母亲又日益隆挺的胸怀里才睡得安恬宁静，无忧无虑。几年之间，我已经有了两个弟弟和最小的妹妹央措了。父亲仍然很疼爱我。他到哪里去都爱带上我，包括出门远行。登巴土司仍喜欢把一些活儿支派给他，他对父亲的为人十分放心。一贯踏实的父亲将活儿做得无可挑剔。登巴与活佛的关系也很好，他还喜欢派虔诚的父亲服侍活佛们。

现在，该说说登巴土司家族的渊源了。这是一个拥有荣耀历史的豪族。我虽然算是这个家族的一个“边缘人”，但有时心里也为承袭了这份血脉而感到自豪——先祖中不乏智者。当然，我也深爱着我的养父。据说，土司家族是吐蕃著名大臣降拥巴的后裔。降拥巴曾追随禄东赞到唐朝求亲。一般人难以望其项背的聪慧藏人禄东赞和像雪狮一般的降拥巴震惊了众多的王公大臣，令人啧啧叹服。俩人都长得魁伟，黧黑面孔上那黑白分明透着聪灵的双眼，深深隐藏在宽广的额头下，俩人还都有一副整齐的钢牙。在无数的应试考验中，俩人智勇双全，胜过了所有国家的使者。当一根根粗细均匀的圆木放在一起，要人们分辨出木头的根和梢时，面对众人愚钝无奈的神采，降拥巴和禄东赞让人抬起圆木走到河边，扑通扑通把木材丢进河里，树木的根部沉下水去，树梢的那头撩拨着一颤一悠浮上来；当皇帝要求每个使者从九曲十弯的九眼石中穿过细线时，降拥巴把细线拴在蚂蚁的脚上，把蚂蚁放在眼口，用气一吹，蚂蚁悠悠然爬了进去，再用嘴对着眼口催促，蚂蚁牵着一缕细线从另一口钻了出来，这一应试又顺利过关；无数美貌如云的嫔妃齐聚在大厅中，皇上要他们准确认出公主时，禄东赞一示意，降拥巴就放飞了一只蜜蜂，那只蜜蜂在花朵般的姑娘们中间嗡嗡嘤嘤地旋飞着，终于停在一位娇美姑娘的额头上，它似乎闻到了一股诱人的花香……原来俩人早已知道了公主周身散发一股暗香，因此公主常被蜜蜂追逐，嘤嘤飞舞……过关斩将，他们以超然的智慧胜出，终于迎娶到唐朝的文成公主。从此，藏汉联姻，佳话不断。赞普松赞干布在布达拉宫举行盛大的婚礼。日月朗朗，天地间透露出清朗芬芳的气息，一直久久不散。由此，降拥巴也跟着威名远扬，在赞普的庇荫洪福之下，家族繁茂，持续了数代。然而，“妖风”起，盛衰移，当家族面临赞普剿剪的厄运时，趁着星月，一群人马浩浩荡荡翻山越岭而逃，最终在金沙江边落脚。他们隐忍地生活，顽强地发奋。他们机警地瞅着历史翻页的每道转机。终于，一位被中原皇帝召觐的宁玛派法王路过金沙江口，土司的爷爷便带着喇嘛，赶着一匹驮着供养的财物的马，前往岔路口迎接这群将会给家族带来福运的人们。祖爷虔诚膜拜，顶礼，做盛大供养，小心侍奉，并热诚邀请他们到寨子里歇息。路上的劳顿消退了，宁玛派的法王神清心悦地走出官寨，面对空濛苍翠的大山长舒一口气。他捻动佛珠，微笑熠熠地邀请祖爷一同上路，并做他的后勤管家。祖爷高兴地跪地而拜。机缘就这样从天而降，甘霖沐浴了那一只久渴了的种子。一年之后，被皇帝授封为帝师的法王之近臣祖爷也以千户府的身份衣锦还乡了。家族的运势又一次冉冉流动起来……

3. 繁茂之时

心满了，日子就变得丰美清爽。祖爷四郎迎来了人生最为春风得意的时刻。家族兴盛，如在春风里日渐丰茂的大地。运势顺遂，四郎觉得似乎冥冥之中有一双无形的手牵引着他不断地向前奔走。四郎的威名如日中天。他对属民亲和良善的态度感化了经见过太多岁月中急风暴雨血浪腥波的一颗颗心灵。祖爷每施舍一点小小的赏赐，或给人一些微薄的恩典时，都在他自己广袤的土地上、在臣民中间传扬成一段佳话。有时令他自己都为之感动起来。有一次，他巡视到一差民中，差民的土屋破败不堪，差民的小儿子在忍饥挨饿里又被病魔缠身，残喘着生命的最后一口气。

祖爷见之可怜，立刻让下人从马驮子上取出一点糌粑、酥油和几叉猪肉，并给发烧的小孩子把脉诊断，结合父母讲述的症状，留下了两颗藏药。哪知，小孩吃了藏药后，竟奇迹般好起来，不到三天就变得活蹦乱跳。其实因为有甘美的食物欢畅填胃，孩子的肚子变得滚圆了，于是，精血勃勃，发出熠熠的生命之火。然而，祖爷听闻的却是神话一般的故事：说祖爷如何的神奇，一把脉就诊断出了孩子的病根，一颗药服下，不到一个时辰，小孩子就变得欢蹦乱跳，而那之前孩子奄奄一息呢。这不奇了！诸如此类的故事像风马一样日夜流传飞扬着颂德之华章。祖爷的脸盘很大，那宽阔的额头下，灼灼的双目始终流露着笑意，鼻子隆直，阔嘴，盘在头上的油黑的箍戴着象牙圈的发辫，大耳垂坠一双银耳环，魁梧的祖爷就显得相貌堂堂，一副富贵相，又透出一种沉稳的慈悲光环。这一相貌也被差民夸赞。家族昌盛，日子蜜一样甜，欢乐中涌溢着汩汩的心满意足后的温情和好心情，祖爷变得更加和善可亲，兴致所致，差税一再调低，这更激起差民们的敬意和拥戴。人心都是肉长的，更何况浸泡在佛法的香霖甘雨中认定宿命轮回的藏人之心呀！差民们觉着幸福的日子来了，他们有幸遇上了天赐的主人。于是，他们把更多的梦想系在祖爷四郎身上。甚至把他“神话”起来。这正中祖爷的心思。每一个在权势上走到巅峰的人都喜欢为自己种下崇拜的传奇种子。这在滚滚的历史烟尘中并不鲜见。四郎喜欢结交各教派的活佛、高僧大德。在敬心做大供养的同时，他也虔心念经礼佛、闻思修法。渐渐的，他在属民的眼里成为一个隐修者。这个手不离佛珠，口不断经文的形象更加受到众民的交口称赞。再加上一些善举，有的差民说祖爷说不定也是活佛或高僧的转世。命定的是个有权有福的人，你看人家那面相，透出遮不住的福禄之气哟。一传十，十传百，人们纷纷攘攘制造不凡的神奇之事。白玛活佛也当着众人的面夸赞祖爷说，你是个很有慧根的人，只要你多一点时间，那你……可你太忙了。一副十分遗憾的样子。人们说：那是为了属下的民众啊。还有人绘声绘色地说，白玛活佛与四郎第一次相见时，俩人行碰头礼，久久相触。噢。难怪呢！啧啧……差民们茅塞顿开，悟道了似的感叹不已。

似乎命定的，家族最为荣耀的“种子”在祖爷手上诞生了。崩坨寺历来被土司家族奉为家庙。家庙就依靠土司供养。活佛高僧自然也要为家族的兴盛祈求祝祷。这是将飘在岁月间的福运积聚汇合——将上苍的神意、护佑系牢，把灾祸邪魔之祟踩之于脚下，把行为高置于佛法光罩中的精神劳作，是人间最为神圣的一项事业。虽然其间也难免包藏着冠冕堂皇之下的私欲野心乃至贪婪。在漫长的岁月里，土司和家庙活佛之间的关系有时变得十分微妙，明明暗暗间会擦出一些火花，弄出一些是非来。而到白玛活佛时期，活佛与祖爷亲如兄弟，血脉相连一般。活佛的修行成就极高。神通之事遍布人间，使大地都变得生动幻化起来。有一夜，活佛梦见一条四面祥云围布的山峦，土地潮润，飘溢着一股奇异芬芳的气流，那里树木苍翠，小溪两岸柳树林中喜鹊在喳喳欢叫。这时，一头花纹美丽的老虎缓步下山，它慵懒地踱着步子在一块台地上遛来遛去。老虎一声长吟，四周的山峦都抖颤起来。活佛似乎看见那老虎肚内开着一朵莲花，恍恍惚惚的，一眨眼，又没有了，凝定眼神，那花朵外分明还罩着光环。之后，梦的流程汤汤，繁杂斑驳的画面颠来倒去。不久，梦里的景象又变得十分清晰：他看见祖爷带着家眷，赶着满驮的牦牛马匹，浩浩荡荡地向着哪里进发了。他惊奇地问祖爷，你要迁居到哪里去？祖爷意味深长地微笑着，用手指着东方说，那不是你指的地方吗?！是呀，活佛想。活佛就醒了过来。那时，天刚蒙蒙亮，一番祈请祷告后，活佛沐染着刚刚透亮的如银的光辉，打了卦，那卦象十分吉祥。活佛依然清醒地记得梦中的景象。活佛意识到那是菩萨的指引，为一个重大的天命秘运将要在自己手中完成而感到无限欣然。他有些神秘莫测而又深沉地笑了起来。几天后，一封长信到了祖爷的手上。那时，祖爷也正为几天来的吉祥之梦而陶陶然呢。看着信，祖爷的手抖颤起来。那信里说：你的使命在那里，你一生的荣耀将在那里开始……

一年后，祖爷新修的寨子密密层层地搭建在那阶梯似的台地上，像密集的蜂房。四周山峦的名字也蕴含着吉祥的寓意。当地人说，你看，这是传说中的祥瑞八宝之地。

夕阳的金辉浸染了这峡谷中的谷口。整个河谷透出一种古铜色的暖人的晕色。人们的脸也显得无比金黄、生动。依山错落铺排的棒空官寨犹如神话中的王宫，寂静而辉煌。只有扎曲河声幽远，犹如在睡梦之中发出喃喃的亲昵声。经幡沐浴着河谷的神光，安垂着善于挥舞的旗帜。

祖爷走出官寨，一到外面就被天际的霞光和盈满河谷的暖色柔光罩住，身心顿然感到清爽、亮丽和洁净。抬眼望去，对岸的河谷高峻威严，像一位禅定中的智者，透视了他的灵魂，无言地诉说着什么。头顶上还在燃烧的晚霞流布余焰，白云燃烧得一片炫目，高高低低，有深有淡。高高的官寨耸立在东面狭长的缓坡之间，被对岸的神山庇护，日夜看着村寨和他的子民们。的确，土司家族迁徙到这片风水宝地后，诸事顺遂圆满。家族的发展如神力相助，子民们的生活也一年比一年好了起来。他又想到了白玛活佛的卦示预言：迁徙到德昌吧，那块宝地被祥云围布，你的事业将在那儿得到昌盛，你的荣耀和富贵也在那里。祖爷心中感到甜蜜，微笑着信步走下坡来。他穿着镶着虎皮边的袍子，银腰刀晃闪着银光，精致的长靴露出高贵。晚霞徐徐收翅，那金色的光芒正渐渐隐没消失，黄昏的光景到了。这时，一股细细的风掠撩而过，温柔地摩挲着他的脸；官寨和家庙的风铃声叮叮地飘在空中，仿佛极不安分调皮的孩子在叮叮地飞跃，一会儿在他前头一会儿又飞到了身后。他顺着溪沟，习惯性地散步到长着一棵古柳树的平坡上。那里，几个农家孩子在嬉戏欢闹。他们用石块、木片和枝叶做着欢宴的游戏。他不想搅扰孩子的玩乐，远远地眯眼看着。孩子们衣着破烂，皮袄或氆氇的袍子裹不住瘦黑的身躯，露趾的破靴里积着尘土，脸色肮脏，满身灰尘，却是多么幸福自在！凝神间，他听见了一个稚童琅琅的诵经声，仿佛就在那群孩子的不远处，他循声望去，却怎么也看不见人影。是谁家的孩子呢？每每黄昏时都在朗诵经文，听起来那样稚气十足，却是多么清晰、有力。那声音时远时近，有时好像就在自己身后。这已是第三次了。前两天，他也听见孩子的诵经声，却未曾见到人。他向那群孩子走去，当他来到孩子们身后站住，孩子们回头一见，吓得赶紧要跪地，然后开溜。他温和地躬下身，微笑着摸摸孩子们的头，说，别怕，你们不用怕。孩子们见土司如此亲切慈祥，脸上便恢复了调皮的神情，嘿嘿地手足无措地笑起来。你们听到这附近那孩子的诵经声吗？啊？孩子们显得茫然。刚才不也在诵经吗？你们听见了吗？没有。没有啊。孩子们争相回答，一脸真挚却无法琢磨的神色：他问这个是什么意思呢？这里根本就没有人嘛。每天在这玩要的只有我们这群孩子。他又一一问孩子的家庭、姓名等。还问还有谁家的孩子每天到这儿来玩要。一个胆大的孩子说，只有我们啊，我们每天都来这儿玩，没有人读书。奇怪了，那我怎么听见诵经声呢，而且那样清晰、明朗。他自己也感到莫名的惊奇。闻见其声，不见其人。他摇摇头，转身走了。孩子们也趁着夜色还未收尽天光，争先恐后地跑回家去。

他的耳旁仍萦绕着诵经声。

又是一个夕阳染红山谷，黄昏从山腹里拖出黑色帐幕的时候，一头驮着东西的牦牛被一位长发染雪的老头慢悠悠赶着顺山路而来。那时吟诵经文的声音正消散于空濛的天地间。四郎的心头仍无端地纳闷着，这几天来谜一般的声音令他感到神秘而焦灼不安。牦牛的背上捆扎着呈长条的驮物，在微微摇荡中发出吱吱嘎嘎的声音。老人有些蹒跚，却精神矍铄。白氆氇袍系扎在腰间，黄绸缎的腰带上晃悠着长长的银刀。老人一边嘘嘘曲曲吆喝着，一边念诵经文。待牦牛走到那群孩子嬉戏、他时常听到经文的地方时，牦牛的眼轮瞪得圆圆的，似欲滚出，眼里一束灼光一闪，它便惊悸地蹦跳起来，仿佛突然被针扎了似的，任驮物空空地响着，时而跳跃时而撒腿奔跑起来。捆绳索松了，断了，一块块被绸缎包裹的东西撒了一地。祖爷跑了过去，与老人一起立刻牵住鼻绳，将牦牛制服了。老人一边咒骂着畜生，一边把撒了的驮物收了回来。祖爷一看，驮的全是刻满经文的雕版。老人，你要到哪里去？你来自哪里？祖爷一细问，心里立时涌现出无比的喜悦：老人是来把自己几年刻制的经板献给祖爷的。祖爷十分感动，双手紧紧握住老人的手。老人待明白眼前的人正是差民托着希望与幸福的土司大人时，忙不迭为自己没能安抚不争气的牦牛连连道歉。土司制止住了，说，不，不，尊敬的老人，我十分感激你，这些经板散落于此，蕴含着一个大因缘，是个吉兆呢！老人吃惊地看着祖爷。祖爷意味深长地笑了。几天来的谜团释然了。内心涌出一股柔和的情愫。他想起白玛活佛的话：你的荣耀将在那里诞生。天地间，这一切早有定数吗？

这一年，祖爷召集家庙的活佛高僧举行了盛大的法会。选址，祈土，奠基，修建经板库的工程如火如荼地展开。同时，祖爷给所属差民支派了上交用于刻板的桦木，用于印制经文的阿交如交、墨烟等，在寺院中挑选出众的雕刻师，召集了许多打杂的劳役工人……每夜里，有许多人听见一位稚童诵读经文的琅琅书声，响彻在如银的月辉中，在四谷的山环中萦绕不绝……

4. 童年岁月

啊，那不朽的神话和传说将我和祖先系连起来。天地间处处显示神通法力，满布神迹的岁月是多么遥远而令人神往。在那些缥缈的光阴中，心灵如沐甘露，如饮美酒，终日里微醉，乐乐陶然。听老人们讲，在远古的时候，祖先的一生都是在这样的环境和氛围中度过的，之后，神灵启示和充满梦幻的日子越来越少，终于淡然至只在童年的光阴中才能看到神圣的踪影——因为人心被欲望的尘埃完全罩覆。然而，我们童年的时光多么短暂。我们的心灵很快就被人世艰涩的尘烟呛着了。当我长到十五岁的时候（那时我已在寺庙中接受过一些僧人必备的基础课的训练了），眼前的尘世反复被谁搅乱似的，不得安宁，终日里花样翻新，不断上演着我那时很不理解的事情。村庄骚动难宁。人们时而亢奋，时而低落，时而欢笑，时而沉重，脸冰眉锁，时而开大会，时而吼闹，揪斗着。我的母亲忐忑地悄悄念祷着经文，她有时显得很开心，欢乐得像个少女，有时又是一副沮丧、落寞之状，难得一展欢颜，有时也独自哭泣……在生活翻云覆雨的更迭中，一个新时代到来了！——这是我长大之后才懂得的。有一夜，母亲回到家与父亲热烈地交谈起来。说明天开始村人要集体劳动了，所有家庭除留自养的几头牛羊和一块田地之外，其他都属全村所有，人人都是平等的了。可是，父亲说，人真能一样平等吗？登巴充公的最多啊。你看他的女人一脸难受样，像下雨前乌黑的天空。母亲悻悻然，不无快意地说，她平常是多么高傲啊！没有看见登巴呢，父亲说，他出远门了吗？母亲说，好像是被带到外地参观教育去了！教育？是呀，说登巴是剥削者，还算是积极的人。登巴对我们是有恩德的呀，人可不能忘本，父亲说。不久之后，母亲和父亲显得忧心忡忡，内心仿佛被谁抓扯着，感到歉疚似的。又说起登巴、头人们、活佛高僧的事情。还说登巴回来了，被众人推来搡去，斗争了半天，有人往他脸上吐唾沫；活佛、高僧们被从寺庙里赶了出来，与大家一起劳动。那是多大的罪过，会有报应的！然后又说起关于劳动工分，说每个小孩上学都可以挣工分了。不久之后，十三岁的我也从寺庙走出，脱去袈裟，背上一个小书包，走进学校，开始了每天的啊喔哦……上中下……的学习。日轮拨转得快了，我们像葱子般嗖嗖往上长。那年秋天，我们家分到了粮食、酥油、牦牛肉以及几尺珍贵的布匹。那年年底，妈妈的舅舅喇荣还俗了。这像一个晴天霹雳，炸在人们平静的心海之上。罪孽呀！人们议论纷纷。人世变了，人心变了，还是佛法衰微魔道猖獗了？村人陷入了不安和迷茫之中，像在雾海中行路，总看不到远方的景象……

生命中的记忆总是显得突兀和唐突。母亲哺育下我们几个子女后，青春的娇艳首先从脸颊上淡去，然后是身子，最后是心态也老了。母亲心的一面是虚荣的云梢，系连着我的血脉种子，另一面，心灵实实在在的安然幸福却在凡尘中，是在与父亲同甘共苦的艰难人生里。每当回首我在乡村的历程，我的心也总是充满了矛盾。我给自己下了一个时髦的定语：边缘人。在急遽突变日新月异中，一个焕发新生的时代降临时，这片从亘古悠悠沧海中艰难孕育的雪域山水和它古老神秘深邃的文化竟然在世间变得热门起来了。许许多多的人以某个已经尘埃落定的历史和某段岁月作为研究课题出人头地，写出皇皇的大部头书，借着获得各自的利益。就像一棵倒下的枯朽巨树，它依然喂养了众多的蚁蚊虫子，在此，你可以畅然舞蹈，也可以恣意横走。土司的历史，关于土司登巴家族的研究也成为其中最为时尚的东西之一，不少人以此获得了在学术上飞黄腾达的台阶和光荣桂冠，尽管许多书中充斥了不切实际的捏造和夸大。我不是一个学问家，但我的心从家族血脉流动的历史中听见过许多真切的实相，许多掩埋在尘土中的此起彼伏的古老歌谣。我是这个家族的一滴血。我的血充满了这个家族最后衰微的喘息和迷茫。听着大学者们关于家族的纷乱争吵，我有时会暗自窃笑。有一个学者将我们家族的渊源追溯至西藏象雄文明时期，把血脉系连到阿里王朝的王族。他试图与历史长河中神秘消失的阿里王国的"断代"沟壑相连接，从而重新在雪域的史册上留下浓重而光彩的一笔。他从各处典籍里生拉硬扯，从斑驳的别人难以阅览的史料中找到有利于他"创造"的素材，然后"出笼"一篇篇神奇的惊世骇俗的文章，很是风光了一阵。另一位大学者把家族的历史与格萨尔王拉扯在一起，他举出了若干无可辩驳的"史实"，把家族推上至高的荣耀。赫赫英雄的格萨尔啊，你上天入地法力无边，智慧超群，降伏人间妖魔鬼怪，给人类带来和平与安详，你的故事至今仍在雪域传唱不止，而我身上也有着你一星半点的血粒精魂，该是多么令人自豪啊！还有一位大学者说，土司家族的"统治"十分先进，有了现代国家法治的雏形，"出家人十三法"，"俗人规范法"，"国家法"等可与现代文明社会相媲美。看纷乱世相，尘埃飞舞，我疑心人心里钻进了某种非人的魔法，是它们故意愚弄尘间之人，把千古岁月来个底朝天，不亦乐乎……

母亲的体质弱了。我这个受土司光泽之微安排工作蛰居在大都市一间钢筋水泥屋里的人，看着家族再次"兴盛"一时，便又萌发起回家探望母亲的想法。母亲在由弟弟捉笔的一封家书中说，春天来了，下种的日子近了，你也回家看看阿妈吧，阿妈牵挂着你……

5. 梅美的婚礼

岁月金黄。太阳终年罩着一层光环。天地明澈，土地风调雨顺，年年丰产，人间安宁祥和，很少有斗争和流血的事件发生。又有圣迹显现出来：冬天桃树开花，从山上流下的溪水变得如牛乳一般；劳作的差民都说夜夜听见念经声，其间还有鼓钹、蟒号声，仿佛举行着盛大的法会；祖爷真切地梦见了文殊菩萨，菩萨赐予他一串水晶佛珠和智慧的宝剑……许多年后，人们还津津乐道那一段莲花般的时光。人们为心中的共同梦想而欢乐地劳作。历经数十载，成千上万的差民子换父、弟代兄地辛勤劳作，经历祖爷、儿子及登巴三代土司，威严赫赫共三层的吉祥印经院终于在日月之下，在八宝汇聚之地诞生了！那是个圆满之日。开光那天，人们说天降花雨，太阳戴环，彩虹跨空而落在印经院上，天的深处传来阵阵梵音妙乐，在山谷间萦绕。众位高僧大德冥冥中受到神示一般，不请自来，会聚于此，这也被人们视作印经院吉祥之盛兆。印经院坐北向南，古朴、壮观，东西南北四楼参差回环，画柱林立，彩绘满壁，大经堂内塑着各教派祖师之像，在供台上是熠熠闪光的各式佛具，刻经板、裁纸、印刷、装订、刻板等工种分布于各房间，错落有序。藏经阁里排满板架，存放着数十万张的经板、画板，浩然如汉地长城，内容和数量浩繁，兼收并蓄了各教派经典著作，包罗了藏文化的大小五明学科。其中，《丹珠尔》的刻板由五百位著名的工匠雕刻了五年，全书共213函，用了6.4万余张刻板才告完成。那时，藏地的最著名学者、活佛都莅临于此，大都参与了这项宏伟的工程。白玛活佛、翁堆活佛等更是始终投入其中。于是，印经院的名声广播雪域。人们说这是知识和智慧的宫殿，是学问的海洋，是藏人的福祉啊！它如一轮金光闪闪的太阳照亮了当时的雪域天空。于是，祖爷也被神话了，人们把祖爷的塑像也供奉在了大经堂里，被尊为一代法王。佛徒们说祖爷是一位菩萨的化身，他承受着上天的使命而来。当祖爷去世时，经堂还在紧锣密鼓地建设着，但是，已经能看出印经院的宏伟轮廓，能看到那清晰的梦幻了。白玛活佛对祖爷说，你放心地走吧，你的使命已经完成，你的荣耀正在冉冉升起，像十五的皓月。祖爷说，我知道。祖爷缓缓地收敛起残留在嘴角的笑意，安详地远去了。那时，大地震动了三次。从此，这片土地的名声，以印经院而传遍人间。土司家族的史迹载入了雪域的史册中。

……

然而，这印经院的诞生也留下了许多难解之谜。诸如，一个土司家族为何以几代人的心血倾尽所有的钱财建设如此宏大的工程，难道仅仅是因为热爱文化吗？难道不是统治之策略？人们以世俗的尖锐眼光探测，却终究得不到答案。为何在山谷里长大的祖爷拥有海洋、天空般的广阔胸襟，他怎么能做到各教派各种不同的思想兼收并蓄？他的胸怀何以能比拟历史上任何一位贤明赞普、任何一位教派至尊的祖师？他的心中装着日月天地，揽尽了千载风流啊。一个小小的印经院载负雪域之魂，像是一艘驶向雪域文化的大船，满载着文化的精华；它仿佛是一盏明灯，照亮了千秋万代的历史岁月……它的意义还远不止这些。它使整个山里人的脚步跨越了时空的桎梏，看到了一片蓝色的海。

至今，无数纷至沓来的脚步带着虔诚而来，然后又以对文化礼赞的心情满意而去。雪域的每朵莲花都在传颂印经院的功德。

俗人的双脚落回到大地上。统治者的手舞动在臣民的头上，勃勃疯长的野心噬咬着噩梦和流血的欲望。登巴总觉得自己的血液中有一颗不安分的种子。尽管，他与治下和周围地区的许多活佛交往很深，也向他们学经习法、禅坐静修，他在有些方面有很深的感悟，甚至于内心冲动到产生摆脱尘世生活去修持佛法的念头。然而，每每人们谈到家族的荣耀，虔敬地说到祖爷时，他的心中又会升起一股焰火，令他自己也莫名不安，仿佛心底藏着一种很深的类似仇恨又似不服气的妒忌利剑，日日割伤他的灵魂。于是，他也想干一番惊天动地的大事，使自己的光荣不亚于祖辈。每次召集头人们开会，看到他们的谄媚奴颜之相，他就十分鄙视；看到有些人倚老卖老，胸无城府酷似老儿童状，他就会沮丧；看到傲慢专横者，他心中更激起想要压制他们的欲望，心就愤愤不平；而一些狡猾如狐的人，又令他气恼苦闷……在治理属地的过程中，在与各种人心不断遭遇的较量中，他觉得自己渐渐看透了"人心"这个复杂的深渊：那里装着邪恶，也生长善良，既有神性，又有人性，魔性的沸水更是日夜沸腾，佛法的沐香缥缈如云，像一剂清凉的甘露只能暂时安恬那颗浮躁的心灵。啊，自己的祖爷是多么荣耀！祖爷是个智者，"法王"之尊称能有几人冠得？而我为何骚动不宁呢？

梅美穿着时鲜而华贵的衣裳款款走下官寨。她走到哪里，男人们的眼睛便一惊，顿时如点燃的火焰般瞬时明亮起来，眸光熠熠带着缕缕星焰。不擅掩饰者，眼球随着梅美娉婷的身子轮转不休，嘴半张着，人怔忡地定身在那里，丢失了魂魄似的，涎水也不自觉地流淌下来；心怯胆小者，见梅美花朵般盛开的笑脸，高挺成熟的胸脯，立刻慌乱地把目光收回来，一时间，心神不宁，手足无措。登巴带上梅美巡视属地时，见到梅美，那些淳朴的农人和牧民竟然也躁动起来，唏嘘的口哨声尖厉地响起来，表达一种畅然的欢欣，近处的人们啧啧赞叹不止。梅美笑得更欢。甩臂扭身走动的身姿更加风韵十足，魅力四溢。更大的惊奇来自于汪登土司。在留宿于汪登土司的官寨时，汪登竟然失了体统，张皇失措的样子令登巴窃笑不已。当汪登还是二十几岁的壮小伙时，因为父亲病逝而继承了土司的王位。汪登是个仪表堂堂的汉子。梅美的娇羞动人的媚态整夜里晃在汪登的眼前，令他辗转难眠。饭后在院子里散步时，汪登终于按捺不住地说，你妹妹梅美实在是太漂亮了，莫非是格萨尔妃子珠姆再世?！登巴得意地笑起来。他又说，简直像仙女下凡，我真的没见过这样的。嘴里啧啧称奇。登巴就说，是啊是啊，她是我父母的如意宝贝，也是我这个兄长的骄傲呢，她走到哪里哪里就骚动不安。汪登仍不由自主地用目光追逐院外与女人们笑谈着的梅美身影。她可有主儿？汪登问。登巴拍拍汪登的肩膀说，兄弟，看上了我妹妹不是？追她的主儿实在太多，令我烦难呢。然后，哈哈大笑，转身走在前面，背着双手，踱着方步，令腰上的佩饰和银刀两边晃荡，脸上一副得意而骄狂的神气……

管家说，汪登土司派人来求见。登巴说，就让他在客厅等等吧。登巴慢条斯理地盛装起来。他仿佛要见什么大人物似的，穿上镶着豹皮的袍子，戴上各种饰器，佩上刀鞘镶着珠玉的长银刀，脚蹬靴子，将发髻盘得又高又亮，那发丝中的红穗、那闪着润光的象牙衬托出微黑的宽脸庞，那双眼炯炯有神……当镜子里显出威武英俊的模样时，登巴嘴角禁不住溢出得意的笑，然后迈着方步，有意晃着身子，来到客厅里。汪登的使臣见土司来了，便急忙站起来，微弓腰，吐舌致意。登巴挥挥手，表示不必多礼，便让来客落了座。登巴说：汪登土司好吧？他可是个大忙人啊！使臣忙接上话头，叽里呱啦地说土司治理的地域广大，土司如何事必躬亲，巡视查看都要半年光景，如何忙碌，等等，说了一大堆，然后说，这时候大人正在边远牧场巡察呢。登巴的嘴角微微痉挛了一下，似乎触碰了心中隐秘的伤痛。使臣并不笨，他知道登巴土司的属地较自己的主子是太小了。他以三寸不烂之舌肆意地吹夸治域的广大，主子是如何的富有，如何的年轻英俊，从他嘴里像泉水般淌出的藏人谚语更使他的口才显得出众不凡。登巴的眉峰愁锁了一下，那人便止住了滔滔演说。登巴直截了当地说，不知派你来有何要事？还是只是朋友邻里间的走动？使臣愣了一下，便叫人把礼物抬进来。两个仆役抬着一个沉甸甸的箱子进来，搁在柱头旁的地板上。微胖的使臣掀开箱盖，里面是送给梅美的礼物：几件华美的长袍，刀子，一捆来自印度的丝绸，檀香，箱底还铺排着一层藏洋。登巴说，这样大的礼物，我何以消受？如此客气了一番。使臣见火候已到，便说汪登十分喜欢令妹，希望把令妹嫁给他，此番是特地来说亲。登巴的心头漾开了惬意的波浪，而表面装着吃惊的样子，半天噤声不语。他在思考。他已经钓到一条大鱼了。但是他不能立刻拉上长线。要有张弛和风度。使臣又胡吹海夸汪登的为人品行，赞美梅美卓绝出众的姿色。登巴颇有风度地扬手说，请你们回去后，告诉汪登，说我代表父母谢谢他，黑头藏人婚姻大事最终皆由父母做主，我岂敢为妹妹一锤定音。使臣也知道其实登巴的父母住在边远的寨子里，从不过问大事，所有的事情都由登巴做主。使臣油光发亮的脸上掠过一层不安的尴尬的影子。登巴说，当然，你们回去交差难，就说我要向父母禀报求亲之事，你们放心好了，等候我的佳音吧。使臣惴惴不安的心落下了，脸儿就笑开了花，想：能这样说，此番的任务也算是完成了，登巴并没有回绝，而且还说等候佳音么。于是，各种果盘、佳肴美酒都端了起来，主客双方边吃边谈，其乐融融，犹如一家人。吃毕，使臣带着仆役骑着马走了。驮子里装满了登巴回送的核桃、人参果等，在胯下晃荡不止。兴奋了，他哼出一首优美的爱情山歌：

我雄鹿在山头嬉戏时，
遇见了上山的美丽姑娘，
我在山顶插上经幡，
不知我俩可有今生的缘分？

此刻，夕阳挂在山巅，绵绵的山峦高昂着头颅，伸展开身子，苍翠林边的小径上的一行人显得那么渺小，犹如几个小黑点……

登巴有时突发一些奇想。人在命运岔道口迷茫的时候，往往会有一些怪诞的举动。他好几次为自己即将做出的抉择兴奋酣然。有一天，太阳光芒温暖地映照雪冠时，他从一场好梦中醒来。他梦见大片大片等待收割的田地，亲人们笑得那么欢畅，妹妹拿着镰刀走向青稞地，他喝道，你干啥去？成何体统，让下人们去做。梅美笑着并不理会他，娇嗔地努努嘴转身走了。不久，她背着一捆青稞回屋来了，在她之后，背着青稞的差民长龙般纷纷拥进屋里。他惊诧而欢喜，把笑容从梦中带回到现实中。他洗过脸，沐香，在心里对自己嘀咕之后，出了官寨，走下台地，下到水渠边，见一农妇正用一把木瓢往木桶里舀水。这是多么吉祥！出门前，他对自己说，如果今天我出门，头一个遇见的是背青稞和挑水的，就视为吉祥。他在心中默默地祈祷着，这巧合，令他一整天都陶陶然。见之，梅美问哥哥，有啥开心之事，那样高兴？他盯着梅美看上半天，令梅美都不自在起来，哥，你装怪啥？哥正为你高兴呢！为我？是啊，你准备好了吗？准备啥？我不说，你自己猜猜吧。梅美感到莫名其妙，而后，心中一动，脸便红了。登巴得意地大笑。又一次，登巴睡前对自己嘀咕了半天，夜里果然梦见了一座富丽堂皇的寺庙。梅美依然那么俊美，宛若仙女。她见哥哥日渐变得神秘起来。哥哥派人去请第十三世白玛活佛（第一世活佛转世之后，每世都冠以白玛的名号）。活佛很快就来了。见面后，俩人礼让客套了一番。活佛就在官寨里住了下来。俩人只在傍晚出门，汇入转印经院的人流中。见到活佛，许多人跪拜不止，或争相拥上来请活佛摸顶赐福。忙着对土司取下帽子，躬身吐舌地站住，赶紧让路。早晨，活佛每天的“功课”结束后，俩人便到附近的草甸上散步，或者到附近过去高僧大德们的修行圣地去朝拜。俩人无话不谈，多年的交往中俩人似乎超越了施主和活佛、活佛与凡人的界线了，成了一对知心的朋友。活佛说，这官寨所处真是一块宝地，难怪先辈活佛选址于此呢。活佛说，他到这里后，每天的梦都很好，有时在梦里能清晰地拜见到文殊和观世音菩萨，还常梦到许多新的经书，也拜见到过去的高僧大德们，还梦过日月呢。上溯历史中的血脉纹路，俩人谈到上上一世活佛与祖爷的亲密关系，似乎为今生找到了一直飘在天地间的那根天意之绳，便觉得这人间，有着一层神秘的天定秘意。有一天早晨，活佛起身洗漱沐香之后，登巴提出请活佛为梅美的婚姻卜卦。活佛念祷祈请之后，搓动佛珠连卦了三次，说，吉祥，吉祥，此卦甚好，你仿佛还会得到什么宝贝，只是看不太清楚，总之，没有障碍，很好的卦象。于是，登巴的心里荡漾起蜜一样甘甜的滋味。不久之后，他送活佛回寺，然后去看望年迈的双亲……

汪登焦灼的心着了火，脚下就生了风一般。他骑着骏马带着一行人浩浩荡荡地向河谷进发，披红缀彩的马匹吭哧吭哧亢奋着，争先恐后地往小路上拥挤，像一股风向前卷去，脖上的串铃摔下的叮叮当当声汇成一股动听的音乐，扬撒在一路烟尘之上。一个月前，他派信使再次转达了真切的求婚之情。登巴回话说，请汪登土司本人择吉日来一趟吧。择吉日？那么说这一切将要成为现实了。梅美像梦一般植入了他的生活中，像花芬芳了他年轻的春光，像火焦灼着他的饥渴，像皓月夜夜来到枕边。所以，这一趟，汪登一路兴奋。他的坐骑昂首领头，像懂得了主人的心事似的，载着他激情飞奔，耳旁的风呼啸而过，他抖缰扬鞭，身子微微前躬，马到山顶时，他禁不住啊咳咳地吼起来。众人也随着他吼叫，然后，这群飞骑队像箭一般飞奔下山……

到了官寨门口，登巴早已带着管家仆人和家庙的喇嘛们迎候着。见客人一到，喇嘛们吹起长号唢呐，嗪嗪嗡嗡吹个不停，香炉里柏香散溢，登巴把哈达挂在了汪登的脖子上，精明的仆人把马绳从汪登手上接过，把马牵走了。像是多年的亲密兄弟，登巴牵着汪登的手一同走进官寨，迎候在路两边的人们嘴里说着吉祥和欢迎的字眼，脱帽躬身……这一迎宾仪式使汪登十分受用，满面透出尊贵气派和陶然之喜。恍惚中觉得他们早已是一家人，梅美成为自己的妻子了。他注意到梅美不在欢迎的人群中。他的目光四处搜寻也未看到。在步入官寨、安顿、宴请时，熠熠的目光里闪映的都是梅美的身影。登巴看着他的神色，自己却装出一副糊涂相，并不先开口。私下里，为自己这番巧妙的安排而得意忘形。汪登羞于年轻人的腼腆，更重要的还为自己的尊贵身份，因而要装出稳重老成的样子。夜晚，登巴为他举行了盛大的歌舞宴，一壶壶青稞酒，一盘盘炸果和菜肴端了上来，主客一起畅怀豪饮，酒酣耳热之时，俩人便将婚姻大事敲定了……汪登的欢悦达到巅峰之时，他便问起梅美。登巴说，梅美是个贤惠孝顺的女子，她去看望父母了，我这妹妹啊，人人心疼，父母和我这个做哥哥的都舍不得嫁她出去呢。汪登说，女孩子迟早都要……嫁……嫁……出去的，我……我……会……舌头有些打结了。最初，汪登一直小口地抿着酒，他期待着一个最佳的时机和火候。于是，登巴也装着酒醉的样子，揽过汪登的肩膀，然后又用手拍着胸口说，兄弟，我们现在……是……是……一……一家……一家人……了。俩人哈哈大笑。登巴又晃摇着俯身过来，嘴附在汪登的耳旁说，兄弟，我把……天仙一样……一样的妹妹……都给了你……你……我的心……都空了，你要给……我大聘礼，我也才……好向……向父母说……说通啊，我……我们藏人……婚姻之事……该由父母……做主啊。你要啥……啊……尽……尽管开口……好了，一家人嘛，还……分啥……彼此呢？兄弟，你那样大的地盘可种得完？我人多……地少，你可否给我一点……可以开垦种田的地盘？地盘？我的地大得很……呢，你要多少？登巴晃着手说，耕牛……一天能……耕的地。耕牛……一天……能耕多少？在汩汩冒涌的酒嗝之上，汪登的心早失了警觉，他狂放地挥挥手说，一天耕的地，哈哈，好，好，你拿去就是，我还以为……你想要……大牧场呢。那我们说定了，我们……发誓。好，好。俩人钩了手，又用大拇指蘸了口水，相互碰碰，便算死咒了。登巴摇晃着站起来——这当口是真醉了，啪啪地两击掌，众人都安静下来，我，我请大家做证，今天……算是……我妹妹与汪登土司——正式定亲了！下个月，我们……将选一个吉日……举行婚礼，我，我很高兴，我还要向大家说，汪登头人给……我父母，给他未来的父母……耕牛一天……耕作的地盘作为聘礼。一天耕的地盘，那算多大，众人叽叽喳喳地议论着。我，我，请，请大家吃好玩好喝好，不醉不休……他抓着银碗，把碗里的酒一饮而尽。

第二天，汪登在鸟啼声中清醒了过来。昨晚的情景开始在头脑中苏醒。他隐隐觉得自己钻进了一个套子，一个既温柔又狡猾的陷阱……然而，他又想，怎么会呢？登巴不会是那样的人。

这时，登巴穿着华贵的袍子走进屋来，脸上挂着诚挚的笑，兄弟，昨天睡得可好？很好很好，汪登从铺上坐起来，只是头有些痛，喝得实在太多了。不多不多，那算啥呀？登巴摇着头说，咱俩把大事都敲定了，我还请你赏脸，在我这里再尽情玩上几天，梅美这两天也该回来了。

汪登边穿衣服边看着踱出屋子的登巴背影想：这人可不是个好对手。

6．婚礼

汪登对管家阿拉说，明天，你看着登巴耕哪块地，我想，他肯定是想要洞柯那一带的肥沃之地。啦嗦，管家躬腰回答道。

早晨，阿拉刚刚起床，如拉从屋顶煨桑后，慌张地跑来禀报说，有人在耕我们主子的地。阿拉问，是嘛，哪块地？如拉说，是河对岸洞柯之地。我知道啦。如拉多么惊奇于管家的沉稳持重，他原想管家听到后会暴跳起来：谁敢如此大胆？哪知，人家一点都不怪异，可见人家注定是个大人物呢。如拉是伙夫，他的工作是每天早早起床，生火，喂牲畜，打扫厨房，在洗手洗脸干净之后，点着一把松光，到屋顶角的桑塔里去煨桑，祭祀山神护示，以求汪登家族昌盛，平安吉祥。

管家慢条斯理地穿戴整齐之后，方才攀梯到了屋顶。他放眼一望，见田地里没有人影，便立刻惊诧地用目光搜寻起来，这一下，把他深深地震愣了，他瞪大双眼——瞪得犹如一双圆睁的牛眼：他看见一个健壮的小伙牵着一头耕牛的鼻绳，登巴的管家一手牵着长绳，一手举着犁铧，俩人直直地顺着河谷向前犁去——或者，还不如说向前走去，犁尖过处，浅浅的泥浪翻簇出一条直端端的沟纹……那小伙牵着鼻绳，躬身向前牵引，管家还不时舞动长鞭，嘴里吹出欢快的哨声……阿拉愣怔了半天，只见俩人已翻过一面小坡，不久，又出现在另一个坡面上了，犁铧仍在耕掘——遇坎越坡时提着犁头跨过去。管家噔噔地跑下楼，冲进汪登的寝宫，猛敲门扉，里面终于传出声音，进来。阿拉吭哧吭哧冲到了汪登的床前。汪登仍睡眼蒙眬，手臂裸在被外，从绸被里微微起身，啥急事？阿拉说了他的发现和可怕的担忧。汪登心里一激灵，睡梦飞走了。他气冲冲地说，你再去看看，他们是不是想找另一块肥沃之地耕耘。阿拉又急匆匆上楼去了。很快，汪登也登上楼顶。这时，阳光给雪山戴上了佛冠，在早晨清晰的晨光中，鸟的啼鸣在丛林中此起彼伏，雾岚开始向山腰缠卷而去。那牵绳的小伙、耕牛和管家呈一条线，悠缓而坚定地沿着河岸向前行进……犁铧过处，那沟纹长长地伸延，像一个淋漓的伤口，剖开了他的血肉之躯——犁尖向着细泥沃土里猛然地深切或遇石受阻时犁头的弹跳，都细微地击打在汪登的心上，抽搐于他的嘴角。阿拉盯住汪登，汪登的脸早已变得煞白，身子在抖颤，嘴角歪斜，想说什么，但终于还是没有开口，一声长长的叹息从胸中吐出。阿拉扶住了汪登。俩人垂头丧气地回到屋里。

当阳光从屋顶拂过，又被傍晚夜魔的手收束而去，黑的幕帘缓缓垂挂于天地，将天地裹合为一团时，管家对汪登说，他们回话了，说他们到达了阿仁，起首是洞柯——那是他们的出发之地。天啦！汪登垂下头，长叹一声，然后一拳砸在木桌上，是谁遮蔽了我的心智，让我如此贪杯？

从洞柯到阿仁，半条河谷，二十余公里的狭长地盘，被登巴轻松地掳掠而去……

射出去的箭拉不回，发过的誓言收不回。汪登的头膨胀着，心儿却更加明亮了。而当我在岁月的长廊之中，将人生的故事重新打点一番时，心也像汪登一样生出五味的感慨……当登巴派人前来请汪登商谈婚礼筹备之事时，汪登在冲动之下，差点做出无礼地将人打发的举动，顿时，他又冷静下来，管家也适时地进行了劝谏。是啊，大丈夫能屈能伸，这亏只有无声地吞咽下去，不能失了礼数，不要上不得大台面啊。第一回是他胜了，但并不是他一直都会是胜者。只要伺机相待，我总会找到一个一雪前耻的机会（有时，他在心里恨恨地想：他把我像小孩一样戏耍了）。不管登巴如何觊觎他广袤的土地，以有些无耻下作手段“犁”走他半条狭长的河谷，但他的土地终究远不及自己的地域。他的势力如日中天，而许多周边的头人也对他的沃土、草场虎视眈眈。登巴把貌美的梅美当作他的一颗棋子，实现自己的意图罢了，这也说明了他人格中卑污的一面。那样一想，他的心境变得开朗了。当想到仙女一般的梅美就要成为自己的妻子，心中温柔的情愫如汩汩涌泉，脸儿变得灿烂了。当两家具体商谈筹办之时，登巴想从他的脸上看出些微的心痕，想窥视他的躁气、愤怒乃至仇恨，而汪登谈笑风生，好像俩人之间未曾出现过任何变故，依旧亲如兄弟。当只看出其乐融融胜似一家人的亲情时，登巴惊诧不已。他真是个汉子！气度真大，多么老练和深沉。他为自己像狐狸一般狡黠的小手段而自惭形秽了。心中便有了隐隐的疼痛和妒忌。

婚礼如期举行。那是整个金沙江河谷的节日。人山人海，人人花枝招展。登巴和汪登都为自己的差民属户减税，令百姓们更添狂欢喜庆。邻近的头人、土司派人送来了贺礼。浩浩荡荡的迎亲队伍来了。先在登巴的官寨举行了一天一夜的锅庄晚会，官寨上下灯火通明，人声鼎沸，麦粥、酥油人参果、青稞酒、包子、锅盔等美味佳肴源源不断地敞开供应，男女老少，唱着跳着欢笑着，一茬茬的人挤在舞圈中，一茬茬人又轮流美餐豪饮。梅美是天空的装饰，是众人的偶像。她由伴娘陪着，终于盛装着步入舞圈。那娇美的身段，明眸皓齿，略微羞涩的偶尔从嘴边掠过的笑意，都令人啧啧称赞。锅庄舞直跳到迎来朝阳方才罢休。早餐后，在官寨大坝里，在老人颂过一段吉祥的山水祝词之后，又用滔滔的流水般的诗意美词夸耀新娘及家族的不凡和财富，然后开始献贺礼。一驮驮酥油，一袋袋青稞、麦子、奶饼堆积如山，有些人把牦牛、犏奶牛、骏马也牵来了，在宣布礼单之后，数十头牲畜赶进了畜群中。献贺礼直到夕阳挂到了山巅时方才结束。这时，迎亲、送亲队伍将新娘簇拥着浩浩荡荡地向男方家出发了。在汪登的官寨前，男方的阻婚仪式开始了，当星星在天宇上眨巴着眼睛，一颗颗争相跳出来时，当送亲方已经献上千个藏洋时，锅庄队才让送亲队进了官寨里。这时，又一轮通宵达旦的锅庄舞开始了。汪登和伴郎也在半夜时分出场，牵着新娘的手一同跳舞。两位歌师斗歌斗智，难分胜负，直跳到第二天中午，由老人出面请歌师歇舞，这才结束。如果任由他们跳舞赛歌，恐怕七天七夜都难分高下。然后，是献贺礼，贺礼如山一样堆积起来，令家人手足无措不知放在哪里，满脸洋溢着自豪之情……第二天，送来贺礼的人们陆续离开了，而婚礼仍没有歇息之意，汪登官寨里又进行了连续三天三夜的赛歌，直跳到黑色的夜晚失去了本来颜色，白云也飘袅着舞动长袖汇入到人群中，连大山和江河也亮开了嗓子，轰轰啊啊地唱个不停。这一场盛况空前的婚礼，人们谈论了很久很久……

之后的几天里，官寨的夜色依然妖娆……

不久之后，梅美随送亲队伍回到了娘家。半个月之后的一个吉日，一行人正式把梅美送进汪登的官寨里。汪登与梅美成为夫妻……

7. 红色之光

每当黄昏，西边的天际，总是浮着一层怪诞的云：那峥嵘的云内核里是耀目的莹白，仿佛那里埋藏着一轮火球；然后从里到外次第是黄、紫、红、黑和蓝色。它像一朵花盛开在天宇中，似乎昭示着不祥，抑或，一个充满圣迹的时代正在飘然降临。所有金沙江岸的人们都翘首望见了这一朵怪异巨大的云山云朵，不安的种子在人心和梦魇中滋长。那时，金沙江浊浪滔天。有人说，那浊浪中翻滚游动着一条蓝脊背的水龙，它昂首吟啸时，天空里惊雷滚动，大地摇动，那一刻，河水一片阒静，似乎把自己的嘴巴捂住了；有人说，无数层层密挨的鱼群逆河而上，几乎把整个河床都遮住了，足有数里之长，那层层鳞片的翻腾中，隐藏着急促欢快的声音。说变就变了，那朵云悄然消失。这时，不安的消息铺天盖地而来。为争夺主日共草原，汪登土司和甲索头人的兵丁牧民先是用火铳远射，然后是刀戟棍棒的肉搏，双方都死伤了三百余人，鲜血染红了丰美的草原，每棵草都贪婪地吮吸着殷红的鲜血，半个月之后，整个草原的青草都透出一片殷红之色。在汪登的地盘上，来自天上的病魔不断降临，突然之间，一个个健壮的男人倏然间倒地，嘴歪口斜，或全身瘫痪，数天之后，被死神掳走。从一个村寨到另一个村寨，从一家牧户到另一家牧户，死神在跛脚跳舞，狂欢着它的节日。在汪登属地神湖的拉措周围，一大片柏林枯萎而死，圣湖中，有人看见许多陌生的人群穿着奇异的服装持着枪整齐地走动，数分钟后，微风泛动波浪，漾开的涟漪把画面抹去了；然后，有人看见白人白马的影像，画中人挥动着一把寒光闪闪的利剑，嘿吼着，那人说，那一刻整个大地都在战栗，湖面像绸缎抖动开来。在迷茫的雾岚之中，散落在村寨河谷间的寺庙里，鼓声钹声不断，嗡嗡的诵经声盈满天地，桑烟像乌龙，风马旗像是一片片飞动的精灵，向天地神灵传达着敬意。第十三世白玛活佛忧心如焚对登巴说，他在一篇充满预言的经文中看见这个怪异的特征，这是预示一个新的混沌时代正在来临。要多念莲花生大师的心咒……

汪登病倒了。先是他的头发一绺绺掉下来，那时，身体还没有什么大碍，只是常用手摩挲，或敲打敲打脑部，头疼便渐自远去，后来说心脏也有些难受，再后来发烧、腿脚发麻、心颤魂曳。梅美常守在身边。六岁的儿子还不明事理，常走到床边要父亲下床，陪他玩耍，让他骑着脖颈溜达。汪登十分喜爱儿子饶登，他摩挲着小儿的头说："阿爸啊哟痛，知道吗？阿爸好了，带你去牧场。"此时，整个官寨笼罩于一层阴郁的气氛中。官寨里外的事务都要忙碌。村里一些小头人趁机蠢蠢欲动，村与村之间，各种纠纷都纷然"出笼"。这些都瞒着汪登，为了让他安生休息。登巴派来了医生，也请去了白玛活佛。都说无大碍，卦示也很吉祥。但总是没有起色。登巴住了一宿，双方襟怀坦荡，前所未有地畅谈了一夜。登巴愧疚于那潜藏卑鄙欲望的割地收礼行为，说日思夜想，心灵煎熬，觉得对不住妹夫。汪登哈哈大笑，赞扬他有计谋，是一个能成大事的人。汪登嘱托说，如果他有啥三长两短，当哥哥的要关照梅美一家。登巴立刻厉声止住。登巴说，你瞧见没有，天地之间出现了多少征兆，这世间看来要变了……梅美派人给寺庙发放布施，请寺院做法事，以祈求汪登早日康复。梅美娇美的脸上阴云层层，眼里常常噙满了泪水。她十分庆幸自己嫁了一个温柔体贴而又富有能干的男人。俩人相濡以沫，相敬如宾，绵绵的情怀像一对小恋人……儿子是俩人的宝贝，是共同的欢乐不竭的源泉啊。而今，什么办法都想了，汪登却毫无起色，反而有了一些疯癫的迹象。有时在混沌中说出胡话来，令她的心一次次被揪紧。有一个医师摇着头说，这真是个怪病，我已经不明白了。登巴找来降神师，在经过一番供养祈请之后，神灵附体了，山神责怪之声不断，说汪登在神湖边不小心做了啥脏事，惹恼了神灵，说对大神山也没有供养，几年断了香火。还说家里藏有一个寺庙的东西，它在作怪，等等。梅美按照降神师的指点，将这些事情一一落实了。那尊寺院里的菩萨像也找了出来，退回给寺庙。那是一位本教徒送他的。初秋的日子，沐浴温暖干爽的阳光，汪登感到心情清幽了许多。金秋来临，阳光金亮，风儿渐渐狂妄起来，天地间飘起缕缕果香。该是收获后最为悠闲自得的时期，而梅美觉得有些目眩神飞，仿佛充满了一种毒素，充满了辛辣的恶作剧的可憎笑容。管家说，今天早晨，仆人去煨桑时，自家神树的一些枝叶干枯了。这是不吉的征兆，令她忧心如焚。找活佛卦示回来的人说，过一阵便会好，生命没有啥大碍，要做什么法事……梅美又一一照办了。善良宽厚的管家每日里忙碌不停，他尽心处理属地里骚动不宁的纷争、流血之事，独自揽承处理，不再禀报梅美。梅美也无心过问了。只要男人能够康复，她可以舍弃一切财物；为了男人，她宁愿用自己的生命去换回他的健康。然而，各种病痛轮番折磨汪登，他时而大汗淋漓，时而昏厥过去，时而紧攥住梅美的手沉沉入睡……再次做法事后，白玛活佛说，他曾听祖辈人说过，圣湖纳木错东侧上方山谷间，有一个小小的湖泊，那是汪登家的魂湖，派人去那里煨桑，插经幡，给湖中的鱼儿喂一些糌粑吧。梅美让管家亲自前往。日落时分，管家回来了，说都办得尽善尽美，但目光有些躲闪。梅美的眼力早已迟钝。她没有敏感到管家的神色。管家让身边的人都要严守秘密，谁说出口，他就要责罚谁，并赶出官寨。管家避过梅美对白玛活佛说，那湖已经干涸。活佛的脸顿时暗了下去，长叹一声……

梅美梦见许多人拥到官寨中来，人们围聚在官寨院子里载歌载舞，还有许多僧人鼓钹齐鸣，也步入到舞者的行列，那样放肆而快活。一会儿她又到了一座寺庙里，见到了一尊尊菩萨，又到神山上拜过了一处处圣迹。一会儿她又牵着小儿的手轻盈快乐地走到一处茵茵的草地间，汪登骑着一匹白色的骏马向神山方向撒蹄而去，她追呀追呀……

管家喊醒了她。她立刻奔到床边。汪登已经走了，脸上是死神离去后的安详和宁静。梅美昏厥过去……

兄是妹的外衣。在梅美最痛苦的时刻，哥哥给予了她最大的安慰，哥哥操办了隆重的丧礼、超度法会，又体贴关心，同时，安排了辖地里的大小事务。正是有了登巴这个坚实可靠的靠山，虎视眈眈觊觎沃土财产的邻居们的目光才有所收敛。趁机蠢蠢欲动的头人们把心中暗藏的利剑和仇恨又深深地埋进心里。一年之后，梅美渐渐摆脱了哀伤，开始管理起大小事务。她召集属下的头目开会。她说出了执政之纲要。而头人们叽叽咕咕地议论着什么，眼角泄露出大男子主义的傲慢和鄙视。梅美的心咯噔一下，但她还是口气强硬地安排下去。可是，悲从中来，眼眶里噙上了泪水，声音也有些哽咽起来。男人们噤声摇头，嘴角挂上掩饰不住的笑意。只有管家把一切看在眼里，并从心里深深地同情梅美。管家大声斥责说，太太还在丧痛之中，你们的心硬得石头一样了，如此不体谅人心，啊，各人必须按夫人的吩咐和决定去做，过一段时间，我来督促巡察。小头人们面面相觑。会议开得短而务实，却也笼罩了一丝阴郁。静水之下潜伏着波澜泛涌的骚动呢。晚上，四个属汪登亲戚的头目找到了管家，提出梅美要与汪登半傻的弟弟成婚——那弟弟是一次夜行中遇鬼附体而半疯半癫的，他们说，家族的土地和财产不能落到外族女人的手里；梅美如果不愿意成婚，那应由小儿子索甲来掌管事务，否则他们坚决不答应。黑脸儿铁超晃着头，比作手势说，登巴是一只老虎，金沙江洞柯沿岸的半条河谷已经骗到手了，他早就觊觎着这片土地。索朗说，这一下更中登巴家的意了，他恨不得立刻把我们都吞噬吧。狼张着血盆巨口，另一个说，我们要早决断。管家脸色黯然，阴云罩上脸，令他踌躇不安起来。他们是想借机起事呢，还是真如他们所说是为了维护本族势力？女人，女人又怎么了？然而，女人的地位又是低下的，管家思忖道。他将他们安抚一番之后，答应尽快向梅美提出，请他们等待答复好了。在未愈的伤口上再撒上盐，那是恶人才能做出的举动。管家深深地锁住了眉峰。他怎么向梅美提出，又于心何忍？于是，管家专程到登巴的官寨，与登巴商量。登巴一听，火冒三丈。他咬牙切齿地说，他们敢？丈夫去世，儿子又太小，由遗孀摄政天公地道。他们是想趁机惹起事端，让他们来好了，咱们用武力来解决吧，只要他们愿意。双方变得针锋相对，如何找到一个万全之策？管家思量着种种后果。他不愿再见到血染草原，生灵涂炭。男人在气头上，野性的血腥味令人们失去理智，酿成一出出悲剧，这样的事例还少吗？登巴冷静下来了，他从心底发出一声悠然的叹息。到底种了什么样的因，令妹妹今生得到这样的果子啊！他想。追根究底，这些家族如此威逼，实事上是不信任他，是怕他由此登堂入室，掌权夺利。祖辈曾以慈悲树起“法王”美誉，而他虽然充满了智慧、谋略，却被人们私下戴上了“狐狸”的冠冕。他知道那是某种因催生着未知的果。毫无结果，管家悻悻而归，心儿里起了阴风尘雨。管家对梅美说，他们想欺侮你，休想得逞，我的火铳、刀剑候着他们呢？梅美展露笑靥，心里说，管家什么时候变得像个冲动的小伙子了？管家红了脸。

这时候，一场阴谋和骚动正在悄然酝酿。

同时，从远方传来消息说，红色的汉人就要来了，那是一群红魔妖怪，见人就吃，见物就抢，还捣毁一切神佛殿堂……这些传闻在人心里落下了恐惧的冰雹。

阿登本是索朗手下的一个马弁。在汪登的亲戚中，挑拨人们要梅美与傻子成婚，或交出权势的就是索朗。索朗是一个高大魁梧的汉子，一向以敢作敢为而闻名于十里八乡。他的性格中还有野兽般残忍的禀性。在他黑粗的眉毛之下，那双豹子眼始终透出挑衅傲慢的光芒。被乱茬茬的胡须遮盖着的嘴里发出的声音雷公一般让人不寒而栗。他曾经挑断过一个盗窃犯的脚筋，那男人发出撕心裂肺的叫声，疼得满地乱滚，每个在场的人都觉得心里刮过了一层冰冷的寒气，血液都凝滞不动了，而他满意地大笑；另一个犯抢劫罪的，他让刽子手将其右手手掌齐齐地从掌根斩断。在他的属地里，有被施剜眼刑的，有被关在黑牢而疯狂的……总之，他是威风凛凛的罗刹。汪登生前曾警告他，然而，他依仗着堂兄的权势，依然无法无天，不见收敛。

索朗叫上阿登骑马去巡视牧场。在路过措木湖岸的村庄时，索朗让阿登跑到前面去收拾行宫，他本人慢悠悠地骑马进入官寨。他高傲地昂着头，睨视着那些一见他就卑躬屈膝、赶紧站到路边脱帽致礼的小人物，以及一见他就躲之不及的小孩子。他吹着口哨，扬着马鞭，威风十足地穿过众人的目光进入二层高的官寨。这时，官寨已经打扫一新。香炉中檀香袅袅。侍从用人们早早候在院子里……

当夜，几个小头人骑马赶来了。他们过节般举行盛大的宴会，狂吃豪饮。深夜，几个人大声争执吼叫着，一个个气势汹汹的。嘴里喷沫四溅，满屋子酒气充盈。阿登睡在底楼的一间偏屋里。从楼上传来斗殴而引起的哐啷哐啷什么东西被打碎摔地之声，还夹杂着几个人的叫骂。阿登害怕起来，他得赶紧去服侍主子啊。他穿上衣服，噔噔地上了楼。要……是毒死了，这个妖妇，是……她吮干了汪登的精血，而现在她……和……哥哥想把整个地盘抢去。这是索朗的声音。他在门口怔住了。这时他看到另一个人摇摇晃晃的身影，我……们……宰了他们……早……动手。来……来，我们策划……毒……毒死她。这又是另一个男人的声音。他感觉到那几个人已经围坐在一起了，都争着呱啦呱啦说话。阿登的心揪紧了，一股寒流从后背上凉凉地爬过。他克制着不让自己哆嗦，攥着扶手悄然下了楼梯。他一夜无眠，噩梦不断。这天大的秘密令他惊恐难安……幸而，他们没有看到他，如果发现了他，说不定他早已成了刀下的冤魂……

阿登的神情从此变得恍恍惚惚。在家时，也怕冷似的抖动，嘴里咕噜个不停。妻子拉措害怕了。她撩开眼皮看，正常的啊，只是那黑眸深处总是跳着一缕缕火星。她以为妖魔附体了。你咋啦？没啥，没啥，他抖着手臂说。你到底有啥心事？说出来啊，或者，哪里疼，你总要吱声啊！没有没有，他说。拉措以为这是疯癫之症。他还叽叽咕咕自语着，屋内屋外走个不停，也不劳作。拉措让他躺下。一骨碌，他很快又爬起来，眼神茫然。晚上，安睡了一阵，又叫着什么人的名字从梦魔中醒来，全身一层冷汗。在梦里，有一次还喊着杀杀。几天的“寒热病”的袭击使他憔悴了。这一天，他的精神好多了。拉措也很高兴。她说，你好啦？好啥？我本来就没病，就是管不住舌头，好像有一个妖魔附在我的舌头上，它让我说呀说呀，说出去，可是，我敢说么？你不知道我心里的难受！男人眼里噙满了苦痛孤单的泪水。你要说啥就说啥，你怕什么？你是你自己舌头的主人啊！他又抖动起来，喃喃地说："我的舌头一点都不听使唤，你帮我把它割下来吧。"这一下，轮到拉措战栗了。当夜，俩人亲热了一番。当俩人的舌头相互缠绕吮吸时，阿登惊颤了一下，他狠狠地咬住拉措的舌头，拉措猪一般发出尖叫，双手舞动着撕扯他的脸、头发。又一脚将阿登从床上踢下去。拉措满口鲜血地坐起来说，你，你这个魔鬼，你把我的舌头要咬断了。阿登可怜地蹲坐在地上，双手抱住头。我这是咋啦？我管不住自己的舌头啊！舌头舌头，你这个疯子！我一说出去，我们一家都要遭祸的，他们要毒死梅美呢。谁？拉措吐出嘴里泛涌的鲜血，问。索朗他们。拉措害怕了，身子突然缩成一团。是我偷听到的，我总是管不住自己的舌头，想说给人听啊！拉措抱住男人哭起来……

黄昏的时候，盛装着的阿登狂笑着走向纳木错。他的眼里是茫然而又解脱的神情。他对拉措说，索朗带口信让我去牧马，你带好儿子啊。拉措问，你现在好了吗？你不怕了？我怕啥?! 去牧马，还需要这样穿戴？他说，一生难得穿几回，索朗头人举行庆典时用得上啊。拉措相信了。带好儿子，他出门时又叮嘱道。她看着自己男人昂首挺拔踏上被夕阳染晕得微黄的道路……

两天后，有人在纳木错湖边看见了阿登的尸体……

红色汉人扛着枪黑压压翻山下来。他们衣着朴素，身子单薄，却显得干练而精神。其中还有许多十七八岁稚气未脱的少年。他们是一群快乐的人，呼号声震荡在山谷；有时一路唱着歌行进，仿佛是一群要扑向天堂的人们。他们叽里呱啦的话语谁也听不懂。令那些守寨护户的老人们吃惊的是，他们不是红头发红眼睛，与藏人毫无二致。他们吃着一种白生生的像珍珠般的东西——那是许多人眼中第一次关于白米的印象，熬得稀汤寡水的，还喝得嗞嗞响。那时，整个寨子空落，只剩下那些行动不便无法逃走的老人们，只有狗叫鸡啼，还有一地的寂静阳光和红色汉人的脚步声。牧场已经迁徙到远方去了。他们对老人们很和气，温言细语地说啥，可是老人们一句也听不懂。耳鼓边响得最多的是“老乡老乡”的称呼。那大概是朋友的意思吧，老头老太太们胆壮了之后，也回叫“老乡——老乡——”。他们哈哈大笑。再后来，来了一位黑脸汉子，他的藏语说得十分流利，他说他叫邓朱，他是藏人，然后就讲红色汉人要解放劳苦大众之类听起来让人迷糊而又神奇的说法。仿佛他们要在将来给人人带来幸福。老人们似懂非懂，但与这群人开始熟悉起来。红色汉人在白天有时去采野菜、蘑菇，回来后将菜洗得干干净净，再放上一点大米，熬成菜汤后，人人端着碗，站着就吃。有时，也给围着看的老人们盛上菜汤，让他们也尝尝。许多人摇着手，向院外退去。也有人挤眉弄眼地眨眼，端着碗，坏笑着，歪了嘴，学着他们样儿喝得嗞嗞响。日子久了，他们开始和红色汉人做起生意来。给他们卖一点粮食、干柴、草料等。红色汉人睡觉也极不讲究，院内院外，屋角窗台边蜷成一团就睡，他们还把藏人的垫子都盖上身子——似乎不知道“脏”，不怕“秽气”罩身而倒霉。他们也练兵，踏踏地整齐地走来走去，口号声喊得震天响——他们中有人不会走路么？费这许多时间练这个干啥呢？他们挺着刺刀，喊着杀杀刺来刺去；趴在地上，眯缝着眼，拿枪瞄上半天，却不曾打响过一次，这样又有何用呢？真是些奇怪的汉人。在好奇心渐渐满足之后，老人们的心态才恢复到正常的境地里。通过通司（翻译），终于知道了他们原本也是来自穷苦的农人，他们要为百姓打天下，要赶走“架普理”（日本国）人，因为占领了他们的家园，他们还要推翻骑在人民头上的一切反动派。天长日久，潜滋暗长，心灵开始得以沟通。躲在山里的人们，趁着星夜回来取粮食和试探，知道老人们与他们打成一片，乐哈哈，安然无恙，都吃惊不已。他们还知道红色汉人一直也通过老人们传达着友好的愿望。还派人带上通司进深山老林做工作，动员躲在山里的人回来耕种劳作，说对老百姓的生活不会有任何干涉，并保证他们的安全，还说他们是老百姓的军队。山里人在观望，在等待时日。他们不会轻易上当。他们的枪嘣一响就可以把人撂倒——不需要像古老的火铳一样填火药装子弹，很费一番工夫。在那样多黑洞洞的枪口下送上头颅还是十分小心才好。一百多年前，一个狡猾残忍的汉人赵尔丰就被金沙江岸的人们诅咒为“屠户”，他也曾装出一脸的慈祥，实际上诡计多端，阴险狡诈。他给主动回村的人们发放绸布、大洋，一传十，十传百，人们纷纷回来领取绸缎、大洋，他们称从未见过这样好的汉官，回来还发钱，人们乐陶陶沉醉在幸福之中。然而，铡刀在墨黑的夜中早已举起。赵尔丰宴请喇嘛、土司、头人们。远近闻名的活佛们都收到了请柬。那是一场丰盛的宴会，那夜一个接一个流星的陨落像是天空焦躁的火焰。黑夜里浸洇着墨汁般不安的毒素。一股猩红的气息在宴会厅外缓缓地飘浮着。进来的东门早已关闭，酒足饭饱的人们陆续从西门里离去。一跨出西门，只见两边寒光一闪，甚至来不及哼一声，鲜血四溅，人头落地，很快尸体被拖走了……那数百颗头颅的血液浸红了两边的厅院。人们在跨出西门的当口一脚迈进了地狱的大门。只有一位叫列珠的活佛神奇地得以逃脱。当老人们从梦魇中醒来时，一切都太迟了，一场更大的血洗开始了。“赵屠户”还巨额悬赏列珠的人头。三年之中，他付出十次悬赏金买了十颗人头——都声称那是列珠的头颅。在民间，人们传布着神奇的传闻：列珠的头颅被砍走一个，很快又长出一个，一直长了九个头。时光里飞舞温暖的金色。先是胆大的人，再是稀稀落落的人流，人们终于都回到了村寨里。他们胆战的心变得安静了。有些高僧大德还与他们交上朋友。有活佛说他们是菩萨兵，他们要帮助藏人建立自己的博巴政府。善心开花了。人们纷纷支援粮食、奶饼、马匹等，但他们先都一一付费，否则拒不收受，后来他们的大洋用光了，就留下借据，说他们赶走侵略者后还要回来，那时再还给他们。白玛活佛和登巴土司与那个说话大声武气、留着浓黑胡子、烟斗不离手的年轻军官成了朋友……这令农人们欢欣鼓舞。

一个阳光灿烂的早晨，这群队伍举着一面红旗，唱着歌，整整齐齐地走了。那年轻的军官骑在马上，向群众道别，士兵们挥着手，笑容可掬，一些人用学得半生不熟的藏语喊着“扎西德勒”！送行的群众“慢走慢走”地说个不休。许多伤病员留在村寨和寺院里。几个把儿子交给这群队伍的家人泪流满面。部队翻过山梁走了……

人们顿然感到寨子空落，心灵有些失落和迷茫……

这时，有人恍然醒悟似的说，我在神湖里看见的就是这群人啊！

8. 风轮

风水轮转不休。有人说佛法与邪魔相伴生长，现在是末法时代了。佛法纯性如莲昌盛如参天大树的时代早已成为过去。家族的风水也随着天地间的运势起起落落。登巴是这个家族地方“王”之链上的最后一环，最终脱落于翻天覆地的动荡和时代的起承转合之中……

许多年过去了，那红色汉人带来的朗然清晰的面目和纯然的气息像一片光芒留在人们的记忆之中。他们第一次与一个异族的军队相处，尽管言语不通，但通过手势、灿烂的笑容，照亮了双方的心灵。那个军队与民为善与民为伍的佳话在天地间传扬了数年。这多么迥异于那些高高在上的权力者的威严、傲慢的目光，以及对奴仆的鄙视神情……还有，他们勾描的是一个在圣境之中才有的梦想啊！可是，那梦想能落在大地上，能成为活生生的现实么？他们一旦成功，又会像暴富的人马上变脸么，还是依然会那样亲切？

人们躁动不安的心平静了，野性血性的澎湃平复了。天地轮转的风水使大地都在预感中微微战栗起来。人们感到外面正风起云涌，一个时代更迭前的斗争正如火如荼。这一切，登巴们的感受更深。红色汉人之后另一拨汉人来了。他们眼里充满血丝星夜不停地追赶红色汉人去了。他们召开村民大会，威吓民众，诅咒那股军队，说那是一群乌合之众，是一股祸国殃民的祸水，他们使国家永无宁日，他们的头儿是魔鬼的转世，他们还是佛法的敌人……人们只是静静地听着。心中却浮现出那些和善的人们，以及大家共同相处时安详宁谧的阳光。这时候，红色汉人留下的少年和伤员们也穿着藏装脸色黧黑地混坐在人群之中，已经融会成村民中的一员了。这股别样的军队有些气急败坏地走了……

登巴、梅美、管家、索朗等亲属代表和活佛们终于坐在了一起。关于继承的纷争圆满解决了：汪登的摄政之位暂由梅美、管家、索朗商议定夺，待儿子长到十五岁时交由儿子继承……这场谈判出奇的平和坦诚，人心中的蛮横血性都平静了。没有人愿意通过大动干戈来解决。从山外卷来的一股股异族军队，和他们关于世界变换面目的说法在人心中激起千层波浪。让他们感到一个风雨飘摇的时代已经来临。此时，感到自己王国的势力多么孤单，小王国是多么孤独……大地在颤动，山外的风浪终于漫过山头而来，土司派出去探看世界到底怎么样变换的人乔装出发了……

日月更替，雪峰冷峻，河水滔滔。在黄昏夕阳之下，官寨旧址显得恬静，村寨端庄美丽，像一个遥远的梦幻，述说着绵绵的故事……

在绵密的细雨中，故乡又沉入悠远恍惚的往昔回忆中。我听着细雨刷刷的声音，又仿佛落在一片梦境里。这雨中，夯土的房屋和大地都变得湿润起来。屋顶伸出的木槽里流泻而下的水汇成浊黄的水流，从槽口跌落而成帘瀑，轰轰地响亮，核桃树在雨水里舒臂扬手，重温着春天里芬芳的花香和秋天舒心的太阳。人们都窝在屋子里，围着灶膛而坐，家的温馨像灶口的火，温暖而毛糙，却燃得持久……

我的母亲已近古稀之年了，身子骨还硬朗，却开始怕冷了。她觉得那种冰寒之气渗入骨髓，怎么也驱赶不了。她把裙裾撩过膝盖之上，把膝盖向着灶口之火烘烤。从去年起，她把夜里在灶边捻刷羊毛的活儿放下了。她已经成了第十三世白玛活佛的高徒。她捻着佛珠，每天要完成自己的功课。两三月或半载就要给活佛交回“任务”，通过了，又领受新的任务，就这样，一年又一年，从低级到高段，由浅显到深奥，向着心性修炼的高处走去。乡村里，这群老人是佛法火种的虔诚秉持者，他们把整个身心都献给了佛法的太阳。一生短促，人生艰难，在世俗人间劳作的艰辛中耗尽了一个人大半生的光阴，生活劳累，白天驱赶着黑夜，劳作似乎永没有穷尽的时候。他们也想过要念经拜佛，好为来世和最终的解脱轮回积下功德，可是在世俗的生活中，总没有充裕的光阴。除了春节之外，天天都在忙碌着，人间依然有那样多锁眉愁心的事儿。而今，儿女们长大了。儿女们支持她安心念经拜佛了。于是，就有了夕阳余生的光阴，为自己的来世打点行囊准备盘缠了。然而，世间没有任何事是能在轻松愉悦中趋于圆满的。母亲仍需要每天早起晚睡才能完成每日的功课——她比平时更忙了，口齿也不伶俐，语速缓慢，所以每天得抓紧时间。然而，心底的安详如阳光的种子在悄然发芽。母亲获得一种恬淡豁达明澈的心境，在修持的观想中，本尊的面孔清晰呈现，有时还在梦中听到活佛的开示，菩提心性在挣脱贪嗔痴的枷锁，像一棵树沐浴甘露不断成长……心性变得明净。于是，周身弥散安详自在的光芒。似乎因这光芒的感应，家中的争吵少了，人心的浮躁之气遁形无影了。受母亲的影响，侄儿侄女们围着母亲念经，六字真言等简单的颂辞念得朗朗上口。有时，弟弟、弟媳也加入进来，一家人的念经声汇响成世间少有的交响乐，令人感动，令人生出万端感慨……看着这一幕，圣洁的泪啊，在我眼眶中打转。听着这温软如水却无比强大的经声，内心和平安宁，仿佛一切妖魔鬼怪都逃遁了，一切人世的酸甜苦辣都不存在了，只有那祖辈圣人创造并赋予加持力的咒语像一条河不息地流淌……那佛龛中酥油灯映照的镀金菩萨，也透出穿越岁月的怡然目光……

从山外回来的探子说，那地方的人挤挤挨挨多得像蚂蚁，那里的天空中飞着铁鸟，很大，轰轰的振翅声响彻云霄，那儿的人不用木柴，他们燃烧石头做饭。石头？石头都可以点燃？听得人们睁大眼睛，惊诧不已。他们的路很宽很硬，一个人能驾着个四轮的铁箱风驰电掣，快得眨眼之间就能到五十步开外。在一些地方，人们仓皇逃奔。交战的双方如火如荼，却谁也没有胆量站出来一对一地较量呢。他们的枪里能连续飞出火弹，嘣嘣就能炸出深深的大坑，能把许多人炸得无影无踪；另一种枪，像母鸡叫声似的嗒嗒不休，一片片人像刈割的麦子纷然倒下。那里的太阳像喝了血一样殷红，膨胀得要从空中掉下来……在牧场村寨，关于山外的故事就这样漫山遍野地流传着。探子们带来了闻所未闻的奇事怪论，却没有找到颁发玉玺封赐权势的汉皇帝。他们带着一脸的疲惫和莫名的兴奋回到高原明净的天地间。而魔潜到了心里。有人梦见自己被人的河流像一片叶子般卷裹而去，而话听不懂半句，觉得自己成了一个哑巴；或者，铁鸟张着凌利的巨口迎面撞来；人的尸体漫山遍野，苍蝇嗡嗡地飞翔，铺天盖地，突然，炮弹的尖啸声撕心裂肺地传来，随着嘣的爆炸声，死神像一个巨人披着黑夜的衣裳而来……登巴的梦也被他们熏染得罩上了迷离的色彩。他看见自己坐着四轮铁器翻过山去，恍然间，那铁器成了一只鸟，高高飞翔起来，他又随同许多人走进了一座座如皇宫的屋子里，他们说着陌生的语言，他看见一个满头华发的人握住他的手，说认识他，是他的朋友，可他的记忆一片空茫，但他还是出于礼节，献上一条哈达，于是，俩人手拉手走在一起，老人还让他讲话，他站在台上用藏语说得语无伦次，下面的人却掌声如潮，欢笑的脸真诚而热烈……这时，他蓦然看到远处架着的机枪，对准了他——他一身冷汗醒了过来。他披起袍子，倚靠在床上。妻子还在梦中咕噜。夜凉如水，大地寂寥。魂儿多么焦躁。这山外还在发生什么呢？为什么自己远在深山里还如此不安呢？近年来的征兆在预示什么变故？星星微明如火籽，寒流在半空中无声流动，一片迷惘的暗云浮在山巅，辨不清东西南北……

许多年以后，新生的政府组织他们到内地参观访问时，登巴突然记起了山里的梦，一切都有一种似曾相识的感觉，他还真正见到了一位魁梧的壮年军官。那军官握着他的手说：我们打回来了，我们是老朋友了。他说他曾在登巴的官寨中住过。他盛赞登巴为红军（那时他们以为那红色的五角星和红领章是用来避邪的呢）做出的贡献。然而，登巴搜肠刮肚怎么也记不起那样一个面孔。那手持烟斗的大胡子军官倒记忆犹新。参观团所到之处，举行盛大的宴会，到处是鲜花、掌声和笑脸……

9. 零落的花瓣

母亲和子女们固守家园，他们的一生将要在山里度过。他们的爱、苦、生生死死的所有故事都在金沙江岸的村寨中演绎。日光金黄，山峦依然，只有生命的延续像河水，永不停滞，一辈辈人走了，一代代新人茁壮成长，在寒秋暮日时分，这些孩子也步态如秋，眸子里有着雨雪霜痕。大地亘古，而经声不断，在蟒号伴奏的宽阔深厚的音域中，祈祷和祝福的颂辞缤纷如花，沐浴大地不变的情怀。衰落的官寨仍崛挺在寒风中，思绪悠悠，像不散的阴魂。它历经时代的更迭，徜徉过血雨腥风或风和日丽花语芬芳的岁月风尘。今天，它作为一种历史的象征，作为一种可供回忆的历史之镜，被人们小心地呵护着、议论着，游人的脚步纷至沓来，嚓嚓的闪光灯之下，成为时代的布景，无声的语言在高耸的柱架和正在凋残的华彩雕饰上流动……惟有印经院，像个神圣的宫殿，闪耀着不朽的神奇光环。这是众佛安身的殿堂，也是文化的宝库，大小五明在此汇成知识的汪洋。那智慧的火焰日夜不熄，穿越岁月的河流依然灿烂夺目。它超越生死，超越时空，是天地间不息的罡气，也是神灵和人类永远的旗帜。它把一个家族的荣耀升华到极致。它也已经超越了家族的界限，成为人类的共同文化遗产……

面对故乡日益俊朗的面孔，回首家族血脉流淌的历史，我的心时而欣喜自豪，时而沉重忧郁。我，一个边缘之人，一个流淌着这个家族血脉的儿子，为何背负这个家族沉重而轻盈的灵魂呢？是的，是家族血脉中闪耀的荣光，把我从乡间托浮起来。曾经以为已经发生的冤案成为铁定，再也难以挽回时，一个清丽、开放的时代不期而至。于是，过往的历史重新涂上亮丽的色彩，勾上金边和装饰，使那史册变得鲜活多彩。政策得到落实。登巴的直系后裔中没有人愿意出山。当找到我——这个民间悄然成长起来的“种子”时，人们说，我与登巴如出一辙，再没有更像的了。几番波折之后，那个衰落的家族接纳认可了我，政府也像找到了一个可以弥补失误的机会，于是，我出山当了干部。我成为了领薪水人群中的特殊一员，不会汉语，没有太多的能耐，却罩着这个家族曾经的荣耀之光……

日头再次升起时，一支荷枪实弹的军队来到了村寨。人们知道这支军队就是那支红色的队伍。像亲切悠远的梦幻复活，河谷中的人们热情拥抱了这支队伍。登巴的心里泛起一丝复杂的情感，有欣喜，也生出一些猜疑、担心和不安。听着通司呱啦呱啦灵动的舌头演绎出的构想，登巴又依稀看见了遥远圣境中才有的美好梦幻，那是人间的乐土，也类似神仙居住的天堂。他惊异于新生政府勾描的画图与佛法中追求的境地有某些相似的意境。看着他们精神勃勃豪气冲天的样子，登巴自己也受到了鼓舞。可是，他发现他们是一群不信神佛的人。他们十分鄙夷天国之梦，说那是麻痹人民的鸦片，是统治人民的工具，嘴角露出嘲讽之笑。他们说，我们要用自己的双手建设一个全新的人间乐园……

在几番感召、鼓动和说服之后，登巴作为一位开放人士加入到新政府里，成为一个有官衔的人——副县长。他们每天坐在办公室，学习、开会，下乡检查工作，然后又是各种学习、开会。一股新的热辣的东西浸洇到他的灵魂中。他觉得自己渐渐了解政府的一些思想了。他觉得如果自己能做到“为人民服务”，那不也是佛法提倡的积德行善么？当政府将家族的土地牧场收归国有，再发放到农牧民手中时，他默默地接受了。他看到差民眼中闪动的兴奋的泪花。只是对于有些差民的暗暗收敛却泄露出来的趾高气扬之状，他心中老大不畅快，觉得一块郁闷的血气梗在胸中。但他想到自己已经是政府的一员了，便压抑下怒气。当他与其他官员一道巡察时，有些差民依然对他躬腰脱帽致礼，或下马迎接，这让他感动。他们说，主子来了。副县长不也是主子么?!淳朴的村民这样想。同行官员的神情却有些异样，像是感到了一丝冷落，还有……他没有细细去揣想。他时常对同事张狂地说：走，我们到头人家去撮一顿。

季节时令时寒时热，难以琢磨。时代也花开花落。一片金色的阳光，一段舒心的日子。登巴觉得这段岁月新鲜而幸福。可是，他渐渐觉得有些不适应了，他感到一只无形的铁手正越箍越紧，让他有时产生窒息一般的难受。一层迷茫的不信任飘逸在双方之间。有人以一种审视的目光看着他的一举一动。官寨和财产收归国有了。他便让妻子和女儿住到边远行宫中的一间小屋子。现在，他将妻子和女儿接回到小城居住，让女儿上学，让妻子料理家务。但他的脸色日渐阴郁。他发现类似于战火中才有的不安的硝烟弥漫开来。斗争的乌云压上头顶。看不见的矛头正指向了自己……

一个风雨交加的夜晚，灾难从天而降。几个持枪的人冲进屋内，他还没有反应过来，就立刻被戴上了手铐。妻儿从惊悚中还未回过神来，登巴被带走了。

在潇潇雨帘中，登巴的眼里滚出几滴浊黄的老泪。他老了，腰躬背驼，走路颤着腿儿……

一间黑屋张着嘴巴，像在等待猎物，登巴落进了幽深的寂寞里。

又是许多年过去了。万象更新，春回大地。人们脸上绽开了灿烂的笑意。人心里汩汩冒涌的喜气如同潺潺雪水的欢畅。这是一个时代初春的感受。当春天变得蓬勃的时候，已经潜伏着急剧的嬗变，酷热的夏天就会很快来临。秋天之前的这段日子，十分浮躁难耐。这时候，往昔的历史如同倒下的一棵巨树，成为现实的背景，时淡时明地映现。过去只是一扉窗口；过去只是一面镜子。同时，它也像一个温床，许多人可以在此安眠，做安然恬美的梦幻；它又像一棵倒地腐烂的枯树，让无数的虫子寄生于空隙；它还是肥料充足的沃土，滋养无数人的营生，并使一些人成名得利，戴上学问家研究员的桂冠。天地苍茫，只有造物的智慧和佛祖的慧眼才能看透人世岁月的万象么?

我们家族也是这样。像是回光返照，关于家族的研究热潮迅速席卷了学术界。研究者们翻阅浩如烟海的史料，细心搜刮剔剥有用的精髓骨血，纷纭的脚步在故乡的深山间扬起缕缕尘埃。村人们又一次睁大惊诧的眼睛。故乡又一次出名了。家族的死魂复活了。研究者们针锋相对，唇枪舌剑，好不热闹。一派将家族推向了神圣宝座之上，光芒穿越山水，照亮了史册，家族中的爷爷被称为法王，还说当时的有些制度先进得具备了国家的雏形。另一派将家族的统治批驳得体无完肤，仿佛那时代暗无天日，罪恶滔天……总之，许多学问家诞生了，有人获得了丰盈的财源，有人走出国门讲学去了。这是一个如此绚丽烂漫的季节啊!

我目眩地看着这场“闹剧”，心里生出万端感慨。当然，也暗自感到荣耀。可是，在夜深人静的时候，当我回首家族的故事，用冷静的心体察、梳理家族秘史时，我发现了学问家的极端性、粉饰性，还有严肃状之后的不实说法。在冠冕堂皇的学问外衣之下，我惊异地发现了某些人自私的野心和各自的利欲目标……像污水滚沸在文章背后，在执笔者的心里沸腾……而我本人没有研究和表述的能力。

当我冷眼旁观、超然物外时，关于家族的热闹季节已经过去了。它这才像棵参天大树真正倒下了，安眠了，死寂了，被遗弃了……它已经最后地为活人服务了。使命已经结束。惟有印经院里的文化光芒依然光彩夺目……

于是，我选择冷清的冬季上路了。我要安抚这棵沧桑的灵魂之树。我要与它做一次最后的告别。同时，也尽力把真实的一面留下来——尽管关于家族研究的热潮早已过去、过时。

工作组开始进村入户。群众被鼓动了起来。那些一向猥琐卑微的下人们变得胆大妄为。梅美也在劫难逃。有男人常常在深夜往寨子里扔石头，咔咔打在窗格上，令家人惊怵不安。管家夺门而出，那些男人便趁着夜色嘴里吹哨尖叫着逃进夜幕中。仆役侍从们也是一副郁悒不安的情状。有一天，一群穿制服的工作组进驻到官寨里。一个月之后，梅美的下人们都被陆续遣散了。这时候，官寨和所有土地都收归国有了。梅美们的时代之门已经关上。梅美成了普通劳动者中的一员。在一个月明星稀的夜晚，官寨附近的人们听到叮叮当当马帮的声音穿过凄清的夜色像梦一样离去了……

第二天，人们知道官寨已是人去楼空。只有穿工作服的人们在里面忙忙碌碌地清点着物品……

这天傍晚，一声尖锐的枪声中，一个工作组的人倒在了血泊中，几分钟之后，伤者口呼一声“万岁”就溘然闭上了眼睛。纷踏的脚步声马蹄的嘚嘚声回荡在这古色古旧的官寨周围。只有在寂寥的万物沉睡的酣梦里，天地才显得寂静而灿烂……

索朗逃向深山老林中。索朗始终护卫着汪登家族的荣誉和财富。而今，这些人说住就住进来了，并且把所有的财物和土地都没收了——这在朗朗的天地之间，是强取豪夺，索朗愤怒地说。为什么所有人都像伏草一样倒向一边，像流水一样无情无义地消失呢？这些人没有骨血，没有灵魂，你瞧，他们谄媚的神情，脸上露出可耻的讨好的笑，看着主子遭难，竟没有一个人站出来说话。索朗越想越气。他在火铳里装上火药铅弹后，像猫一样在夜纱的掩护之下扑向官寨，黑洞洞的枪口吐出狰狞的仇恨火焰……

大雨潇潇。雷声滚滚。在雨水中，五花大绑的索朗面向泥水仆倒下去。在他倒下的那一刻，他的眼睛看见了流泪的汪登。他蜷坐在树桩上，神情寂寞而凄凉。他在向他招手。汪登还对着他说了什么。然后，他觉得自己像一片浮云升腾起来，被一股气息裹卷着，向上，向上，越来越轻盈，最后幻成一道光，消失了……

梅美和索朗的亲属们去收尸。泪水随着雨水流进裂皴的嘴里，咸淡的苦味在舌尖上滑过。全副武装的人们走了，整齐的踏步声把雨水溅得咔嚯咔嚯响……

当大地上的作物绿蓬蓬生长，当果树挂上满芽的果子时，罗桑就要离开故乡了。村人、河谷里的亲戚都来送行，带着酥油奶酪，带着干牛肉松茸干片，也有人带来珍贵药丸、虫草、干鹿血等。他们问，不能再待一阵吗？多少年才能回来一趟啊。也有老人说，罗桑，你再次回来时，我肯定走了，恐怕这是最后一面吧。旁边人责怪老人说不吉利的话，老人的神情倒也坦然自在：你说，我们还能去哪儿？人人都得走这条路啊，除非是莲花生大师。嚯嚯，有人笑道，你想修成不死之身吗？哈哈，老人揶揄道，我天天都在修不死的法门。有人插嘴道，长生不死可能比死亡更痛苦吧？有人觉得尽谈些死亡之类有些伤感，便转换了话题。罗桑让司机有选择性地将一些东西装进车厢，剩下的留在家里，或送孤寡人家，同时，让与自己生父同名的最小外甥洗头洗身，试穿新衣服，展示给村人看看。有人对登巴说，你要向你舅舅学习噢，像汉人一样爱干净才行，别让人家瞧不起。登巴眨着明亮的大眼，懂事地点点头。然后，又想起什么似的问道，舅舅，我能看见大海吗？眼神充满了期待和向往。罗桑说，当然能。有位老人感叹道，登巴，你好福气，你看，我们一辈子只能看到高山上小小的海子，你能看到真正的大海了。不久，村人说着告别的话，陆续走了，说你们母子慢慢聊吧，我们不耽搁了。罗桑和母亲将客人送到楼梯口。此次回家，罗桑再次劝母亲跟他到都市里，以孝敬她老人家。母亲反而劝他安心工作，不用为她操心，虽然她说不出工作的意义，但相信一定是有用的。见他皱起眉头，母亲拉着儿子的手说，儿子，我知道你的心，母亲很知足，你安心地走吧，母亲的听经学法不能耽误啊，况且母亲也不想死在没有人超度的异地。

罗桑要走了。印经院的学问，所有经板文字的录入工作接近尾声了，就要建成数字博物馆了。那时，全世界每个角落的人都可以点击进入，共享来自雪域大地的文化和智慧之光！他相信，在我侄儿之辈手上，那些经典还会转化成各种文字，传播到人间。枯朽的树虽然死了，新芽却从根底再次萌发。家族衰微流散，而心血凝成的文化获得了格外的新生。于是，祖先们活了过来，活在文字里，活在记忆中，活在永远流动的人类长河里。

当温暖的阳光照临亲切的村庄时，日本“沙漠王子”越野车在亲人们“慢走，慢走”的声音中，四轮飞转，载着罗桑和外甥驰向山外……

一位行吟的僧人来到村寨里。僧人见人就说，有谁能阻止金沙江的奔流呢？有谁能够制服死神呢？没有！那么应天地的流势而行吧，不要杀生害命，不要让仇恨进驻心灵。第十三世白玛活佛对僧人极为尊重，将他迎进经堂里。这时的经堂里再也没有佛像法器了。僧人住了三天后，背着行囊，左手捻着佛珠，右手转着经筒离开了村寨……

白玛活佛悄悄地对梅美说，登巴走了，他昨天来了。是吗?梅美说着眼泪簌簌而落。她对活佛说，请你超度他吧。活佛说，我会的。梅美赶紧去拿香炉，从灶里铲上火籽，再撒上混合着糌粑酥油等的“桑”食，沐浴之后，缕缕的烟雾袅袅升起，那糌粑的焦香味在活佛的经声中弥漫开来。

几天后，辗转而来的音讯抵达到村庄说，登巴七天前在康定热昂卡的监狱中病逝了……

古 宅

作者的话

当古宅也开口说话的时候，这个世界步入了荒诞的年代……

梅朵老人

1. 我老了

我老了，岁月也跟着老了。就连皱纹里的时光都扑簌簌地往下坠落——像雪花落地的样子，当时光的碎片明晃晃闪耀时，我还是忍不住闭上了眼睛。是的，我往下垂掉的眼帘时常把双眸本来接应不多的光遮住，而强行穿透而来的光像箭一样刺痛眼珠，令眼窝子不断泌出泪水来。岁月老了，人也如同树木般枯萎了，眼窝子与人心一样，如同泉眼，有些不甘心。是人都不愿老，谁愿意老？然而，衰老来了，无声无息，任谁都躲之不及！我摩挲像田地收割后剩下的麦根般的头发时，感到短发也没有了青春时的柔软和光亮，我的头颅看起来活像木瓢吧？哈哈——你听，剩余的岁月在白发中像蜷缩的冬蛇，懒得动弹呢。叶子落归根部，人老从头顶开始，白惨惨的头颅远望像雪冠？当然，它没有雪山的圣洁莹白，而是让人感到有些伤感和空落。有时，我也糊涂起来：到底是我老了，还是岁月老了，抑或，只是我身边的万物老了？于是，我大声叫唤：

“扎西，你看看，是阿妈老了，还是岁月老了？”

“扎西不搭理我。也许我没有说清楚吧？”

我再次张开漏风跑气的嘴巴，大声地问：

“你来看看，是不是岁月像干牛皮一样了？”

嚯，他那没有光泽的眼睛！他终于抬起头，瞥过来。于是，我咕噜道：

“我都听见它嘎巴嘎巴的响声了。”

这个寡言的女婿像是没有听我说话，或者，他当我是老糊涂，在自言自语吧。

我才懒得理你，你这个不会说话的石头。我在心里怪他不言不语。我把眼白翻给他。这时，他终于开口问道：

“阿妈，你要喝茶吗？”

随即，把火钳递了过来。我接过火钳，狠狠地在灶口砸了两下，灶灰纷纷扑溅出来。我不懂他什么意思。

嚯嚯，你当我是装水的木桶？我说了那么多，他原来啥都没听进去。喝茶？我用得着说那么多的话？你这个木头脑瓜，你这永远跟不上趟的女婿。喝茶？你让我笑死了。

我很生气，我想站起来走开，再也不理他了。这时，我的身子从骨头里面发出嘎嘎的声音——你这个傻瓜，就是这种声音呀！我从心底对他生起怨怼。可是，刚起半身，我的躯体却坍塌下来，双腿突然泄了力气，再也撑不直身子。我更加生气：连我自己的身子都不听话了吗？我用双手斜撑着再次起身，腰杆刚要挺立，整个人又向另一边歪斜下去。可恶，真是可恶！这当口，女婿突然扶住了我，我没有倒在地板上，他问我：

“阿妈，你要去解手还是想去晒太阳?”

说话时，笑容满面。我就是看不惯他这样没心没肺的样子。

“疯话！谁这样给你说了?”我扭动嘴巴急急吼叫。

他不回答。似乎他嘴巴里的话金子一样珍贵。这个木讷的家伙，人的嘴巴是用来说话的呀。

你就是个口是心非怀揣毒蛇的家伙，你也不老实呢，我内心明亮如镜。我在内心嘲讽他瞧不起人的样子。我问自己：“过去，我怎么没发现他是这个样子啊?”

扎西用双手从腋下夹紧我，把我扶到了床铺上。

睡觉?谁让他这样的?你想让我闭上嘴巴，也不愿看到我嫌烦的身子?

于是，我嚅动双唇把满腔的怒火向他喷射出去。我哇啦哇啦破口大骂。

可是，他没有什么反应，脸上还是笑嘻嘻的。这令我更加生气，舌头虽然在嘴巴里不断跌跤，但我不管不顾，我偏要将你骂够!

我坐在床上骂累了。内心的火气也泄了。扎西给我盖上被子，见我躺下便转身走了。我白白耗费了那么多口舌，他连一点点反应都没有，我跟这样木头般的人较什么劲?我闭上眼休息。岁月立刻显出安寂的面目。时光不再簌簌脆响，岁月也不再周身流淌了。难道它比人心强?更能理解我的情绪和想法么?在无声无息的古宅里，在渐渐覆没而上的睡影中，我还是忍不住骂骂咧咧地诅咒：

“可恶，真是可恶，像麻风一样!”

我这是在骂谁呀?嚯嚯……

2. 梦影

睡梦中，我不停地跑来忙去，一会儿与村人一起收割青稞，拉初、亩初、曲珍几个女伴都在，我们比赛谁最先到达田头，一会儿又忙着捆扎青稞，捡拾穗子。梦中，还有一些人在另外的田地里也在开镰收割，他们是四类分子，苦皱着一张脸，眼光收敛，脸颊被汗渍冲得斑驳，毒日暴晒，人变得越加黑了。不久，格列回来了，说他们把机器抬到了村口，村里的男人们都要过去帮忙。这时，扎波悄悄问道："是不是进村前先煨桑祭祀？"他本来是想讨好干部呢，哪知道这个"封建迷信"思想一说出口，立即成了罪证：还有人这样痴心妄想复辟旧俗?！太反动了！两个公社干部很快把他带走了。俄尚家的人原本很狡猾，现在反而把自己害了。很多人在内心窃喜。格列他们抬着机器而来，村人跟在身后，缓步随行。男人们分头用绳子捆牢几个大的铁家伙，以柴棒穿过绳索，用肩膀抬着，晃荡身子，在劳动号子声中缓慢行进。这些男人中，我男人格列是多么出众啊！你看他脚步踩得坚实，身子轻快。而扎让那副难以支撑重压人要跌倒的样子，真是可怜。

我怎么翻来覆去做的梦都是年轻时候的事情，而且这样的清晰?

这架水冲式的脱粒机，农机员组装不到位时，公社干部怀疑有阶级敌人在破坏，男人们被带到公社审问。最后，绒木成了重点嫌疑对象。我男人格列说，拆卸机器时，给每个人反复交代要求记住自己负责的小零件的左右方位。绒木支吾半天，仍说不清楚他所揣零件的方向，一会儿说在左边，一会儿又说好像是在右边，最后审问得凶了，他连左右都说不清楚了。这使警惕性很高又十分聪明的领导兴奋起来：一个阶级敌人显形了！他们决定"深挖"，却再也没有进展了。人人惟恐避之不及之时，嘎斗——格列的最小弟弟——站出来为绒木做证，说绒木揣的那颗零件是在左边，他记得清清楚楚，绒木是因为害怕戴上"帽子"才慌了神。嘎斗的贫下中农身份是令人放心的，最后，绒木得到了"解放”——如果嘎斗不做证，绒木真有可能成为阶级敌人呢。

我们在河边植树，干部们说这是为了防汛。嚯嚯，山根的河水难道疯了，不会走自己的河道，非要往台地上的村子乱蹿？这样的想法也太可笑了。可是，谁敢说自己的心里话呀?！干部给你戴上一顶“帽子”，你就遭殃了！我刚把一棵杨树枝条插进浅浅的土窝子时，腋窝被人一捅，耳边听到吼声：谁让你栽得这样浅薄？惊惧中，我转过身去：干部翁青正站在我面前。我的脸立刻红了。我想起那晚他偷偷拱到我帐篷里的事情，想到他湿漉漉的舌头，双颊烧红得更加厉害。翁青脸上挂着暧昧的“坏笑”。我四顾张望，见格列正站在田坎边，眼睛看着蓝色的定曲河水。翁青想要动手，我低声求饶，请他别那样。翁青笑道：我今晚要来噢，你可别拉上门闩。我赶紧说：我男人在家呢，你千万别！他知道了会把我打得半死。翁青边走边说：看把你吓的！我往后退却一步，躲过了翁青不老实的手。他吹着口哨巡视去了。

不久，又梦到我们女人举着圆头的木具，排成一列在捣碎田地里的土坷垃。远处，男人们吆喝着耕牛，手扶犁柄，正在翻耕田地。又一个春耕下种的季节到了！

梦呀梦，一个接着一个，没有一点歇息的时候。当我梦见当僧人的儿子被公安抓走时，我吓得一下子醒过来。好半天，我都弄不清楚自己是在梦中还是在现实里。或许，我本来就置身于梦与真实的交会地带吧。我努力睁眼思索。当我看到屋里的灯泡灿灿地亮着，听到灶火噗噗地轰响——是有客人要来么？火焰的预兆是很灵验的，我终于明白自己刚才是在梦里，这时，怦怦乱跳的心才慢慢变得平缓，梦影像一缕风一样知趣地消失无踪了。我大声地唤格列，可是没有人应声。屋里死一般寂静。我唤孙子多吉的名字，还是没有人应答。也许，格列他们也像小孩子一样，聚合于村口，悠闲地度过傍晚的空闲时光吧。我愤懑地咕噜自语。我用力侧过身子，朝着土壁而眠，一闭眼，梦又像河面的涟漪扩散开来，再次将我覆盖了。

3. 夜眼

夜是那样长，长得我能穿过定姆河谷，攀登到崩桑神山呢。我看见夜色迈着猫一样悄无声息的脚步，而它慵懒庞大的身躯能覆盖所有的角落。然而，你知道吗？夜色还有明亮的一面，像月光一样，看得久了，它羞涩地淡化成波纹缓缓流动，在夜色里，你还听得见窸窸窣窣的声音，那是时间在说话吧？我的心脏虽然搏动得缓慢，但是我血液舒缓的流动声，骨头关节嘎巴的响动，依然清晰。暮秋把我体内的力气泄漏了！我闻见月光和星辉的味道，清亮、悠远，像蓝色的冰块，像短暂的春晖。

夜神明亮着黑色的眼睛四处逡巡，我在夜眼里守着家人的梦境。

嚯嚯，这些像猪一样贪睡的人，他们的呼噜声此起彼伏，有大有小，有的还吼来叫去，把安谧的夜色搅动了，把我的心都揪得乱蓬蓬的。然而，我无法进入他们的梦境啦。我感到寂寥、孤单。啊，我极短地打个盹后，又立刻醒过来。年轻时的贪眠劲儿到哪里去了？那时候怎么也睡不够呀。这是睡眠的衰老吧。反正我快要走了，时间也不多了。于是，我让脑子里的思想活泛，出走，回来，回来，出走。这时候，我又嫌夜晚不够漫长了。我的记忆像被魔鬼追赶，往昔之事接踵而至，幻影幢幢，满脑子乱象纷叠，分不清天地岁月谁是谁非了。

我是长女。长女当家。我母亲生了六个子女，活下来四个。当我长到十六岁时，有一天，舅舅把我唤到一边，说你长大了，该成家了，与母亲一起支撑一家子的中柱了，说不久后举行婚礼。舅舅问我有什么想法？我知道舅舅并不真实地想了解我的想法，就算我说了也没有用，他只不过是代表家人告诉我罢了。我能说啥？我把脸埋在胸前，躲闪舅舅凌厉的眼光。我的心扑通扑通跳得快了。我知道这是每个女人都要走的道路。我虽然好奇即将来上门的男人，但是，怎么也不好意思开口打听啊。舅舅也没有说是谁。从那之后，我走在村里，遇见人总是先红了脸，觉得每个人都在以异样的眼光看着我；从此，我的心里已经有一只不安分的小鹿了。不久，村里的格列上门来了。我有点淡淡的失落，但也还算称心吧。如果让我在村里找男人，我还是更喜欢扎姆家的赤村。婚礼之后，又举行了过门仪式，然后，格列正式成为我的男人了。俩人之间，有一年的时间没有在公开场合说过话，只是在私下，剩下俩人时有一些日常的交流：

"梅朵，你把篱笆那儿的皮衣拿来。"

"你自己不能动呀？男子汉！是吧？"

"呀呀，那我去，我是女婿嘛。"

看见他起身，我倒不让他去取了。一转身，俩人的肩膀相互撞上了。我的脸红了。一股热流掠过心尖。这时，他把热辣辣的目光射过来，呼吸也变得呼哧呼哧。为了掩饰自己的不安和快意，我哈哈大笑。格列也笑了。笑过了，便不再那样尴尬了。

俩人不能急躁呢，那样是会被村人笑话的。有一天，母亲说，你还没跟人家睡呀，我看，也差不多了。母亲的言下之意是：对女婿的考察过了，他们满意、认可。也不知道是细心的父母分别"示意"还是巧合，当天夜里，家人睡熟之后，格列就钻到我的床铺里来了。俩人无声地抚摸交缠了一会儿之后，我还是让他走了，我请他再等两天，因为我觉得我的母亲并没有睡着，当格列悄声说话时，我感到母亲醒了，母亲翻过了身子。而且，俩人急不可耐地等着父母开口同意似的，那样，母亲以后会笑话我的。格列怎么会等？第二天，他猴急地来了，并且不由分说，强悍地进入了我的身子。嚯嚯，年轻的身子那么贪婪无度，并且从来也未曾想过人还有衰朽的一天啦！

想到这些，岁月又变回到青春的颜色了。夜色也柔情似水。我侧翻一下身子，身上关节又嘎巴嘎巴响动。人老朽，身子变得像干牛皮一样了。我又眯盹一会儿。当我再次睁开眼睛时，天光大亮了。我唤女儿生灶火，她抬头看看，依然眯盹双眼：“还早呢，阿妈。”她埋头又睡下了。哧，这样子，家还能兴旺？四十岁的人了，还这样贪睡，我真是没见过。我再次艰难起夜回来后，站在女儿的床铺前，用拐杖在地板上敲打，让她起床生火，全村人都起来了，只有夏超一家人还这样睡觉吗？莫非还得我这个老人先起来。曲珍说：“阿妈，你别生气，自己去睡吧，我起床就是。”于是，她匆匆忙忙穿衣生火。

当火焰开始舞蹈，当烟雾把人间的气息弥散开来之后，我已经坐在灶旁了。嚯嚯，面对温暖的火，那莫名其妙的瞌睡却偏要缠上身来，并且还发出有力的呼噜声。

曲珍端来碗底放了糌粑、新鲜奶酪，再舀上酥油茶的“卡提”，叫醒我，我擦去哈喇水，抖颤着手接住碗。

“阿妈，睡得还真香，昨夜没睡好吗？”

“我要喝茶了。”我说。

全家人吃过早饭之后，新的一天算开始了。太阳好，我就坐到院子里去，太阳不好，我就守着灶火。

当家人把我安顿在院子里时，太阳已经从顶贡山巅跃挂到湛蓝的虚空里了。

金亮的阳光，多么温暖，暖人的阳光哟，周身淌动，把我的骨头、血液都烤热了。我在迷离的彩虹般的阳光下，又开始做梦了！

什么？谁在唤我？这叫声多么熟悉啊！是叫“梅朵”还是叫“阿斯（婆婆之意）”呢？唉唉，我这耳朵老是嗡嗡回响。它也不听使唤了。

多　吉

1. 回家

我进院门时，看见姥姥坐在一块毛毡垫子上，眯缝着细小的眼睛，嘴里自言自语地说着什么，头耷拉在胸前，偶尔把白色短发的秃头摇来晃去，像是在对着某个人打招呼。

“阿斯!”

我大声唤道。阳光在我的声波中幽幽晃荡起来，闪烁不定。我也眯起眼，等光彩静止下来。

姥姥突然间扭过头，往核桃树方向望去。核桃树在浓烈的高原阳光中，一副慵懒之态：枝干盘曲，阔大的叶片懒得言语，它们安宁地垂着眼睑，似醒非醒。这时，在树根正踱步而行的红冠公鸡突然停下脚步，抖抖脖子，然后伸展长颈，将哦噢儿——的长音透过树荫送到了梢头，啼鸣声到了高处缓缓散开，化了淡了……村庄之上，蓝天如碧，连一丝云彩都没有。

“阿斯！我回来了!”

姥姥扭去的脑袋回过来，她不再耸耳捕音了。她又如先前一样晃着头翕动嘴唇沉浸在自己的世界里。

我背着装有衣服和几本小说的牛仔包向姥姥走去，院子里青岗叶子的干爽味、牛粪、尿臊气、淤泥以及阳光中沉积的光阴味道，都一股脑儿向鼻孔袭来。啊，我在穿过千年万年的岁月呢，所有东西像尘埃一般骚动起来——我从心底油然升起莫名的伤感，同时，这种感伤令我很是不爽。我跺跺脚，跳到姥姥面前。

“阿斯!”

我又一次用村语喊姥姥。在村语中，外婆、婆婆，以及所有老妇都唤着“阿斯”。

姥姥惊悚地抬头而望。看来，姥姥还是能听见声音的，她并没有完全聋掉。

当吃惊的光芒从姥姥眼里淡去后，姥姥终于嚅动着双唇，发出嘤嘤嘤的声音，像是表达惊讶、欢喜，然后，几滴枯黄的泪水艰难地泌出眼眶，从皱襞上滑落下来。

“多吉，我的宝贝孙子你去哪里了？多吉，多吉。”姥姥喃喃道。

“姥姥，我去汉地了呀。你不记得了吗？”

“啥？姜地？《格萨尔王传》里的姜地？”

“我去读书了呀！成都。”

“吃喝？姥姥刚吃了呀。”

我对衰老感到沉重的同时，又为我与姥姥间半聋半哑的对话感到好笑，我俩如同两股平行之水，各自迎春光而淌，沿谷而去。

姥姥老得更厉害了，又干又瘦，岁月将她熬榨成木乃伊一般，又像牧场的风干牛肉，脆然间会干裂似的。

我蹲下身，把自己青春、红艳的嘴巴向着姥姥的用枯纹编织的空洞嘴巴送去——这是我们村庄延续下来的亲人间久别重逢的亲吻礼。

我是新青年——未来的世界是我们的——但是，我还是愿意保持这个礼节。尽管与很多亲人久别相见嘴巴相触时，浓烈的口臭让你难以消受，暗地里恶心上半天。

姥姥嘴里发出嘤嘤嘤的声音。

我看见一束阳光晃闪着出现在姥姥和我的双唇间，当两唇相触，从心底升起的情意猛烈地将我的嘴巴灼暖，我看见阳光的金线缕缕飞舞，像一群金黄色的蜜蜂，嗡嗡嘤嘤……

2. 童年

几天的欢欣很快过去了。我开始像只关在笼中的老虎变得越加焦躁难耐。

人就是这样矛盾，在学校里想家，回了家，又想学校。或许，都市的繁盛之景拽走了我年轻的魂魄。眼前是穷困的乡村和愚昧的人们。他们还活在神话时代。那是人类的童年期呢。我的老师说，人类的童年就是这样，与所谓的神灵鬼怪生活在一起。杨老师还以居高临下的眼光评判道：社会发育程度太低了。尽管我对老师的口吻和高人一等的神情感到不舒服，但我找不到反驳的理由。

每天早上，母亲到屋顶煨桑时，时常把我从美梦中唤出，强拉硬拽，说："你是出远门的人，山神、护法会保佑你的。"母亲掐断松枝条，交叠而垒，然后用举在手上的松木火把点燃，再在上面撒上用糌粑青稞牛奶等混合的桑食，嘴里诵念桑烟经，念完，口呼"啦索罗！啦索罗！"风助火势，蓬松的松枝燃得更烈了，好闻的香味和浓烟飘向空中。当村里所有人家的桑烟都升到半空后，烟霭交织成缥缈的云雾，笼罩在村庄上空。每次，当我显得神情可疑、阴云遮脸时，母亲总拿眼瞪我："你这孩子，咋不懂事？"我在心里说："你们才愚昧呢，神山，这高大的峰峦就是神山？嚯嚯，还保佑我的前程？怎么保佑法？真是可笑！这些都不过是民间的神话。神在哪里？能让我看看吗？看到了我就信。"当然，村人会振振有词地说，白玛舅舅活佛、格桑泽仁喇嘛曾看见过幻化成白人白马的山神。我才不信呢。其他人为什么看不见？每个人眼睛的构造都是一样的。母亲又唠叨道，崩桑神山特别护佑在异地的儿女们呢，去异乡的人只要勤祭神山，事业就会顺达。嚯嚯，如果那样，人一天到晚祭神拜佛得了，我心里的话翻江倒海。村人还把本地物产不丰归咎于山神作为格萨尔王的一员大将时，在分配财宝那天，因为迟迟未到，被格萨尔王疏漏了，所以只分到了一些零散的碎玉残宝。这些说法，看作祖先不了解大自然不明白天地运行规律时编织的神话听听倒可以，还真把它当一回事，那才叫傻呢！我当然不敢对母亲这样直接表明我的观点，仿佛自己多了不起，那样会让母亲伤心的。

屋顶的煨桑完了还不够，母亲还非把我拉到我家“也”树边煨桑，说：“你回来了，到‘也’那儿不去看看行吗？”好像“也”是我家的祖宗似的。

我家的“也”树长在定曲河边的一块田地中，那是一棵并不高壮的野生桃树。

母亲照例念念有词，在桃树下点燃桑烟。桃树在桑烟中、在微风里，轻轻晃动还未落尽的枝叶，似乎很享受家人的桑食。“也”树倚靠的巨石被火光和桑食暖了身子，安然沉浸在岁月的河流中。

我搞不明白每户家庭为何非要有一棵“也”树需要用心呵护？它与一个家族的兴衰荣辱怎么联系得起来？

我问母亲：“我们家不是从外地迁居来的吗？哪来的‘也’树？”母亲说，当我们家扎根在定姆河谷之后，请上一世的白玛活佛祈请并加持的这棵“也”树，一个家没有“也”怎么行？那作为“也”树有什么标准吗？我的疑问一层又一层冒涌，我知道母亲没有办法全部回答，我也就把有些问题吞回肚子里。“祈请？”“傻孩子，不祈请，它怎能当‘也’呢？”我禁不住哈哈大笑。母亲的脸变得严肃了：“你，别啥都不相信的样子，‘也’树灵呢，连你都被卦出来了。”“怎么把我也卦出来了？”母亲说，有一次降神师达曲路过村子，家人把他请到家里，卦示家境和运势。达曲说，到“也”树下抓一把泥土来吧，不要回头，直接回家。降神师用心看着泥土，然后说出了家里的状况，还说，你们“也”下整齐地排着三只新碗，一只碗在外边，是有人在外地读书吧？说的就是你啊，之前，谁也没告诉过他任何信息，你说灵不灵？虽然是母亲亲身经历的，但我仍然无法相信，我想这一切不过是某种巧合罢了。

等到“也”树下的火熄灭，我和母亲回家了。穿行在沟壑的路上，母亲又给我讲了许多“也”树厉害的故事，说某人捡柴时搅扰了另一家的“也”，那人便一病不起，做了许多法事才见好转，曲五家的达布就是因为误伐了人家的“也”树而染上麻风病的，等等，听起来，像是在说神话。当房顶或院子里出现蛇时，村人把蛇当作“也”树的化身，说“也”来看望家庭，还郑重其事地给蛇沐洒牛奶，然后用木棒轻轻挑着，小心送走。

神神鬼鬼的，藏人的脑子真是顽固不化！难怪落后！我胸中青春的火焰熊熊燃烧。

穿过沟壑，爬上一面土坡，再走过了几块田地后，走到家门口了。这时，金色的阳光已经把村庄照耀得明亮而温暖。乡村的每一天，都是在祭神典礼结束后，这才拉开了尘世生活的序幕。

我不明白村人为何不用牛马牌机器打茶？而要辛苦地在木桶里搅拌上千百次。有老人说，机器打出的酥油茶不香，没有味道。什么样的味道？

我也无法信任机器磨出的糌粑不如水冲石磨磨出的糌粑香的说法。难道机器把食物的香味吸了不成？

我搞不清村人关于牛奶分离器提取的酥油以及酸水做的奶酪经不起存放的道理何在？这也是机器之罪？

那电灯也不点了，车子也不坐了？坐在黑暗中，用脚力行走？这些不也是机器捣鼓出来的吗？

嚯嚯，我的亲人们，你们真的还活在人类的童年时代呢。

3. 新青年

我的言语越来越少，像一个孤魂在村子里独来独往。

村人看见了，不无嘲讽、揶揄：

“夏超家儿子想外面的大世界了，你看，他多孤单啊。”

“丢了啥东西吧，你看，一个人埋着头找来找去的。”

“现在的年轻人都瞧不起家乡了，也难怪，深山沟壑，又穷又没有啥娱乐的。心野的时候，谁不想到外面扑腾、自在？”

“外面真有那么好？”

“年轻人想姑娘了吧？”

“这孩子有个相好吧？嚯嚯。”

……

我才不屑于搭理你们，你们尽管在我身后指指点点好了。

我恨不得明天就离开这片未开化之地。我从心底嘲笑他们，鄙视他们，也可怜他们。他们呀，像是一群被岁月遗忘的古人。不知天高地远，不闻世间变化，更不明白人类伟大的科学成就！他们的心被各种古怪的神灵占有，还虔诚地信仰可笑的前生来世，因果报应，做法事、念经、打卦，磕头拜佛，转神山，建塔子、寺院，还深信所谓的活佛是转世来的，是有神通法力的——嚯嚯，我可从来没见过哪个人显神通，若真有神通，何必那样神神秘秘，像做贼似的偷偷摸摸？石头上留下脚印？用手指划破石头？多么荒诞！有人辩解，活佛显神通多了是会折寿的！胡吹瞎蒙吧！那不过是一个骗人的借口而已。村人也太容易被愚弄了，谁说的都信。还说活佛有他心通，未卜先知，超度亡灵。吹吧，现代神话！灵魂？谁见过？你指给我看看？人的肉躯灭了什么都没有了，哪来的超度、投胎、转世？科学证明了吗？在我看来，这一切都是自欺欺人，从古延续至今，还要骗到什么时候才结束？我为村人感到悲哀！我倒想要找人辩论一番：你有神通，能“神通”过电话、网络？能“神通”过宇宙飞船？能“神通”过登月壮举？人类早已登上月球了！在他们眼里，这也是“神话”吧?！也难怪，很多人连手机都没见过。说到网络的神奇，赤村竟然问我：那是不是活佛的他心通那种，千里之外的某个人想啥立刻就知道了？对此，除了啼笑皆非，我还能说啥？没有电视，没有收音机，更没有网络，令我无从知道地球上正在发生的新闻，我像是关在牢狱，坠在深渊，眼睛耳朵都成了摆设。苦闷，深深的苦闷！我的日子多么寡淡无味！看着村人穷开心的样子，我的内心不由得怒火中烧！我想转身而去，从此远走高飞！

新青年、新青年，高原正呼唤着新青年！否则，还有什么希望？

然而，我至少还得将假期熬煎下去——既为亲情和面子，当然，我还需要家人提供学费和路费。

当每天的日子变成无穷无尽的折磨时，我只好将自己真实的想法隐藏起来，我不想与亲人再冲突——说白了，是不值！于是，我把自己烦躁的欲望导向小说：《迷宫》《最后的野蛮人》《风语》。它们暂时止息了我沸腾的烈焰——不然，我很可能会突然不辞而别，回到文明繁华的都市，去尽情享受现代生活了。

那一天，我实在憋不住心中沸腾的想法，于是，坚定地宣布：“所谓的妖魔鬼怪都是迷信，根本就不存在！”我的舅舅活佛惊讶得目瞪口呆。他久久地看着我，然后，摇了摇头。

白玛活佛

1. 清修

我禅坐在庞措神山的林间小屋。清风明月，密林絮语，天上的云朵和偶尔从头顶飞掠而过的鸟儿撒下的玉音陪伴着我。侍从列珠负责我的生活，每天两餐，早晨一餐，中午一餐，过午不食。当他做完这些后，也有时间去转神山了，有时，他也找幽静林地、岩窝，念经或打坐。自从我俩走出村庄和尘世，来到这高天相接的神山之后，人像是被托浮到半空中，同时也拥有了一双可以鸟瞰尘世的慧眼，很多俗事烦恼看得透了，心性日渐明慧，觉性之光一点点明亮起来。尘世里闹哄哄的杂音，以及沸腾的欲望，都远离身心而去，特别是在止观修持时，自己也能轻松自由地驾驭自己心中的猛兽，很快进入禅定之境，不知不觉间，禅定力有了很大的提升。心之境，像明镜，越发的透亮、润净了。渐渐地，随着禅修的深入，我对"佛果"的强烈执着也放下了。有时候，我像一个贪婪的小孩，置身于禅定的自在、祥和、宁谧之中，久久不愿下座。有几次，胆小而谨小慎微的列珠在修行屋外一直等候到星光满天，或者，皓月把黎明辇载过来时，我这才走出禅定之境，此时，他的肚子咕咕叫唤了很久，如同空空的皮口袋，咔吧咔吧乱响。

我打算在神山上修行三个月零三天。在家里，虽然妹妹曲珍和家人尽心侍候，但是，尘世五味的搅扰繁杂不休，除非塞住七窍八孔，否则难以逃避，令心灵不知不觉间被牵扯，有时完全破坏了安宁之境——当然，大修行者即使身处闹市也能静心无欲，可我难以抵达如此圣境啊！"大隐隐于市"，除非大智者，否则难免受到尘嚣和凡夫的影响。因此，《佛子行》说，远离尘世，到寂静山林修行。在村里，当心旌晃荡之时，我努力让心安宁下来，将那些尘世的物事、风雨化作自我修行的甘露，不断增强我的出离心，同时，培育对苦海众生的慈悲之情，让菩提种子开花，当然，我渴望最终长成参天大树——这是至高的菩萨境界啦。然而，身处尘世和亲人之中，心中的忧思和牵绊还是无法摆脱，比如，对当家女儿的挂念——妻子往生后，我重新开始学经、闻法、修行。时间如光电，转瞬间就会消失，人生难得，我再也不能浪费和虚掷光阴了！由于众生的业力和自身的罪孽，人们一度将佛法毁弃，那委实是暗无天日的岁月哟！我被迫还俗娶妻，生养下一个女子——而今，女子已成家，我还等什么呢？人世间可以自由听闻佛法了。于是，我又再次受戒学法。遗憾的是，很多大德圆寂了，黄金般的传承或断了或零碎了——假若此生再次错过，谁敢保证往后的生生世世里还能听闻到如意宝似的佛法呢？无常，万物都处在流变之中，在时间的滔滔汪洋里。末法时代，佛法如稀世大音、至上宝贝，殊为罕见和珍贵！

想到此，我更加精进禅修，像一个牙牙学语、走步的孩子，一点点一步步，坚韧地向前，让心性明慧圆润，令智慧恒定增长……

2.“科学”

“我家的‘科学’回来了！”

我这样开我外甥多吉的玩笑。

他从学校放假回家后，专门上山来看望我。

年轻是多么好，我看着外甥生龙活虎的样子真是无比羡慕；年轻又是多么狂妄，我那外甥哟，满脑子都是“科学”和“物质”。尽管他试图掩饰，可我还是一眼看穿了他对故乡的鄙夷之心。还让我感到可笑的是，他对我颇有怜悯之意呢。

我笑问：“我夏超家的‘科学’呀，你给舅舅带来了啥学问呢？快教教舅舅吧。”

多吉自己也笑了：“舅舅，你别嘲笑我吧。外甥敢给你教授什么？”

我说：“我们待在深山老林里，不知道山外的大世界啊！还是你们年轻人遇到好时代，见多识广。”

多吉终于藏不住“猴子的尾巴”，很快与我这个舅舅较起劲来：

“舅舅，整天哇啦哇啦念经，能有啥用？还不是像林梢的风声？”

“那你的意思是：让欲望心猿意马纵横驰骋就好？”

“整日盘腿枯坐，能有啥意义？这是白白浪费时间！”

你听，我的禅修成了“盘腿枯坐”，成了浪费时间呢。

我忍不住哈哈大笑：

“我亲爱的外甥，你教教舅舅怎么利用时间法？怎样才有意义？”

多吉的脸红了，然后，摇摇头：

“舅舅，你们搞的是虚幻东西。自欺又欺人。说到底一点用处都没有。”

我外甥清亮的眸子里又浮现出怜悯之光。我再次朗声大笑，然后，唤列珠进来跟大学生辩论。

列珠的身子顿时萎缩下去，喃喃道：

“我哪里能跟多吉辩论啊？人家是大学生，什么不懂?!”

我盯着外甥的眼睛说：“他呀，可能懂得过头了！你说是不是？”

多吉说：“我讲的是‘科学’！”

“是啊，只有‘科学’最权威。”

“舅舅，你也这样认为？”他的惊喜之气溢于言表。

“那什么是科学呢？”

“科学就是人类发现的对于物质和精神规律性的认识。”

“那心灵修炼为什么不能算科学呢？”

“不。它怎么能称科学？”

“科学能断除人的烦恼吗？”

“科学改变世界。”外甥的口气咄咄逼人，“佛法能吗？”

我禁不住开怀大笑：“听到你这么说我很高兴，佛法智慧教我们认识世界的实相，所以佛法也是科学，属于精神层面的科学，是智信！”

外甥的眼睛瞪得牛铃铛那么大。

外甥与我辩论时，他眼里闪耀着多么炽热的光芒啊！那光芒急欲把我罩覆、吞噬，言语中隐含的凌厉之剑，那么寒气逼人！在他看来，他仿佛就是真理的化身，而他所学的无疑是最正确无误的。透过他狂热的目光，我似乎也看见了自己年轻时的激情和狂放，我也曾将所有人都不放在眼里，是一个地地道道的狂人呢。这也许是年轻人的通病吧?！我并无责备之意。我只是心疼他的心是太满了，像装满了水的杯子，再也盛不下一滴新水了。

我想对他说："外甥呀，你的脑子太满了，如果倒空一些，咱俩倒可以辩论一下。"

可是，他哪里听得进去?

他给我讲世界的当下，说一个"船"——当然那名字我记不住——如何大，大得可以停几十架飞机，说某种"子弹"（哈哈，我姑且这样叫吧，我没学过那些名词）如何厉害，从地球的这边可以打到那边，瞬间可以把数百万人的城市摧毁，还说有一种像蘑菇云一样分裂膨胀的武器能把地球毁灭几次，把所有的地上生物都可以烧死。

我听得心惊肉跳!

我问他："那要杀死多少生灵，造多大的孽!"

他瞪圆双眼："造孽？人家在飞向太空，而我们藏人还留在幻梦中，太，太……"

我看他想说出最难听的话，又碍于面子，便把刺人的话语吞咽回去。

看他激愤的样子，我想笑又觉得他傻痴得可爱。

我说："制造那样庞大的铁家伙原来是用来杀人的呀，嚯嚯，太恐怖了!"

他气宇轩昂地说："一个国家一个民族没有实力便无法立足于国家民族之林，弱肉强食是当今世界的运行法则，落后了，必受欺负！"

他并不正面答复我。

"嚯嚯，你说的那些法则是好的法则吗？我们不都是人吗？人身是多么难得！人与人、民族与民族、国与国之间非要武力相向？"

外甥想说什么又闭上了嘴巴。

对于所谓的了不得的"科技"，我感到稀奇，便义刨根问底地向他"请教"。

外甥滔滔不绝向我描述那些神奇的科学奇迹，绕着地球转的卫星，登上月球的飞船等，间或，反问我："舅舅，你想不到吧？像不像神话？"然后，自己回答："这些东西是实力的象征，我们有什么？什么都没有，所以……"他再把后面的话收回去了。

看着外甥冲动而难受的劲儿，我想逗弄他一下。我并不完全孤陋寡闻。

我以揶揄的口气问他：

"那膨胀的东西是不是像祖先曾经造过的那种东西，本来只有指甲大小，但将它打出去之后，其威力足以毁灭一座房子？"

"就是那样的，越变越大越变越凶，叫核武器。"

"在路途中不断裂变，瞬息间，变得威力无比。"

"那是啥东西？现在还有？"

"哪里去找呀？想到它在飞行和爆炸中伤生害命，就把制造的图纸毁掉了，于是，再也无人问津了。"

"真是?！多可惜！愚昧啊！！"

年轻的外甥又是一副痛心疾首的样子，这时，额头上叠布了几条淡淡的细纹。

3. 流变

定曲河呀，像岁月一样流淌。

我的此生啊，像太阳一样攀到西山顶了。

回首来路，让人心生多么强烈的无常！现在，是我精进修行的时候了！

作为阿本仁波切认定的第十四世庞措活佛，作为一个为生者祈福为亡者超度的僧人，我已经耗掉太多此生的岁月了。想到自己和众生历经的困苦，我怎能不盔甲精进，怎能不心生慈悲之光？我要尽其所能拔除众生的烦恼和痛苦，否则，我也只剩一个活佛的名号了。或许，是我本人的业力所致，或许是众生的共业之果吧，我和村人走过坎坷之路，当然，也不只是我们。佛陀说，诸行无常，诸漏皆苦。我们的道路印证了这是千真万确的真理。在尘世，无论是山河大地，还是微尘细胞，每个人挚爱的身体，无一不处在流变之中，而我们肉眼所认为的坚固执实，不过是迷惑心灵的假象，同样，俗人所认为的快乐也一样短暂而无常，其实质都离不了一个“苦”字。只不过人心不愿去面对这个实相！众生之苦，佛法能够拔除，并最终将众生从轮回的循环中解脱出来！

那么，说说我此生走过的道路吧：

据说，我母亲怀孕时，做过一些吉祥之梦，当怀着身孕的母亲去参加时轮金刚法会时，有一天，阿本活佛当着许多人的面说，庞措活佛要在十五号吉日降生，就在下面的村寨里。他的侍者惊诧不安地说，阿妈呀，如果生出来是女孩子，怎么办？众人纷纷把责怪的眼光射向他，有人禁不住吐唾沫：呸呸，你这个违缘者！这个木钝的侍者辩解道：“我是为活佛好啊，如果生出来是女孩，活佛的名声就毁了。”一位虔信者大声吼道：“你这个黑嘴，活佛没有神通怎么会说？”侍者还犟嘴：“总之，我觉得先说出去就不好。”阿本活佛感到缘起不好。但他并没有责怪自己的侍者。之后，人们纷纷猜测和等待谁家有福诞下庞措第十四世活佛。十五日到了，河谷上下寂然无声。阿本活佛慨叹：“为何十五日没有降生，他要晚生一天呢？”十六日，我来到了人间。当后来生出许多变故之后，人们相信这一切都兆示了我此生的坎坷旅途。

当然，我还通过了辨认上一世活佛的遗物等认定程序。五年之后，我家还诞生了另一位了不得的圣者。他是我的二弟。村里牲畜失踪时，他会非常清晰地说出它们所在的地方，大人们一找，果然就在那儿；他还把碗摔向墙壁上玩耍，我害怕地惊叫，但是弹回地板上的碗完好无损。甚至到后来，私底下有人认为庞措活佛可能是我二弟呢。我出家入寺几年之后，村寨解放了。我们步入了新时代。再后来的历史，无论在汉地还是藏地，大同小异。我们成了“牛鬼蛇神”“四类分子”，遭到批斗，接受劳动改造，在文化大革命中，我被迫还俗。在那些遭灾受难的岁月里，是心底的信仰支撑我走过了漫长黑夜。当人们用种种手段批斗，甚至污辱我时，最初我也很生气，但转念一想，这些人也特别可怜，竟然有这样的行为！我还默默发愿，让众生的苦由我代受吧！生起这样的慈悲心，并将所有的违缘都转成道用之后，整个世界好像变了！一切都变得能够忍受了！当然，对于捣毁寺院、佛像，烧掉经书、经板，我痛彻心肺，暗地里默默流泪，祈求佛菩萨保佑。我与村人一起劳动挣工分，再后，父母和亲戚们让我上门入赘，开始了世俗生活。

回首此生，我有种做梦的不真实感。人生之苦，轮回之苦，把众生捆缚得多么结实、坚固！今天，村人的生活变好了，物质丰富了，那样多的机器解决了人的体力活：电灯让暗夜亮如白昼，人们再也不用松光照明；脱粒机让连枷退出了舞台；汽车让世人的双脚不用攀山越岭，也不用躬腰流汗背负重物了；连打酥油茶也用上机器了。但是，人的烦恼和心灵的痛苦并没有减少，相反越发炽盛！兄弟为钱财反目，父子为家产打斗，僧人为情破戒，夫妻离散，贪嗔痴三毒烦恼汹涌泛滥。人的幸福真能建立在物质之上吗？它像修砌在冰上的建筑终会土崩瓦解。众生欲望的滋长，若不知足少欲，便永无餍足之时。

佛陀说，人身难得，暇满人身更加难得。若不珍惜，如夏天的露珠，秋天的白云，转瞬就会消失。于是，当妻子病故、给女子招婿之后，我回到了寺院，重新受戒，接续上佛法闻思修之道。

岁月蹉跎，死亡将至。许多人讳疾忌医似的，对死亡提都不敢提是多么可笑！我会死，你会死，所有人都会死，死亡之时，如从酥油中抽出一根毛发，心识之幻身孑然独行，漂泊于中阴去面对来世了。那时，生前的名利地位、亲朋好友都抛诸脑后，连一根针都带不走，惟一能依靠的，就是佛陀之法。

我灵异的二弟是在三年自然灾害时期饿死的。愿他再回人间弘扬正法。

梅朵老人

1. 核桃树

呱哒，呱哒，呱哒，我似乎又听到格列砍伐核桃树枝叶的声音了。

格列砍青岗柴在村里算数一数二的人物——他一天可以砍二十三背柴呢，砍掉核桃树伸在一旁的枝节算啥呀，半天工夫就完了。我男人一身的蛮劲倒让人称许。

也不知道是咋回事，这牲畜、田地一分到各家各户，所有人都像疯了似的，不分白天黑夜伺弄田地庄稼，丢天忘地地修房子。也不清楚谁家先起的头，好好的四方房子，现在都纷纷接上“耳房”，像迷道有一个拐弯的侧房，土房子就脱胎换骨了？真是没有道理！但是，人就是这样，只要有个人家起了头，便相互攀比。格列也执意建十二根柱子的偏房。我说我家房子本来就小、矮，柱子也不够粗，以后如果真有能力了，重新择个地基修新房，但是格列哪里听得进去？他说那是儿子辈的事情，我这一辈只修得起偏房。我笑着说，嚯嚯，你倒也有自知之明，“傍牛”上一只小“耳朵”，也算厉害了。可是，这“耳朵”往哪里摆放却“考”倒了一家人，往东面接续，“耳朵”全落到下斗家房屋的阴影下了，那修它还有啥意思？阴阴暗暗，让你心里堵得慌。啊呀，都是狡猾的巴桑害的，他为了让外甥上门到下斗家，把我家房子边的自留田——那一长溜地，送给人家做地基，下斗一修房子，把我家的光线完全遮挡了。真是晦气！不过，也活该他有果报，白白地把田地送出去后，外甥最后也没能长久，离婚了。

呱哒，呱哒，那一声声砍伐之声，怎么像是落到我的心上，令我心里瘆得慌呢？那声音甚至钻到梦里来，让我噩梦连连。一会儿，核桃树狂呼大吼，那风声像河水嘀嘀流动起来，惊得房子都跟着抖颤；一会儿，它把长枝虬干拂荡到窗上，啪，啪，啪啪，像对屋里人有深仇大恨；一会儿，我又看到核桃树伸透到房基下的粗壮根子像蛇一样扭动，像要把房子掀掉。我大汗淋漓地醒过来。

我真是疑心这棵核桃树成了精呢，它像人一样有了思维、情感？或者，家族的风水汇聚在它身上了？

我对格列怎么劝说，这犟脾气的男人都听不进去。他执意要砍掉半边的核桃树枝叶，把耳房朝着核桃树延展。他振振有词地说，砍几个枝叶，对一棵根深叶茂的老树一点影响都没有。他那样一说，我也转了念头，想：耳房修到核桃树前，倒也不失为一片风景吧。

呱哒，呱哒，斧子举起、落下，又举起，一次比一次更深地咬削，一片片鲜亮的木片飞扬起来。核桃树感到疼痛了吗？它是否像人一样呻吟不止？它真的会发怒吗？

几天的时间，核桃树的半边身子消失了，显得很不匀称，像鞍垫歪斜到肚腹下的马儿，像一个削掉半边脸的古怪之人。看核桃树落寞枯寂的样子，我先是感到一种莫名的忧郁，然后生出不安和恐惧。我隐隐感到夏超家做了一件愚蠢的事情。

那年夏天，当格列和男人们挖地基，掘到核桃树伸展在老房子之下的一根粗厚根子，为了拔掉根子，男人们嚯嚯哈哈地扯动时，整个核桃树身都抖动起来，连老房子也在微微战栗。

格列的脸色终于变了。但是，事已到此，再也没有回头路了，便只好将错就错下去。他喃喃念诵经文安慰自己。他还宁愿相信：耳房的修建不会伤及整棵核桃树。

呱哒，呱哒，呱哒……

啥，扎西，你在说啥？我又没有他心通，怎么知道你想啥？你说话得让我听见啊。

哦哦，你这个木讷的女婿。你看，他的嘴巴在动却没有声音，难道他只有苍蝇嗓子？或者，成心不让我听见？

我，我在说修耳房的事情，难道你们都没有听？像什么话？人老了，都不爱搭理了。

看，看看，我孙子只会坏笑。年轻人更不会懂得老人的心思。人老是一件掀天动地的大事呢。人们的嘲笑……啧啧，别得意。谁没有老的时候？

嘀嘀，眨眼之间，你也老了呢，我的宝贝孙子。人的一生一世像梦一样，一眨一闭一眯盹一睁开，岁月流逝殆尽了……

2. 同命

你说怪不怪？房子修好了，一家人做起怪梦来，像是核桃树在托梦。核桃树先从半边开始枯萎，一枝傍着一枝，最后一条主干枯败了，第二年，像被传染，另外半边也开始显出枯萎，到第三年，核桃树只剩了一片残余的绿叶青枝了。然后，格列病倒了。到处去打卦，都说没大碍，我们也就没挂心。然而，梦纷乱不堪：我梦见格列翻过雪山走了，当他翻过山头时，耳房塌掉了，那漫无边际的尘埃足以把整个村庄遮没。扎西，扎西还能有啥梦兆，即使有，这个没有嘴巴般的男人都不会说出口，他任什么想法都烂在肚子里，像肥料一般。但他后来告诉曲珍，他的梦其实也不好，可是，问他怎么不好，他说忘记了。嘀嘀，这个人的话你能信？我那个从小心地善良的儿子白玛倒是真做了不吉的梦，他梦到桥从中间断了，父亲格列掉进河里，问他父亲上岸了吗，他说好像是上了岸的。那这个梦就无所谓了，它圆回来了。白玛忧心忡忡地问我们："是不是该做一做法事？"然而，另外几个活佛都异口同声地说不必做法事。我们也就放下了做法事的念头。

"啥，曲珍啦，你说阿姆也死了吗？"

"没有啊，妈妈，阿姆去城里了，他儿子要带他走呢。"

"儿子疯了？哪个儿子呀？"

"你瞧瞧，你瞧瞧，我孙子笑得多么开心，仿佛我说的是笑话。你们倒要让我听见啊。"

"多吉呀，你别那样吼，难道我的耳朵是溶洞吗？你会把我震聋的。"

扎西也看着瞧不起自己的儿子没心没肺地笑。哈哈，你自顾笑咧嘴巴吧。我再也不理你们了。多吉啦，你也有老的时候，你以为自己年轻，日子长吧？老年的时光眨眼就到了，不信，你自己等着。格列像是昨天才死的呢，可是，你都已经长那么大了。那时，你还只会爬行。

我们是没有做什么法事。如果是因为我们没做法事让格列猝然离世的，那罪孽大了。我一直不明白的是，为何几个活佛都没有卦准？难道我家的核桃树真的成了精，它用障眼法把他们的法眼都遮住了？那活佛的神通又到哪里去了？噢噢，三宝，真是罪孽！

“啥，让草家的牛被狼咬死了？我把右手掌掬成一个山洞形状，围住耳轮，免得让声音跑掉。”他们还是叽咕叽咕悄言细语，成心不让我听见。我偏要问个明白。

他们哄堂大笑。连我那女儿曲珍都倒向男人了。噢呀，一旦嫁给男人有了儿女，心都偏向自己的男人，连自己的母亲都可以不要。我真要气死了。

“麻风人家都要走？啥，往城里？”

“啥，妈妈，不是这样，我们在说家里的事情呀。”曲珍俯身过来。

“什么，家要卖掉？怎么行？”

哈哈，嚯嚯……他们又笑得前仰后合。笑声那样遥远而清脆，我的耳朵都在颤抖。

我再也不想跟他们说话了。我生气地撑地而起。

“你们别扶我，我不需要你们的帮助，滚开！”

曲珍和孙子多吉却不愿放开我。我孙子把嘴巴贴到脸颊旁，又嬉皮笑脸地逗弄、讨好我。

“你就不用那样假模假样了，你只等我磕完头时，再扶我就行。”

你瞧，我孙子又笑了。

我知道你笑啥，你笑吧，我就是这样向我认识的活佛祈祷，请求让我早一点死掉。我活着是你们的累赘啊。反正我也活够了。谁能不死呢？也不知道死后能不能遇到格列。如果遇到他，我一定要问他，是不是核桃树害了他。到阎王那儿，阎王一定会交代死因吧。

同命？人的魂魄可以寄居在不同的地方吗？

3. 衰朽

当家人听到我祈求自己早一点死掉的祷告后，一定觉得我疯了。曲珍赶紧捂住我喃喃祈祷的嘴巴，几乎让我喘不过气来。我举手打她，她这才把手拿开。当发现自己在情急之中，差一点把母亲捂闭了气，她这才满脸歉疚地对着我笑。我咳咳咳地咳完了，再拿眼剜她。我知道她是为我好，可是，我真想走呢。我再也不想混沌朦胧地过活了。万物衰败，连岁月都在衰朽，夜深人静的时候，他们怎么知道我那高山海子一样的孤寂呢？我没有见过大海，大海也应当是高山海子的样子吧，只是更壮阔，更喧哗？那些高山海子，有人说那是天空的眼泪，也有人说那是大地魂魄，哪个说法是真的？我觉得它们像雪山的翡翠饰物，因为有了这些饰物，以及森林之衣、鲜花连襟，雪山才如此美丽啊。我时常在家人的鼾声中，眼睁睁地等到黎明姗姗来迟。我的父亲曾经说，人越老瞌睡越少。真是这样呢。或许，因为要面对来世，所以魂魄不肯睡觉。在寂寥的古宅中，在家人此起彼伏的呼噜里，我听见自己的骨头一点点在老朽，它每一天都在发出脆裂的嘎巴嘎巴的声音，血肉日渐衰弱，血色一天比一天淡薄，我的双眼看东西变得模糊了，连耳朵的听力也开始远去……这种日子的熬煎那么漫长，仿佛每一天都在经历春夏秋冬。现在，我的梦也开始变得零碎无序了。记忆和幻梦混沌裹合成一团，分不清彼此了！更可气的是，我的尿意来得极快，当我想起身去解手时，四肢不听使唤，我大声呼叫，他们却睡得像猪一般，又像死了似的，更加丢人的是，这当儿，尿液从下体畅快地泄掉了。丢脸啦，真是丢脸，在热辣辣的尿水中，我红着脸责骂自己。然而，这样的时候越来越多了，连家人都开始习惯我的丢脸之举了。我不敢想象，当某一天，我连屎都憋不住，像畜生屙在褥子上时，我还有何脸面见人？我不能去想象他们嫌恶的样子。

衰败。衰败。既然所有的事物都要衰败，那就来得快一点吧，请阎王快一点把我掳走吧。生了，必然要死，死了，又可以面对新生了。所以，我向自己记得的活佛们祈祷，请他们帮助我早一点达成死亡的心愿。

在暮年，肉体的衰朽来得如此倏忽，是我没有想到的。

在寂寞的长夜和寒意浸骨的白昼，我人生的步子迈得多么艰涩！它已经没有五彩缤纷的内容了。

我盯着搁置在窗台上的方形小喇叭，又开始怀想哄哄闹闹的尘世时光，有时，瞪视得久了，我突然感到喇叭哇啦哇啦地响起来了，那神奇的小箱子里，充盈了那么多人各种不同的声音，而且居然没把它吵爆，真是让人难以想象！立在村口土坡木杆上的大喇叭就更得意了，那粗重敞亮的嗓音胜过众人的齐呼吼叫，也把寺庙的长号声淹没了。无论走在河谷中，还是在河岸的山坡上，它的声音如雷吟虎啸，让大地抖颤瑟缩，令我们的身心不由自主地变得服服帖帖。说来好笑，曲然家的阿巴以为那小匣子里有无数个小人，他用刀子挑盖掏肚，却发现里面除了一坨铁块和几根电线之外啥也没有。有一天，广播里通知全村开会，而他家没有到会，这才知道阿巴搞了“破坏”，被抓到公社关了好几天，最后认定他不是“阶级敌人”才让他回了家。

嚯嚯，那时候多么热闹！小匣子早中晚闹腾三次，人们时常举臂呼号，虽然不知道那到底是怎么回事，但是众人聚在一起是多么好的事情——如果没有令人恐惧的斗争。呀呀，那时候，我多么健壮，身上总有使不完的劲。

格列也是个好奇之人。有一天，他换灯泡时，终于憋不住对灯泡的灯头洞里到底有什么秘密的好奇，就把手指伸进去，说：“我看看，这里面到底有啥？”一伸，又突然间缩回手，“啊哟”一声惊叫：“唉，里面有个会咬人的嘴巴呢。”还说，手痒痒的，让人心里舒坦。他起了坏心思，让别人也来摸，那人也“啊哟”一声，将手拉回时，打在了旁边人的脸上，那人也一声惊叫：“啊哟！”很多人争相去摸，有一个人被吸了很久，差点被电死。

我侧耳细听，终于明白喇叭匣子早已变得死气沉沉，发不出一点声音了，或者，它也只剩了躯壳，其他都死掉了吧！

沉重的夜色又来临。我的睡眠却睁开了双眼。

嚯嚯，如此寂静，神灵们倒要自在高兴了——在那每个村口大喇叭轰响，每户人家里大喇叭的“儿女们”也跟着吼闹的日子里，一位活佛私底下说：“众神逃离了人间，再也不护佑我们了！”

神灵哟，如果你们安在，请护佑我早日脱离这衰朽的暮境吧。

核桃树枯死，格列也跟着走了。

你说，这其中有没有关联呢？

在连续不断的梦河中，我先是感到身体沉重地下坠，接着是焦渴、燥热之感，最后变得空泛和轻灵，我像一缕云朵飘浮到半空中，没有了任何身体的重负。奇怪的是，我竟然看见自己深闭着眼睛，身子缩成一团卧在床铺一角，家人们正发出此起彼落的呼噜声呢。

我想说话，而且也说了一连串的话，但是他们依然深陷梦境，连沉睡中的我也毫不理会自己的说话声了。

我是怎么了？

多　吉

1. 初试牛刀

“夏超扎西像牲畜一样……”

“他呀，猪一样除了埋头拱粪，还会干啥?”

“扎西，他可是村里最后开步走的人。”

……

很多人在背后这样议论或贬损我的父亲，我知道，很多人因为我有这样的父亲并不看好我的前程。我父亲的脑子里只有一根直弦，对人对事不会拐弯儿，不耍计谋，总是被他人轻松欺骗，挣钱也没有路子，除了拼死拼活的劲儿没有另外的办法，而辛苦挖来的虫草和从山林中采来的松茸也时常被村里最早觉醒当“倒爷”——是的，他们只能称为“倒爷”，能叫啥老板，尽管村人学着电视里人们把“老板”叫得甚欢——的年轻人，几句甜言蜜语——而背后埋藏着算计——一说，就低价让他们买走了。那些年轻人信誓旦旦地说某家也是以那个价格出手的，给父亲的算是高价了，还请他千万别让他人知道，等等，手段迷人而蛊惑，父亲上当了。当然，父亲知道后，气愤地诅咒。因此，有了那样两次之后，家人每天从山林中捡来的松茸出售的任务就落到我身上了。我在小商贩们中间细心观察，一是比较价钱，二是比较挑选的尺度，是松还是紧，然后再决定卖给谁。我知道这些所谓的老板们都不过是中间的小倒爷，只是赚一点城里和乡下之间的差价罢了。有时，我也比较卖通货和按等级出售之间的利弊，通过试验，我发现这中间，也是有学问和秘密的。如果，家人的松茸比较齐整，大多是等级菌，那你按等级出售收益就多，如果松茸比较混杂，上等级的比例较小，那卖成价格稍低的通货价，整体收益可观得多，有时，还可以从松茸堆里挑选一些特等菌，但是，前提是不能影响整体菌子的出售才行，那么特等菌就可以待价而沽，一些老板专门收购特等菌，按村人的话说，如果你能够留下一些“大哥”，那今天的收成就很可观了。当然，出售“大哥”时，你一定要避开先前出售菌子的老板，否则你把人家得罪了，下次他就会对你另眼相看，收购时，手下也不会留情了。所以，这平常的买卖里也是有一番学问和技巧的。当我售出家人每天捡来的菌子，虽然与往常数量相当，但是拿回来的钱明显多于父亲出售时的金额时，家人终于相信我的能耐比父亲大得多。同时，我也发现一些小老板在秤上做的手脚，比如，在秤盘下加一小块磁铁，或者，在称重时故意把秤杆举得很平，似乎很关照你了，嘴里也嚷道：“看清楚噢看清楚，我给你称得很平易呢。”老实的村人就说：“是是，你称得好。”然而就在盘秤落地的一瞬间，老板已经将绳线朝前挪几格了。因为我最早发现了老板们的“黑心”，便率先在家里称好重量，然后在村口出售时比较重量，如果将泥脚之类的损耗计算在内，二者的出入大，便说明那人的秤是有问题的，或者说，他在秤上做了手脚。于是，在我的带领下，村人变得比过去聪明了，几乎所有家庭都纷纷托人从县城买来秤，每天在家里称好重量，每次出售时，老板称完了重量，先不让老板将菌子倒入自己的菌筐内，一定要比较无误再出售。小老板们觉得这河谷的农人真是难缠，自己施手段、耍花招的空间窄小了，于是，有些资金很有限的小老板干脆转移战场不再来了。更令人可喜的是，在我的出谋划策之下，村里的明白人最先踊跃行动起来，最后形成一个规矩：每个家庭派一个男人，组成自卫队，一起维护大家的共同利益。他们不定期巡视，提着一个大家都认为公正的秤，检验老板们的秤是否有问题，就这样，不少老板露了馅，秤被村人没收，自己连一朵菌子都没有收到便灰溜溜地走了。众怒难犯，谁敢叫板呢？只好自认倒霉，毕竟自己理亏。从此以后，老板们的秤都变得“公平”起来了。当然也有反复的时候，但是，每个老板变得小心翼翼，不敢太张狂和放肆。乡上领导知道之后，先是为村人的无法无天、目无领导而生气，最后见大势难逆，便转而支持村民的维权行动了。后来，村人的这一举动还受到县上领导的称赞。在这一系列的行动中，我的“学问”和“汉人般的狡猾（有人称为聪明）”得到了村人的认可。大家纷纷刮目相看：

“你看，人还是要读书呢。读过书的人就是不一样。”

“是呀。不然，我们被人家像傻瓜一样愚弄了。”

“做生意的人真是狡猾，我们怎么也算不过人家？幸亏孩子们有出息了。”

“我们以后得让孩子去读书才行呢。若成了我们这样，一辈子在一条沟里，天下成啥样都不知道了。”

“多吉有啥了不得？其实，那一点谁都知道。”

……

村人的议论，令我沾沾自喜，同时也增长了我的狂傲和鄙夷——识破那点机关算啥学问？可怜的村人，在山沟里过一辈子，一双眼看到的不过是一片狭窄的天空。

因为我增添了家族的荣耀，让父亲得意了几天。似乎村人对他也另眼相看了。

也不知道从什么时候开始的，我发现“金钱”已经在人间充当起“大哥”的角色了，总有一天，说不定它还要“主宰”更多呢。横行霸道的金钱冲击心灵的堤坝，不断淹没道德和良知的底线。

这一切终究无法躲过。该来的都来吧！我，夏超扎西的儿子，喜欢的是翻天覆地的大时代带来的新鲜刺激呢。

2. 世相

因为日渐穷困，村人瞧不起我父亲了。就连我这个儿子也从心底为父亲感到悲哀。一个人跟不上时代大潮终会被淘汰！

你听听，村里的女人和男人背地里关于世相的交流：

“珠嘎、古里真是胆大。懂不了几句汉语也敢闯外地做生意。听说……”

“男人就该这样啊。男人围着锅灶转，那男根长了做啥？还不如个女人。”

“拉珍两口子多会‘摇尾巴’。那个用皮尺量退耕还林亩数的人不知道怎样成了拉珍的同学。听说，那人给她多算了好几亩呢。两口子把房子背后的荒地都算成了退耕地。”

“时下，这样的人才吃香呢。尾巴长、尾巴会甩，朋友就多实惠也得的多，人就攀得高。”

“你看，老实的只会使蛮劲的人最吃亏。像夏超扎西……”

“不识世相的人也有啊！像吃了迷魂药。”

“真是。幸而夏超家还有白玛活佛，如果活佛没有了，那不知道……”

“可是，白玛活佛也挣不了钱。你看年轻的活佛，纷纷跑去内地，收了多少弟子，拿回多少钱。白色的王子车说是要七十多万元呢。”

“阿妈，吓人哦！”

“世道变了。人人都看重钱财了。”

“可不是？人一穷，连亲戚都跑光了。人人爱富嫌贫。”

“现在呀，没有钱，走路都难了。”

“是啊，如今是金钱铺路的时代。某一天穷人连水都喝不上吧？”

“喝了也哽喉。说不定呛死人。哈哈——”

“水也可以变成钱呢。听说，定曲河都卖了。”

“卖了？”

“卖了赚钱啵。说是卖给一个大公司开发水电，定曲河的水会变成哗哗的钱呢。”

“本地的河为啥不需要经过我们的同意就可以卖呢？”

“嚯嚯，说梦话吧？你是啥人？谁知道你？我们都不过是蚂蚁般的小人物。还要征求你的意见？让人笑歪嘴巴！”

“所以，扎西这样的男人看不清世道，成傻子了。”

……

在村里，我父亲活得很累很苦，像一头负轭的耕牛。日月在我们头顶轮转，疲惫却浇在他的心上。他的生活像暮秋，显出枯萎之气。

这时，庞大的机器轰隆隆地开来了。

3. 事件

电站开工，整个山体挖得满目疮痍，像是被捣烂的一张脸皮。每天，机器巨人把掘出的一铲铲的石块、泥土从山坡上倾倒下来，石头滚动，把沿路的树木拦腰斩断。机器如入无人之境，风风火火，把一条条伤痕直剖向山脚。当左岸的山脉变成一张花脸时，引水洞从山腰挖进——这修法与过去的麻拉电站不同，那时，只是通过水渠把水引到高处，再让它通过管子冲泻而下，让那山脚的机器转动起来，于是，灯亮了，把一地的黑暗照耀如白天。据说，每户人家出一个全劳力到麻拉劳动，仅仅一个多月，就把电站建成了。指挥长刘华的嘴巴终日含着一个柄把弯曲的粗烟斗，他把烤烟咂吧得轰轰的，走到他身边的人都被熏得咳咳咳地咳嗽起来。河谷里的几对男女就是在那儿相好上的，有的还真成了夫妻。我的父亲讲，修麻拉电站之后，他没来由地为鱼类担忧起来：如果在山洞里埋上许多机器，那鱼儿肯定被绞成肉泥了。而且，山洞与山洞间的鱼儿再也无法来往了，它们像关到监狱的人吧？鱼不安则人不宁，将来河谷里会不会干旱少雨？我对父亲说："阿爸，你跟上时代吧？别再落伍了！这叫进步，这叫科技，懂吗？"父亲的隐忧难以排遣："我一辈子守在村里，是不懂，但你们也别把自己说得像神仙似的。你还是不是我儿子？""但是，我懂，"我鄙屑地说，"你不知道，哗哗的河水可以变成哗哗的银子呢。这里的电输送到城市里赚大钱。""可是，鱼……"我忍不住哈哈大笑："鱼……哈哈，鱼，你又要说杀生吧？连自己的肚子都弄不饱，还……哈哈哈。"父亲的脸色陡然变了，他抖着嘴质问："你是空中掉下来的吗？还不是我把你养大的。出去几年，反倒看不起阿爸了。"我躲开父亲咄咄逼人的目光，转身走开了。嘴里还是冒出了一句骂人的汉语。

不久，两岸的有些树木开始枯萎了。大唐公司开来了更多的车辆，在隆隆机器的重碾之下，土路难受得吱呀呀惨叫。

这一天，赤来骑着摩托飞驶到泽朗村的弯道上时，猛然撞向了水电公司的大车，人先被弹起来，再裹缠到车轮底下，当场就死了。赤来一死，他上门人家就只剩下有孕在身的妻子和老人了。这时，赤来的父亲去收拾尸体，还说儿子的后事由他来办。上门人家的亲戚们不同意了，说"既然上门了，当然是空色家的人"。两家人竟然争夺起尸体来。原来，大唐公司赔钱很大方，一匹马可以赔到一万元，一头牛也可以赔上五六千元，人命最高可赔偿到二十万元呢。面对金钱，人的各种嘴脸都暴露出来。只有妻子无限痛苦，一次次晕厥不醒，男人死了，全家的顶梁柱倒了，而今自己又怀着身孕，这该怎么办？她会不会也在悲痛之余这样想："我才二十多岁，这娃儿还生不生？生下来了，上门男人还怎么找？我总不可能一辈子守寡呀。”我这样一猜度，觉得自己也变坏了，便呸呸呸吐掉晦气，赶紧从两家争来谈去的现场走了。

最终，争办后事的事件由村里的老人出面调停，说不能坏了传统，尸体还是交给空色家。如果本家也做法事，谁也不去干涉。至于钱，三分之一给赤来的父母，三分之二给上门妻子一家，赤来的父母和兄弟这才息事宁人。我父亲感叹道：“人有时候连动物都不如啊！”我对父亲说：“阿爸，这就叫人性，懂吗？人为了钱，不是啥都做得出来？”“人性？这叫魔性！你眼里，也别全是钱了，钱会毁了人！”父亲几乎是在吼叫了。或许，因为村人和儿子都看不起自己，肚子里也憋闷着一股火吧。我向父亲投去歉意的目光。

“你说世道还能堕落到何种地步？”在家里，我的父亲又这样问我的母亲。

母亲摇头叹息：“是啊。人咋变得这样呢？唵嘛呢叭咪吽。”

被痛苦击倒的赤来妻子，面对双方家庭的争夺，厉声吼道：“你们分我男人的尸体吃吧！我还没到吃男人的地步！呜呜……”

4. 坍塌

我想对村人叙述城市的风景，但是我知道这一切都是枉然。对于你想象之外，而没有切身体验的东西来说，它像是悬在头顶上的虚空一般难以诉说。我想叙述城市的广大、喧哗、繁荣，以及村人永远无法想到的能够满足人的色声香味欲望的物质、娱乐等，可是，看到他们迷茫而促狭的眼光，我的胸中生出幽怨之气，我把眼珠朝上一轮，就转移开话题。汉语里，那叫牛头不对马嘴。我知道，他们感兴趣的话题是活佛、神灵、护法神以及财富和神话般上天入地的故事。对于我，作为村里第一个大学生，因为见多识广，他们不得不含着几分神秘的尊重，可是，当我把心里的知识、见闻都倾倒出来之后，他们又用自己可怜的见解来解释了，让你啼笑皆非——比如，当我讲到人类登月如何了得时，邓朱竟然以不屑的口气说："哈，这有啥了不得？有些得道者能不舍肉身直接飞升到净土呢。"把我噎得半天接不上话，我质问："净土在哪儿？你看见了吗？"邓朱毫不示弱："很多人亲眼看见过。那你也看见登月了？"更为可气的是，当他们跟不上我伟大的思想时，其自卫的办法是：见你如无物，任我的话语飘浮在空气中，或者，猛然把我拉回到夏超扎西儿子的位置上，你不就是木讷愚钝的扎西的儿子吗？！此时，我像被褪去了魔法的巫师，即刻间变得平常了。就这样，他们将好奇的心门完全封闭起来。而我的眼光与情感也因此受阻，像被踢出了局的可怜人。

我说自己的眼光迢遥，看得比村人远，一方面是因为我走得远，见多识广，另一方面，透过各种书籍和老师的讲授，领略了人世间太多的风云变幻。我知道，我变得复杂了，或者说狡猾、聪明了，同时，也看穿很多表象直抵真相。所以，有时，看着村人天真的表情，听到他们纯朴的想法，我真的想笑，有时，又觉得欲哭无泪——但是，他们会不会也在怜悯我，为我的蜕变而摇头叹息呢？比如，我对河谷里的活佛，包括自己的舅舅活佛，没有盲目的信仰，对于村人深信的神通与修行者非凡的特质毫不迷信。看见我对活佛喇嘛平常的态度，阿爸吹胡子瞪眼，母亲暗自叹气。我才不管那么多呢，依然我行我素！

村人觉得我狂放不羁，无忧无虑，没心没肺，可是，我也有我的苦楚。这苦楚，被当下的时光发酵，令我晕晕乎乎，有时难辨东西，黑白不明。但是，我把这一切隐藏起来。我此生的目标非常明确：我要做一个功成名就的人，一个拥有财富和权势的人。

就要回到城市里的学校了。我的心不无激动。这时，一位同学打来电话说：

“学校出大事了！”

“什么大事？”

“校长和你崇拜的杨老师进监狱了！”

“什么？怎么会？”

“俩人在学校基建项目上吃了几十万元的回扣。”

我仰天而望：天空的颜色变了。城市的神话也轰然坍塌！

白玛活佛

1. 传承

我家的“科学”质问——是的，那可以叫质问呢——道：“舅舅，你真的认为有灵魂吗？你真的认为自己就是庞措第十四世活佛？”

嚯嚯，你看，现今的年轻人、大学生总是这样咄咄逼人！

“嚯嚯，我的外甥，如果没有灵魂，那你又来自哪里呢？”

“你总是不敢正面回答我的问题。哪里去找灵魂，哪里有所谓的前生后世呢？那你说说你的前世？”

“外甥，我可没有那样大的神通，如果那样厉害，还用得着在这儿修行吗？”

我看见外甥脸上露出难以掩饰的失望之情。

我看不见并不意味着它不存在。眼见的都是真实的吗？是万法的本来实相吗？我想通过因明、中观、现量、比量等一些基本理论给外甥做一番推断，但是，外甥早已被他顽固的自我和我见紧紧地捆缚了。

“孩子，科技不就是为了增强人的手力、脚力、听力、眼力和心力的吗?”

“是啊!”

“但是用来杀人就不好了。科技能使人变成好人吗?”

“这是两码子事!”

“人类仅仅关注肉体和生存,不注重心灵的修炼是正常的吗?”

“你又在为自己辩解!”

我哈哈大笑。

我想给他讲讲庞措神山的历史、庞措活佛的传承,但是,他始终以“高人一等”的眼光和怀疑之心审视着这一切。他可能还为我们的愚昧和落后痛心疾首吧?!如今,五浊横行,佛法衰微,当人们奔向以金钱为标志的“富裕”之路,而且科学和唯物论以权威的面目出现时,我和外甥的对话就遭遇到尴尬的局面了。不过,换个角度看,这说明外甥在思考、探究,也不失为好事吧?或许某一天,他也会回归到传统,在物质与精神、科技与传统间找到一条圆融之路吧?

德西和白玛两位大德修好嘎托寺之后,有一天,俩人登上山顶,遥望到西北边的庞措山被一层祥光笼罩着:那是什么山啊?于是,俩人入定禅观,感应到那是一处极为殊胜的金刚圣地,传法之道场。庞措山顶有一圣湖,山岩上有许多天然生成的佛像。两位大德还看见护法空行在那儿聚集,佛法弘扬之兆十分明显。依这吉祥的缘起,第二年,俩人来到庞措神山,在一个吉祥的日子里,打开了神山之门。从此,庞措神山成为定姆河谷最有名的神山。信众转山,僧人修行,活佛传法,声名远播。

当白玛活佛决定在山腰建庞措寺时,因为树木都长在山脚下,已砍下并剥下树皮的木材白森森地堆满了沟壑。管家担心木材运不上山去,白玛活佛微笑着说:“你不必担心。只要你走在前面引路——千万不能往下看噢,我就能把木材弄上山。”管家走在前面，活佛依靠法力像吆喝牲畜一般，把木材吆喝到了山顶。再以白天靠人晚上用非人劳作，修建了定姆河谷第一座佛法僧齐备的寺院。昌隆之时，神山上修行者达千人之多。

于是，庞措活佛生生世世在此传法、修行，显示了诸多圣迹，也留下了绵绵不绝的传奇。第二世庞措活佛得道开悟，法力无比，曾在梦中受空行母之邀来到莲花生大师的铜色净土，亲见到莲花生大师，并得到灌顶、传法。当伏藏师呷玛绕前来寺院讨要活佛的鞋子时，活佛说："一切都是空性，我的鞋子毫无用处。"就把一只鞋子扔向空中，被高天的天神抢去。

第三世活佛是一名大学者，在嘎登松赞岭寺当了五年格西。

第五世活佛，在神山和其他地方开取了许多伏藏。

第八世活佛，为了消除定姆河谷传染的麻风病，修法、建塔，禳灾祛病，看见收效甚微，毅然将病苦聚于自身承受，最后得麻风病而圆寂。

第十一世活佛，在转绕神山的岩石上留下了一串足印。降伏了一个作恶多端的魔鬼，令它发誓不再危害人间，甘愿护法。

第十二世活佛，用手指在一块崖壁上自在无碍地描出自身法像，对众人说："见此画像如同见我本人。"并预言将来从东方来一个骑白马穿白衣服的人在此取出殊胜的伏藏。

一位大德朝圣庞措神山后说："真是个如意宝地。善业定会如大海般广大，佛法之光普照三界众生。"

我轻描淡写地向外甥说了一下神山上的圣迹。

外甥却不依不饶："你怎么能证明你就是前一世的转世？"

我的确无法拿出外甥所认可的证据给他看。我想说一些梦兆、感觉和入定的体验，但是，我知道外甥要的是眼能所见的实证。哈哈，在他看来，这些都太虚无了！

这时，我看见我母亲从门里飘然而进。她安静地坐在外孙旁边。

我让侍从列珠燃上“索”食。

当列珠把索食放到门口之后，让他与我一起念超度亡灵的经文。

列珠问道：“上师，是谁走了？”

我对外甥说：“你赶紧下山吧。你外婆去世了。”

外甥愣愣地看着我。

2. 明灯

我在修行之路上进展缓慢。那个顽皮的“猴子”放纵无度地跳来蹿去，片刻也不愿休息。这也难怪，毕竟这么多年来，它完全自由惯了，现在要把它关进“笼子”里，会很不习惯，而且旧习难除。

我以跏趺坐姿，端直身子，眼观鼻尖，舌头轻抵上腭，让心专注于呼吸。“猴子”稍显安宁，不久，又四处奔窜。哈哈，人的思想、欲望如此放纵无度，怎不在轮回中漂泊？我感到一丝苦恼。但是，我的决心和誓言如须弥山一般稳固，我再次入定禅修，先以观察、再以观察和安住轮番观修，令“猴子”渐渐脱去了躁动不安四处乱撞的习气，终于，它安住了。天长日久，我在禅定之境里，让过去之念自然流走，当下之念不再生起，即使生起也让它自然地来自然地走向虚无，不让心稍有挂碍，也不让未来之念毫无意义地生起，就这样，我让心灵回家，而且，我也渐能主宰人们从不驯服的那只“猴子”了。

作为一个大乘弟子，我既然发了菩提心，就要为解脱度化众生而精进修行。无常在门外虎视眈眈地候着呢。要生起殊胜的菩提心，首先要破掉自我、自私自利之心，让“无我”见解在心中真实生起。无始以来，正是因为我们执着于“我”和“我所”，为钱财、名声、地位等世间八风，在轮回的苦海中不断挣扎。其实，禅观时，一切都不过是自己的妄执，真正去寻找，根本就找不到什么真正的“我”，“我”都不存在，那“我所”“我执”就更加了无意义了。我从自己的鼻子、眼睛、耳朵、四肢、血肉、思想等等一一寻查，“我”便无迹可循，无踪可捕，凡夫所认为的坚实之“我”不过是“地、水、火、风、空”五大的暂时偶合的假象罢了！看似粗大的“我”用智慧一一解析，其实，它在每个刹那间都在“变化”。当我们那么爱的“我”突然间在自己面前眼睁睁消失无影时，我感到了一种空荡荡的茫然和失落，但是，很快，又生起了无比稀有的法喜。之后，空性定解和修炼变得容易起来。当我通达世界的实相，接近真理的道路之后，我为迷乱惑心的众生生起如母般的心疼之情。当我修过“慈、悲、喜、舍”四无量之心，我的菩提心如太阳般冉冉升起。一位大成就者曾说，菩提心是佛法的精华，发菩提心，有则皆足，无则皆缺，它如同治疗百病的灵丹妙药。

于是，世界在我的面前发生了神奇的变化，我的人生犹如找到了一个全新的方向，不再迷茫和散乱了。在辽阔的佛法大海上，“我”已然消失，“新我”在为度化众生穿过苦海最终成就佛果而精进修行。菩提明灯将照亮我的此生来世。

3. 大光明

破掉自我，勤积资粮，前行、加行，走过中观、空性之道，攀上大圆满的次第修行……有一天，当内心的慈悲像大海一般把我盈满时，世界内外顿时变得清明起来，我感到自己仿佛置身于莲花生大师的铜色吉祥净土：一切明明了了，自性清净。在稀有的大光明境界中，我的修行之境全然敞亮了！

我把如父母的众生都视为众菩萨，永远供奉在心中，当菩提心像太阳般升起时，我的悲心猛烈炽然。即使我无法给予任何人任何有情众生外在有形的帮助，但是我时时刻刻修持慈悲心，让慈悲永驻于心，决不退失：

当我睡觉的时候，我想，愿一切众生达到究竟之境。

当我醒来的时候，我想，愿一切众生觉醒于证悟之境。

当我起床的时候，我想，愿一切众生均得佛身。

当点火的时候，我想，愿一切众生烧尽妄念之薪材。

当我看到快乐的时候，我发愿，愿一切众生永享究竟大乐。

当我看到痛苦的时候，我发愿，愿所有众生的痛苦平息。

古　宅

我是古宅。

我是一座有二十四根柱头坐北朝南的夯土古宅。也有人称为土碉楼。我的根基厚实，墙体坚硬，有着众多的窗口，还有天窗，风门。我还粘贴着一个十八根柱头的偏房，与正房垂直相连。我的正门面对北方的神山。院子外面长着一棵巨大的枯萎的核桃树，与我的年龄相当。我的四角有这座房子里诞生的第一位活佛埋下的吉祥宝瓶——里面装藏着积聚福运的各种象征物。在经堂里，还供奉着活佛显示神通留下足印的圣石。我的底楼是畜群的世界，二楼是人的世界，三楼是晒场和储物室。四楼的顶楼上建有煨桑塔，用以祭祀山神和护法。所以，我既是人类的居所，也是人与动物和神灵共居共荣的碉楼。

我也有话说。住在房屋里的人说得太多了。

嚯嚯，一定会有人说：“连一个僵死的古宅也要说话，这不就是这个世界乱象丛生的征兆吗？你的嘴巴在哪里呢？”

我的回答是，我的身子就是嘴巴，构建我的泥土、石头、木材也是我的嘴巴，屋里的空气、阳光、火焰、糌粑、茶叶、盐巴，人与牲畜身上散发出的味道，底楼的肥料、粪便、牲口的饲料，以及他（它）们的梦境、涎水、交媾、话语、脚步，无一不是嘴巴，从最初的砌地基、从林中砍下的木材经水运到河边，再在阳光下干透，部分用作立柱、横梁，部分锯成各种材料，泥土的浇筑，众人夯墙、搭架，到人们劳作时周身散发的汗水，心里的波动，还有古宅里生死的数代人，以及未来的新人们，无一不是我的嘴巴、我的语言，你还能说我没有嘴巴、不能说话吗？古宅中，每粒微尘里有我的言语，每颗尘埃里晃动着人的脸，都储藏着万千的信息。哈哈，就像作为人类的你们，在显微镜下透过细胞可以看到运动的分子、质子乃至亚夸克，这些信息的密码，一片片、一缕缕、一颗颗，其中都隐藏着天、地、人的所有秘密呢。你还能进入到鲜活运转的当下呢。我倒想对质疑我的人说：“你是个狂妄之人，不知天高地厚，不懂岁月幻梦，像……”

嚯嚯，你怎么知道呢？我正是要说这句话：“这一切，或许，都是个梦呢！既实在又如幻似影。”

是的，如今，我周身感到有些疼痛和不适。我也老了，或者说，落伍了吧。谁敢说，我会不会最终被毁掉？或者局部由钢筋水泥浇筑（他们备着尖锐的钢材、如黑油般的水泥和刺鼻的液体），像是给我的身子安上一个无法习惯的假肢，那我该怎么过活？我能承受人类的鼓捣翻弄吗？啊，先祖埋在房子四角的宝瓶——那用作聚集福运的加持之瓶，会被他们随手扔掉吗？或者用水泥墙围起来，让它们密封在无法透气的空间？

幻影幢幢，盘踞于每个房间和角落里，它们，像一群幽灵般醒来了，还有更多的幻影正在来古宅的路上。

最后会是怎样的结局呢？我多么想当一个预言家！就算我能预言人类百年之后的状况，却无法预料自己的前程。

我的眼睛被许多无法辨识的新东西弄得恍恍惚惚。但是，人类和万物不都在变化的梦中吗？经历诞生、成长、衰朽、灭亡之后，又开始诞生新的梦。心灵修炼成佛是一场梦，那个年轻人的“科学”不也是梦吗？哈哈，科学是什么？科学是物质，科学也是心智……除此之外，科学还能是什么呢？科学能阻止死亡吗？科学能带来心灵的快乐吗？科学能胜过神奇的生命吗？文明？人类真的创造了了不起的文明吗？嚯嚯？我用几个反问就能把自视高等的人问得哑口无言：你们了不得，你们制造无数枪炮导弹做什么用？它们不就是用来杀自己的凶器吗？嚯嚯，人类自夸自己是文明人，多么可笑！你们总是分出你你我我、大大小小、亲亲疏疏，无视每个生命都是彼此的一部分，世界本为一体。缺乏自知之明的人类，你们的野蛮行径还少吗？身处不断流淌的历史文化的长河中，你看，我的思想缤纷动人，用你们的话说，我都要成精了！

有时候我觉得很幸福，有时候我又很忧伤。有时觉得自己像个凄清时空里的囚徒。为什么我不能砸破这无形的铁栅呢？寒冷、孤单，动弹不得，浑身不自在，当各色的瓷砖镶到我的面庞上时，我无助，我晕头转向，在阳光下难辨东西。啊，我的心也蒙上岁月厚厚的尘土了。

我是古宅。我已迎送了数代人，在时间的流动中安坐了数百年。我不知道将来还要迎送多少人。或许，我在这家族——嚯嚯，该称我们家族吧，他们不都在这古宅中生死的吗？——在新一代的手上走完最后的生存之路，然后，在这个地基之上，建起钢筋水泥的崭新楼房。或许——是的，一切都有可能，一切都未确定。任何点滴的善意都能清洁世间的污浊，每一次恶行都将储蓄更大的魔障！

我在岁月中呼吸，在阳光下舒张，在月辉里潜行。我沉潜于时间的深渊，被永恒的阴影吞噬，像一个行进在时空隧道里的魔鬼，永远无法脱身。看着时间和梦幻般消失的万物身影，我的泪水混合在雨水中流进土壁。我在说话，絮絮叨叨，但是人们听不见，牲口听不懂，空气和阳光缠绕在一起，细心倾听，但是，它们也无法转达我的思想、言语。嚯嚯，现在，我家三代人正在古宅里上演着精彩的故事呢。你听到纠结、回忆、冲突、突破和爱的声音了吗？我只是微微抖身，你的眼睛就被晃得眼花缭乱了吧?！嚯嚯，我已经看到接下来的画面了——但是，就此打住吧。

我是古宅。

我是无数古宅中的一座，就像海洋中的一滴水珠。我看不清我的走向。当我变得越加空阔和豪华时，我的寂寞和不安也在增长。当人类的生命和思想力日渐退化时，我听到了自己的心脏也在轻轻颤摇。思绪波动。大海波动。天地波动。

是的，或许，我也是一场梦。你也是一场梦。都是梦。无始无终。生而死，死向生。永无止境。如故乡的定曲，如遥远的大海。

格萨尔王出山记

天界神子

妖风四起，魔驻进了人心，一些邪灵纷纷投生人间，雪域之邦陷入一片苦海。王室中，奸臣当道，一群妖孽无恶不作，生灵涂炭，还用森森白骨构筑城堡，四处烽烟弥漫，兵匪横行，烧杀抢掠成为家常便饭，到处都是无家可归的逃难之人的哀怨声、哭泣声，天空变得阴暗，草原变得枯黄，人们脸上完全失去了笑容，凄风苦雨笼罩着人间。

绝望的人们向天神祈祷，祈求慈悲的菩萨拯救水深火热中的众生。大慈大悲观世音菩萨看到众生的深重苦难，心中大为不忍，便向极乐世界的阿弥陀佛祈求解救苦难的众生。阿弥陀佛发出一道佛光，告诉观世音菩萨，在三十三天神界，德却昂雅和天妃所生的儿子推巴噶瓦，可以降生到人世间去降妖伏魔，给众生带来太平安乐。并让菩萨到罗刹魔地，找到正在以罗刹王身形降伏魔鬼的莲花生大师，他知道该怎么办。观世音菩萨变作一个罗刹的儿子，身上罩一团光环，来到森严阴暗的罗刹宫殿。守城的罗刹心生奇怪，众人听了都感到不寒而栗的地方，一个小孩子竟然敢到这里来，而且周身被祥瑞白光笼罩。守城士兵轻蔑地说："有什么事对我说吧。"小孩子朗声说："对你讲了没用，还是请你通报一声，我非要见你们的大王不可。”“哈哈哈——我们大王的法令比雷霆还厉害，领土比天空还大，权力比罗曜还凶，不要说你一个屁孩，就是像我这样的内大臣都常常被处罚。你要见我们大王，那你有朝拜神庙的哈达吗？”“当然有，我有礼品三十种。”罗刹守城见小孩毫无惧色，便进宫禀报。莲花生早已知晓，让小孩子进来。当罗刹大臣来到宫外，只见原来童子站着的地方，有一株八瓣金莲花，花蕊及八瓣上依次写着观音菩萨的心咒。大臣捧起莲花走进宫殿，刚走近大王，手上的金莲花化作一道白光，一下钻进了大王的胸口去了。罗刹大臣只觉得心被白光照亮一般，听到观世音菩萨的话从自己嘴里说了出来。莲花生无限喜乐地接受了阿弥陀佛托付的事情。在天神聚会的节日里，莲花生大师决定让神子降生。他从头顶发出一道绿光，绿光分作两股，一道射进法界普贤的胸口，从普贤的胸口里闪出一支五尖的金刚杵，金刚杵一直飞到了天神太子德却昂雅的头顶，一道射进圣母朗卡英秋玛的胸口里，胸口闪出一朵十六瓣的红莲，这朵莲花一直飘到天女居玛德泽玛的头顶，神太子和天女进入三昧之中，发出悦耳之声，这声音震动十方如来佛的心弦。十方如来佛将他们的各种事业化作金刚交叉的十字架，飞入太子头顶，初大乐之火熔化后，注入了天女的胎中，于是，顷刻之间，一个威光无限、闻者欢喜的孩子被八瓣莲花托着降生在天女的怀中。孩子一出生就唱起神子之歌。莲花生口中念念有词，不断闪射佛光，鼓动诸佛给神子灌顶。诸佛的额头、胸口、脐间发出的各色光钻进了神子的身体里，神子推巴噶瓦具备了举世无双的功德，只等降生人间，拯救众生了。

国际盛典

穿戴整齐的说唱艺人达瓦扎巴面对雪山，充满激情地说唱道："即使有一天日月陨落，江河不再流淌，格萨尔王的故事也会生生不息地传唱下去……"

在草原深处的一顶帐篷里，头发花白的母亲一边唠叨叮嘱，一边为降村装上说唱的装束：说唱帽，铜镜，五彩经幢，衣服等。

在一间堂皇亮丽的博物馆，侍者为龙多活佛取下有关格萨尔王的掘藏物，他把法器、有空行符号的石头、剑、盔甲等小心而又恭敬地装进一只皮箱里。穿着袈裟戴着眼镜长辫子束在脑后的龙多面对壁龛里的众多掘藏物，神情显得犹豫不决，似乎难以取舍，他让侍者取出已装进皮箱里的东西，又一一用心地看着，然后把其中一两件不舍地放回到柜台里，再拿下另外的东西，久久地看着，终于，像下了很大决心似的，把最后一件金刚杵装进皮箱后，让侍者合上了皮盖子。柜台上还陈列着不少关于格萨尔王的法器。

……

这一天，来自青藏高原周围的国度：中国、不丹、尼泊尔……以及俄罗斯的格萨尔王说唱艺人们坐汽车、乘轮船或火车、乘飞机都奔向同一个地方：联合国教科文组织。世界上著名的格学专家、顶尖的科学家也都从不同的国度应邀赶往同一个方向。火车轰鸣着穿山越谷，轮船横渡浩瀚的大洋，汽车从弯曲的山道盘旋而下，最后驰向城市宽敞的高速路上，飞机腾空而起，钻入峥嵘的云山之间。

此刻，绵延在地球第三极的喜马拉雅山挺立于天地之间，显得格外巍然。林线之上，白雪皑皑，圣洁而晶莹，雪峰之巅旗云如同桑烟，袅娜着伸向湛蓝的天穹。

而在联合国教科文总部的法国巴黎上空也铺满了多彩祥云，像五彩哈达，仿佛在迎接来自世界各地的尊贵客人。

埃菲尔铁塔下，如织的游人们指手画脚，驻足观看着天空中的五彩奇景。此时，各色装束操着各种语言的人们陆续步入了教科文总部的会议厅里。

会议厅的第一排坐着二十余位来自不同国度、地区的格萨尔王说唱艺人，他们装束各异，有穿着传统装束的，也有打着领带，西服革履的。第二排是格学专家和著名的科学家。会标是：格萨尔史诗诞生千年国际学术研讨暨格萨尔艺人说唱大会。联合国教科文总干事玛丽女士首先上台致辞，她说，《格萨尔王传》是当今世上仅存的唯一的活形态史诗，作为人类非物质文化遗产中的瑰宝，一千多年来，史诗通过普通而非凡的说唱艺人在青藏高原的雪山河谷、草原牧区生生不息地传唱。它卷帙浩繁，长达数百万诗行，两千余万字，超过了世间其他所有史诗的总和。它是从青藏高原发端的代表了人类史诗精神高峰的著名史诗，也是研究古代青藏高原的百科全书，而史诗传唱过程中不断出现的难解之谜——姑且称为“神授艺人”，也有待科学家的深度介入并最终破解这一密码。因此，这次大会是人文与传承，文学与科学双向融合互动的大会，将开启史诗研究新的领域。她特别向说唱艺人致敬，感谢他们为人类这一活态史诗的传承发展做出的贡献，也希望科学家把研究的触角伸进人文的领域，解开“神授”之谜。她的讲话得到了参会者的热烈掌声。之后，她把话筒交给来自中国的著名格学专家旦巴博士，请他来主持说唱会。旦巴首先介绍圆光艺人降村的基本情况后，让降村上台说唱。此时，多语种同声翻译者已各就各位，来自世界各地媒体的镜头聚焦在他的身上。英国BBC、美国ABC、法国电视一台、日本NHK、中国中央电视台等进行现场直播。降村走上台，戴上说唱帽之后，静静地垂立一会儿，再双手合十喃喃祈祷，然后睁大眼睛，右手端起圆光镜，凝眸深望，镜子里先还是一片空明，不久，飘起了一层淡薄的白雾，接着出现了一些隐隐约约的影像，这时，降村进入了手舞足蹈说唱滔滔不绝的忘我境界，于是，英雄的故事随着奔泻而出的语言河流精彩上演……

鲁阿啦，是歌的起始，
塔那，是引出话的形式。
上师和本尊三宝，
请装饰我顶不离分，
用歌供养作开头，
所有心愿如法皆得成。

话说岭国穆布咚姓森伦王娶汉族女子娜噶卓玛为妃，这年的十二月初一生下一个非同一般的孩子，他面若满月，眉清目秀，并且长得很快，一个月比别的孩子一年长得还要大。家里人叫协鲁尼玛让夏，外面人叫奔巴·嘉察协噶。嘉察是汉甥的意思。在他出生十三天之后，长、仲、幼系为他设宴庆祝诞生。幼系长官总管绒察查根为他祝福道：“大部族拉德噶布啊，这是幸福的象征，是权力发达的预兆，是梦兆实现的开始，是降伏四魔的发端。”他们把吉祥的哈达系在协噶的颈上，说着祝福的话语。嘉察协噶很快长大了，成了一个英勇无比的人。一天，他外出打猎，恰在这时，岭部落与郭部落发生战争，岭部落消灭了郭部落的十八个部族，但是总管王的次子被郭部落的人杀死了。为了怕嘉察协噶为哥哥报仇，有意把此事向他隐瞒，但还是被他知道了，他要举兵伐郭部落，怎么劝也无济于事，只好同意了。郭部落中只有然敦部族，因为有龙王和厉神的保护，没有受到伤害，而龙女也在他们的营中。嘉察的叔叔晁通见这样，心想：嘉察协噶是一个敢揪狮子耳朵的人，如果让他带着部队去征战，定能扫平郭部落，那龙王的女儿和龙宫的财宝都归他所有了，这怎么可以呢？于是，他心生一计，决定给郭部落通风报信，告诉他们岭国伐兵时间，让他们及早回避。并说，这次我为你们做好事，将来要对你们有所要求，切勿忘记。他将信拴在箭尾，口中念念有词，举弓搭箭，向郭部落射去。郭部落见信，通知各部族赶紧逃命。当所有人向着同一个方向逃命时，龙畜绿角乳牛驮着龙宫的财宝却向相反的方向跑去。龙女只好掉转马头去追乳牛，可是马儿又不听使唤，龙女只好下马徒步去追。龙女追得快，乳牛跑得快，龙女坐下来休息时，乳牛也停下来吃草，始终保持着一段距离。龙女梅朵拉泽又饥又渴又累，脚底被什么东西一绊，跌倒了，便索性坐下来休息，不知不觉睡着了。这时，一个小孩子来到自己面前，给了她一松耳石桶的奶汁，说："阿姐，这是给你的，你现在一定要跟着乳牛后面走，它会把你带到你应该去的地方。"想问个明白，小孩子不见了，便从梦中醒来，一桶奶汁真的就在面前。喝了奶子，有了劲头，便又开始追乳牛进了一条山沟。当嘉察协噶带着岭国的兵马来到郭地时，旷野里除了牲畜的粪便，空空如也。大家都感到奇怪。他们怎么会早早溜掉？一定要追下去讨伐。晁通坚决反对：我们到哪里去追呢？我们又不知道他们在哪里？还是回去的好。两种意见争执不下，老总管王让森伦算卦。森伦用箭占了一卦，说，再过一顿饭的工夫，刀不用出鞘，箭不必上弦，美女和宝物唾手可得。晁通听了哈哈大笑，讥讽道：在旷野里，如果什么都不用做就能得到美女和宝物，那么所得之物就全部归你所有。好，那就依达绒长官晁通的意思办，总管王朗声说。岭兵刚吃完饭，见一人一牛朝他们飞奔而来。龙女只顾埋头追牛，当乳牛停下来，她一把抓住牛角时，这才发现眼前的千军万马，不禁大吃一惊。岭兵都被眼前的美女惊呆了。贪财好色的晁通抢先一步，问道：“啊，对面来的仙女般的姑娘啊，你是来投奔岭国的吗？你可看见郭部落的人？你又是从哪里来的呢？”龙女想，我只能告诉自己的身世，便说出自己的身份。老总管决定班师回岭地。森伦说，达绒长管说过，得到的战利品作为占卦的酬劳。晁通立刻反悔：这女子不是战利品。大家出来调解，而晁通和总管王说的话谁都听见了，晁通无可奈何，心中后悔不已。总管王看到眼里，心中暗想：曾有预言将有一个神子降生在岭国，那他的母亲必定是这个龙女。森伦把龙女带到家里，家里马上变得异常光明。森伦为龙女另备了一顶精巧的帐篷，搭在汉妃的帐房边。给龙女梅朵拉泽取名为郭妃娜姆。一天晚上，梦中有人告诉他，让龙女搬到帐房下角有一个蛤蟆似的石山边，并且告诉森伦要保守这个秘密。嘉察协噶给郭妃娜姆提供一切日用物品，郭妃娜姆对他也亲如儿子。一天，龙女思念龙宫来到湖边，泪水滴落到湖中，龙王化作一青面男人，骑一匹青马来到女儿面前，安慰女儿，临走，给她一颗如意宝珠，并且叮嘱她，在儿子诞生前宝珠都不要离身。她把宝珠紧紧攥在手上，不知不觉睡着了。莲花生大师站在一朵白云上幽然飘临：有福分的女子啊，我并未一刻离开过你，记住，三月初八，是神子投胎的时候。那一天晚上，郭妃娜姆和森伦睡在一起，梦中见一个金甲黄人不离左右，金刚杵发出嘶吟吟的声音，钻进了自己的头顶。过了九个月零八天，郭妃娜姆觉得自己的身体内外透明而柔软，当郭妃娜姆张开双腿，双足用力蹬在蛤蟆石头上时，石头变得酥油般柔软，足印深深地留在石头上，而身下的石板也吱吱嚓嚓欢喜地裂开了，不多时，一个三岁大小、头发卷曲、灵性非凡、谁见谁喜欢的男孩诞生了。当郭妃娜姆揭下胎衣，小孩睁开水灵灵的大眼睛，欢喜地看着她，然后清凌凌地叫一声：阿妈！郭妃娜姆的泪水欢喜地淌下，她把孩子紧紧抱在怀里。这时，天空中雷声轰鸣，降下缤纷的花雨，然后响起了动听的仙乐，明亮柔和的光芒充盈了帐篷及周围的一切。而岭地的人们看见：郭妃娜姆的帐篷先被一团祥云笼罩，雷声之后，天降甘露般飘起一阵细雨，然后一条彩虹搭在郭妃娜姆的帐篷上。与此同时，马、龙畜乳牛、犏奶牛、羊等都产下崽子。郭妃娜姆没有任何痛苦地站起身，收拾好胎衣，把胎衣埋在蛤蟆石外边的山脚。不久，那里长出一棵绿油油的树苗。上师给婴儿灌顶，抹膀酥，并命名为“世界英豪格萨尔降敌如意宝珠”。汉妃来到郭妃娜姆帐篷里，见龙女怀中抱着一个可爱的婴儿忧喜交集，不知说什么好，她从郭妃娜姆怀中抱起婴儿说，我抱过去给他哥哥看。嘉察协噶见了弟弟，看了又看，十分高兴：真是可喜可贺！今天，我总算也有弟弟了。啊呀呀，我这个弟弟刚生下来就长成三岁小孩子的身体了。他把弟弟抱起来。刚诞生的神子见了嘉察协噶也神采飞扬，显得十分高兴，并且做出各种亲热的动作。嘉察协噶把自己的脸贴在弟弟的脸上，说：“常言说得好，两兄弟在一起是打败敌人的铁锤，两匹骒马在一起是发财的基础。我弟兄二人，无论做什么，都不愁不成功了，啊，我这个弟弟就叫——觉如吧。”

晁通听到郭妃娜姆生下一个儿子，心中暗想：自从汉妃生下嘉察协噶后，幼系的力量日渐强大，这回郭妃娜姆又生下一个，父亲是森伦，母亲是龙女，外祖父是龙王，如不及早除掉，将来一定后患无穷。眉头一皱，心生毒计。第三天早上，他骑上马，带着拌有剧毒的白酥油混合蜂蜜的糌粑团等食品，来到郭妃娜姆的帐篷里。他夸张地说：“啊，可喜呀，郭妃娜姆有了儿子，便是我的侄儿了。我做叔叔的，特地准备了干净的素食，给孩子吃了，对他以后获得权势是有好处的。”说完就让觉如把全部甜食吃下去。涂了剧毒的这么多食品，不要说一个婴儿，就是壮汉也只有死路一条。晁通一直注视着觉如，觉如却一点异样也没有。再看，只见觉如的指头冒出缕缕黑气，孩子把指头举给叔叔，面露微笑。原来，他运用天子的功力把毒气排了出去。晁通故作镇静地哈哈大笑。见此计不能害死觉如，立刻想到一个叫贡巴热杂的术士。晁通心想着杀人害命，满脸却是笑容：叔叔我给你请一个喇嘛来做长寿灌顶，郭妃娜姆，你们铺上干净毯子吧。贡巴热杂早已知道晁通要来找他，心中料定自己能胜觉如，嘴上却说不能胜任。晁通一听，忙跪地磕头，说：除掉觉如，上师冬夏的生活费用，不会短缺。术士说，既然官人这样，我让觉如今晚必死无疑。晁通欢喜地来到郭妃娜姆帐篷说，我本来想到上师贡嘎那里去，但在路上碰到贡巴热杂老人，请他占了一卦，他说三天之内觉如有大难，他答应来保护你们。望着晁通慌忙离去的背影，觉如对母亲说：今天我降伏老妖的时机已到，快拿四个石子来。觉如把母亲拿来的四个石子，前后左右摆好，闭眼静坐，心中呼唤诸神。贡巴热杂从修行室起行，到达第一个山口时，嘴里大声念一声“拍”时，空中的神不见了，但九百个身穿盔甲的神依然围绕着觉如。到第二个山口，又念一声“拍”，下面的龙王消失了，但九百个眷属依然安在。到了能看到帐篷的地方，再念一声“拍”，中间的厉神不见了，但觉如的护法神依然还在。这时，觉如抛出四个石子，只见九百个白甲人，九百个青甲人，九百个黄甲人，同时出现在贡巴热杂面前，吓得老妖落荒而逃。觉如将化身留在母亲身边，真身去追赶贡巴热杂了。老妖跑回修行山洞，觉如以神通搬来牦牛大的巨石堵住洞门。贡巴热杂先把每日修炼的贡神之物抛出来，再把每月的贡神物抛出来，石崖也只炸开了一个口子，最后把全年的贡物都抛出来，石洞里发出霹雳般的爆炸声。原来，觉如依靠神通阻滞了贡物，而且把石洞化成了霹雳室，老妖自己被炸得粉碎。觉如除掉贡巴热杂，立即变成贡巴热杂的模样来见晁通，他向晁通要天上的魔鬼献给黑教贤人的手杖，名叫姜噶贝嘎的宝物作为谢礼。觉如认为现在是索取此物的时候了。晁通听到觉如已死，心中异常高兴，但给手杖又非常舍不得。“贡巴热杂”说，如果不给手杖就要把害死觉如的事告诉总管王和嘉察协噶，晁通打个冷战，便横下心把手杖交了出去，心想：反正他够老了，他老死了，宝物还归我所有。第二天，晁通心中生疑，觉得还是要去看看才行，眼见为实嘛。见贡巴热杂洞里冒出青烟，知道他在洞里。到了洞口，见一个大石头堵塞着洞门，只有两个窟窿通到洞里，随着窟窿望去，贡巴热杂头朝下、面色紫黑地倒在里面，手杖就搁在身边。晁通心想，既然他已死，我得把手杖拿回去。便立即变成一只小老鼠，钻进洞内。到了里面，手杖却不见了。晁通认为是自己变幻成老鼠而不可见的缘故，于是将头还了原形，可还是不见手杖，他心里一阵发慌，马上念起咒语，想使身子还原，谁知竟不能如愿。他更慌了，想把头变成鼠头立刻钻出洞去，便急急念起咒语，哪知仍无法如愿。这时，来到洞口的觉如大声地说：“这个人头鼠身的怪物，一定是个吃人的魔鬼，我要用他害人的办法杀掉它。”晁通吓得瑟瑟发抖，祈求道：“尊贵的觉如啊，我是你叔叔，你不是常人，是神子，不要杀我，救救我，你说什么我都答应。”

众人听到此，开怀大笑起来。降村的声音和表情惟妙惟肖地表现了晁通眼下的处境。

晁通发誓不对岭国使黑心，不再内部争斗，觉如遂使晁通还原成人形。晁通像一摊融化的冰，瘫坐在地上，他眼睁睁地看着觉如骑上自己的手杖，转眼间翻过山丘，飞走了。晁通见自己非但害不成觉如，还险些丢了命，自知力不能敌觉如，又不甘心失败，每日叹息不止。

旦巴博士双手拿着一条哈达走到降村面前，大声地祈请降村停下来，降村还在呱啦呱啦往下说，博士只好先把哈达挂到降村的脖子上，再用手扯一下袖子，降村一哆嗦，语速渐渐慢了下来，再用眼角余光斜视过来，他这才明白是让他停止说唱。于是，他凝眸用心喃喃祈祷，然后，走出格萨尔王的神奇世界。会场里爆发出热烈的掌声。降村突然像换了一个人似的，有些失魂落魄。他神情落寞地向人们双手合十躬腰致谢。回到座位上后，媒体全然不顾及旦巴还在讲话，已经把降村层层包围了。面对众多的话题，他只能依靠翻译简短地回答各种各样的问题。

“你真的看着镜子里的画面在说唱吗?”

“是的。”

“为什么我们看不见？难道你的眼睛很特别吗?”ABC的一位记者用手背擦拭一下自己的眼睛，“我现在能再看看吗?”众多记者善意地笑了起来。他把头凑向降村挂在胸前的镜子，看了看，摇摇头说：“还是看不见。”

“为何你能看见?”

“心吧。自己的心是关键。”

“心？心不都一样?”

“虔诚的心、清明的心与怀疑的心肯定是不一样的。”

许多记者露出沉思的表情。

“你随时都能看见里面的影像吗?”

“不，特别的日子里才能看见。但是，只要众人需要，我用心祈请就能看到。”

“你认为他们是真实存在的？还是你想象的?”有人刨根问底。

“他们是我们的祖先。”降村肯定地回答道。

“难道不是你背下来的吗?”

降村摇头否认。

“你真能说唱七十部?”

“是的。”

“让你说唱什么你就能说唱什么?”

降村坚定地点一下头。

“真是神奇!”有人感叹道。

“你认为你是了不起的艺术家吗?”

“不。我不认为自己是艺术家。”

“那你认为你是什么?”

“我只是个说唱者。”

有人大声地说:“让我们伟大的格萨尔王使者也去吃饭吧。”已经有人来救驾了,于是,众人让出道,让降村走出了媒体的包围圈。

降伏鲁赞

下午变换了一种形式,先接受采访,再进行演示。龙多活佛是主角。一说到活佛身份,还是有很多媒体和科学家对“活佛”感到好奇。各种稀奇古怪的问题都抛了出来。活佛倒也坦然,渐渐应付自如。

你真的是你前世活佛的转世吗?

虽然西方很多人并不相信轮回之说,但我听说,斯特文森博士已经研究了二千多例能记起前世的例子。每个人都是自己前世的转世,因此,我并不觉得稀奇,就像今天是昨天的“转世”,明天将是今天的“转世”,不是吗?

众人笑了起来,并为他机智的回答鼓起掌来。

“那你的前世是谁?你回忆得起来?”

“不,不知道。”活佛老实回答道,“据说,四五岁被认证的时候曾经认出了前世使用的物品。但我也是听大人们说的。”

“其中，没有巧合的可能吗？”

“可能有。”

“你是怎么获得掘藏能力？怎么获得无碍书写史诗之才？”

“也许是我此生的因缘吧。”活佛恬静地笑了。

“你今天掘意藏史诗中的哪一部？你什么时候都能写出来吗？”

“不是的。那要看缘起。”

“那你今天行吗？”

“我认为行，因为这对众生有极大的利益，佛菩萨一定会护佑的。”

在来自中国全国格萨尔办公室主任旺丹博士的介绍下，龙多活佛展示格萨尔时代的掘藏物。有金刚杵、铃、钹、剑、格萨尔马鞭等。活佛一一介绍，并且回答了关于物品的各种稀奇古怪的问题。

“你没有晁通的那根手杖吗？”一位记者还念着昨天故事中的手杖，笑问道。

活佛说：“没有。”

“可惜。”那人摊开双手，耸耸肩说，“不然，我像《哈利·波特》中的巫师一样，可以骑着飞行了。”

人们开心地笑了。

当龙多活佛坐下来时，这些掘藏物把科学家的好奇心和实证求证之志调动了起来。这时，满头银发的科学家瑞卡从座位上站起来，提问道：“我很好奇，但是，谁能证明这些物品真的是掘藏出来的呢？请原谅，科学讲求实证。”

旺丹博士没有把话题抛给活佛，而是自己先回答说，中国的格萨尔专家们亲自验证记录了龙多活佛的一次掘藏过程，他本人全程参与这一过程，而且掘藏地点是他指定的，这个有完整视频，而且这次也带来了。

那么，龙多先生是否可以在科技发达物质主义盛行的西方，在法国巴黎也能掘出一件格萨尔的器物？

旺丹博士用藏语翻译。众人面面相觑。活佛看着科学家昂首挺胸的样子，在听了翻译之后，双眼凝神地盯着瑞卡的眼睛，瑞卡也在捕捉着活佛脸上的表情，似乎也想透过活佛的眼睛，穿透到对方的心灵深处，瑞卡暗想：难道西藏的心智科学真有如此神奇？他会打退堂鼓吧？在全世界面前，这可不是一桩好玩的游戏。

龙多活佛收回目光，眼光凝驻在鼻尖上，静静的，没有声息地坐直，似乎在进入某种禅定之境，或者，在心的净观中寻找着答案，会场上一片安宁，过了一会儿，他抬起头说："可以。"

会场一阵骚动。不少人的心却揪紧了：如果失败了？哦，那怎么办？活佛也太轻率了。就算地下还有格萨尔王时代的器物，那也在青藏高原在西藏啊。能隔空移物？

那掘藏之地也可以由我随意指点吗？瑞卡的眼前显现出人来人往的香榭丽舍大街。科学家担心有人在掘藏过程中做手脚。

当然可以！

全场再次一片哗然。

但是，龙多活佛神情凝重地说："我需要做七天的法事，我的十个僧人得赶到巴黎来跟我一起做荟供。"

旺丹博士看着玛丽总干事。这场世纪说唱会就像关于格萨尔的另一个故事版本，要书写另一种传奇了。

瑞卡大声地说："他们的一切费用由我负责支付。"

玛丽总干事点头应允。她向身边的工作人员交代着什么。

人们的好奇心已经被点燃。

在人们的掌声中，龙多面对铺在桌面的远看如经文的一摞条形纸张，拿起了早已准备好的竹笔，蘸上砚台里的墨汁，他要开始今天的意藏——书写史诗了。会议采用写完一张，由翻译同声传译朗读的方式。为了不影响活佛在定观中的书写，参会人员都以耳麦来听翻译——

格萨尔称王后，纳森姜珠姆为王妃，俩人恩恩爱爱，如胶似漆。又娶了梅萨等十二个姑娘为妃。岭国上下和平而安乐。这一天，天母飘临梦中，让格萨尔王带着梅萨到查姆寺修学大力降魔法。珠姆一听大王要带梅萨去修法，很不高兴："大王啊，你去闭关修法，理应我去伺候，梅萨去干啥？"格萨尔说："这是天母的旨意。"珠姆哪里肯信："是你在说自己的旨意吧。""我看你还是留在家中伺候阿妈的好。"珠姆一脸的不乐意。她舍不得大王，也不愿意梅萨陪着大王去。她找到梅萨说："大王要去修行，命我同去，你在家陪着阿妈吧。"梅萨将信将疑，只好答应了。珠姆转回到大王身边，对大王说："大王啊，不是我不让梅萨陪着去，实在是她最近身体不好，就让她在家安心歇息吧。还是我陪大王前去。"格萨尔修法过了第一个七天，在岭地的梅萨梦见从上沟刮来红风，从下沟刮来黑风，把自己卷走了。梅萨又惊又怕，一大早带上自己亲手做的甜食来找格萨尔，想问问这是什么梦兆？珠姆一见梅萨，心中不快："你不在家陪着阿妈，跑来有什么事？"梅萨说出缘由，请珠姆禀报大王。珠姆答应着，背着水桶走了。当她再回到泉水边汲水时，对梅萨说："已经通报过了，大王说梦本非真，由迷乱而起，何况妇人的梦，就更不用信了，你回去吧。"梅萨只好眼泪汪汪地回去。珠姆并没告诉格萨尔梅萨之事，但还是把甜食献给他。格萨尔吃着甜食，问道："这味道——梅萨上来了？家里出了什么事？""大王说的什么话？梅萨做的甜食有金子吗？有玉石吗？难道我就不会做？"格萨尔不吭声了。

格萨尔赛马称王，珠姆作为彩注不算，又娶了岭国最为美丽的十二个女子，心里最难受的就数晁通了。晁通知道北方鲁赞王有意于梅萨，如今格萨尔去修行，把梅萨留在岭国，这不就是最好的机会吗？便修书一封，让乌鸦送给魔王鲁赞。鲁赞见信大为高兴，化成一团云，把梅萨席卷而去。

女仆匆匆来报，说梅萨被鲁赞掳走了。格萨尔对珠姆说："我带她修行，你偏不让我带。"格萨尔这才知道天母的深意，原来是要发生此变故。珠姆并不服气："你带她，那被魔王抢走的就是我了。"格萨尔下山后，请嘉察协噶协助总管王管理好国家，他要去救梅萨。嘉察协噶要带兵跟随征讨。格萨尔说他不带一兵一卒前往，保证救回梅萨。他吩咐下人把放牧在山上的江噶佩布神马找回来。这时，珠姆备下酒菜为格萨尔饯行。格萨尔喝了酒，昏昏沉沉地睡去，醒来后说："我好像要出趟远门。"珠姆说："大王，你安心睡吧，是你自己被梦迷住了。"不知过了多少天，天母再次入梦，说现在正是降魔日，让他赶紧去搭救梅萨，格萨尔惊醒过来。知道珠姆给自己吃了健忘的药酒。格萨尔翻身上马，却想不起该往何方去。珠姆又从宫中追出来，要格萨尔再喝一杯壮行酒。格萨尔哪里还能喝，接过杯子后，把杯中酒洒向花草，花草立刻醉得像一摊水。珠姆眼含热泪，挽留大王："大王啊，雪山不留要远走，留下狮子住哪里？大海不留要远走，留下金眼鱼住哪里？大王不留要远走，留下珠姆托身在哪里？""我的爱妃啊，现在天母传旨意，要我到北方降魔，如果违背神意，我俩就要永分离，爱妃啊，快快留步让我走。"珠姆见言语无法挽留，转而生气和愤怒，说当初三大王争相娶我，我在百人之中选你，是我珠姆可怜你，现在倒好，我成了路边石，随你踢来踢去。如果你还认为我是王妃，你听我话留在这里。格萨尔火冒三丈，说你再无理把你休掉。格萨尔打马就走，珠姆死攥住缰绳不放，拖了几丈远。珠姆又气又急，一下子昏倒过去。格萨尔扬马而去。

到了鲁赞人领地上，天色已晚，来到一座心形山前，山顶有一座四方城，城的四面布满了尸体做成的幡幢。来到城门前，他举手叩击铜铸的大门。大门打开，走出一个光彩照人的姑娘："喂，你这个敲门人怎么跑到魔国来了？我看你长得非同常人，我暂且饶你一命，要是鲁赞看见你，早把你吃了。快去逃命吧。"格萨尔一把揪住魔女的前襟，将她按倒在地，从腰上抽出水晶刀："你这魔女的死期已到。说，你是谁？这是什么地方？鲁赞在哪里？"魔女被刀尖逼着，只好告诉大王她叫阿达拉姆，黑魔鲁赞是她哥哥，这里是岭国和魔国的交界处。阿达拉姆又说，英俊的男子啊，请告诉我你的名字，让我往生之后能记住你的容貌。格萨尔王收起尖刀。阿达拉姆说，雄狮大王格萨尔啊，久闻大王的好名声，美丽的孔雀爱玉龙，一听到龙声喜在心，大王啊，你的刀子未刺进我的胸，却已夺去了我的心。格萨尔饶过性命，要她帮助消灭鲁赞王。阿达拉姆说："尽听大王吩咐！""我消灭的可是你哥哥。"阿达拉姆告诉原委，原来她是转世投错了胎，而哥哥又将她许配给一个蛙头将军，她正日夜悲伤呢。她愿终生与大王相伴，请大王做此城的主人。当晚，阿达拉姆与大王同床而眠。阿达拉姆本想，这样相陪着，大王也许能放过哥哥，再让哥哥放了梅萨，和大王一起回岭国。但是，格萨尔非除掉哥哥不可，宴请大王后便只好让他上路。阿达拉姆取下自己手上的戒指交给大王，把路上通行等事宜做了交代。格萨尔骑着神马，过了白象山岭，黑蛇匍匐的桥，翻过野猪竖着铁毛般的山后，来到漆黑如夜的黑湖边，湖中窜出一条凶猛的黑狗，格萨尔取出阿达拉姆的戒指，狗一见戒指，转身潜回湖里。格萨尔按阿达拉姆先前的指点，走上白路，再进到用骷髅装饰房檐的城中，斩杀了三个头的妖魔后，再次遇到了一个五个头的妖魔，那魔头正在放牧着黑白两色的羊群。格萨尔这才发现，一到魔国只有黑白两色，连山河草木都如此。五头妖的武艺只在鲁赞之下，当他知道来人是格萨尔后，提出比试射箭和摔跤。格萨尔依靠神通将他打败，原来五头魔是一个安分守己的农夫，被鲁赞掳来在此镇守关口。只要让他恢复人形，他原意为大王效命。格萨尔让五头魔秦恩去看魔王何在，梅萨在干什么。秦恩来到王宫，鲁赞闻到异味：“你见过什么人吧?”“大王鼻子真灵，我昨天确实见到一个印度商人，他说是经过岭国到我们魔国的。”最后的话是有意说给梅萨听的。鲁赞说：“我让梅萨招呼你去吃饭，我要出去巡视一番。”梅萨详细打探商人的情况，并让他明天把商人带到后宫，她要问问岭国的情况。第二天，格萨尔目不转睛地盯着华丽服装掩不住悲伤的梅萨，梅萨用颤抖的声音问道：“你真是从岭国来的吗？你可曾到宫中见过格萨尔大王?”格萨尔脱去了商人的衣服，梅萨一声惊叫，俩人紧紧相拥在一起。梅萨带格萨尔去看鲁赞的碗、床、铁箭和铁弹。格萨尔躺在床上像一个婴儿，连鲁赞的饭碗都端不起来，更别说铁弹和铁箭了。格萨尔这才知道天母让他修大法的缘故。梅萨催他快走，魔王身形巨大，力量无穷。要降伏他必须找到他的弱点。梅萨说，我听说吃了魔王的黄牛，就能身形变大。于是，格萨尔杀了黄牛，一顿猛吃，身形立刻变得巨大，连魔王的床都装不下了，鲁赞的碗和兵器也能轻易使用。这天夜里，梅萨说：“大王啊，我做了一个不好的梦，梦见我的头发被剪掉了，这可不是好兆头，你可要小心，我听秦恩说岭国的格萨尔要来北方降魔呢，你对于自己的寄魂海、寄魂树、寄魂牛，更要小心才好。”魔王哈哈大笑：“王妃不必担心，我的寄魂海是仓库里的一碗癞子血，把碗打翻，寄魂海才会干；我的寄魂树，只有用我仓库里的金斧子砍三次才会断；我的寄魂牛只有用玉羽金箭射才会死。在我睡熟的时候，我的额间有一条金光闪闪的鱼，这是我的命根子，它被射中，我才会死。”说完，魔王后悔起来：“爱妃啊，这些事千万不能让外人知道，不然，我真的没命了。”“妃子明白。”梅萨心里无比高兴。接连三天，格萨尔如法炮制，使得魔王心智大乱，最后一箭射中额间的金鱼，把魔王杀死了。

为了使魔王不再带着邪愿投生三恶趣，使其灵魂得到教化和净化，格萨尔运用破瓦法力，一步步引导魔王从中阴道慢慢上升。先使神识从头顶破壳而出，再走过阴森森的充满各种诱惑的岔路，让他渐渐认清自己清净的心性和佛性后，向上，向着光明，最后在啪的一击响声中，将其魂魄引向阿弥陀佛的净土。

鲁赞一降伏，魔国即刻变得五彩缤纷。众人这才知道世界原来并非只有黑白两色，而是充满了无穷的色彩。秦恩也恢复了人形。格萨尔王封他管理魔国的领土。大王带着梅萨来到阿达拉姆的城堡，三人整天花天酒地，享不尽的荣华富贵，说不完的甜言蜜语。两位妃子把踩过的鞋垫子、填过靴子的干草塞在格萨尔王的枕头下，还悄悄地把一些不干不净的东西滴在茶碗里。格萨尔浑然忘了岭国，忘了珠姆，沉浸于欢乐之中，似乎永不愿醒来了。不知不觉间已过了六年。

这一天，格萨尔王与秦恩正在九尖魔宫顶上掷骰子玩乐时，空中飞来一只仙鹤，仙鹤嘎嘎鸣叫着飞临宫顶。格萨尔早已忘记了这是岭国的寄魂鸟。格萨尔惊讶地叫道：“哎呀呀，怎么飞来了一只从未看到过的鸟儿？鸟儿啊，你来自何方？”仙鹤又嘎嘎叫几声，伸长脖子，向格萨尔踱步而来……

霍尔入侵

霍尔赛庆即黄霍尔王有三个儿子，因为分别住在黑、白、黄三种颜色的帐篷里，因此被人们称为黑帐王、白帐王和黄帐王。格萨尔到北方降魔的第三年，白帐王的王妃——来自汉地的噶斯突然病逝。白帐王痛苦万分。为了给白帐王新选一个异族的王妃，大臣们商议决定派出宫中会说话的鸽子、孔雀、鹦鹉和老鸹，飞向四方去寻找。大臣们认为只有异族的美女才能把白帐王从痛苦和孤独的生活中解救出来。

四只鸟奉命飞出去，当它们来到一个三岔路口时，鹦鹉说，我们这四只鸟啊，虽说是射出去的箭身不由己，可要选择王妃太不容易了，一是天下美女难寻，二是就算找到了，大王满不满意？满意了，如果娶不来，就得出兵去抢，不知要死多少人。是啊，鸽子说，可是，我们怎么回去交差呢？是呀，怎么回去？鹦鹉说，我看我们都回故乡去吧，鸽子你回汉地，孔雀回到黄河边，我回门隅，只是老鸹没有家乡，随便找个地方去吧。鸽子、孔雀、鹦鹉都觉得是好主意，便各自飞走。见三位都走了，老鸹又气又喜，气的是它们三位在宫中都比自己受宠，现如今说走就走，活该你们对它们那样好，喜的是现在恰是自己的机会，没有人抢功劳了，这一次，我一定要为大王选一个天下最美丽的女人。黑老鸹一直不停地飞呀飞，东南西北全找遍了，也没有找到一个心目中的美人。

这一天，它飞到森周达孜宫上空，当它停在松石梁大宝帐前时，看到了绝世美女——格萨尔王的王妃珠姆。珠姆美得呀，她往前一步能值百匹骏马，她后退一步价值百头肥羊，冬天她比太阳暖，夏天她比月亮凉，全身芳香赛花朵，蜜蜂成群绕身旁。这天，大王走了整三年，珠姆心想，也许大王该回来了吧，便叫来两个侍女梳妆打扮，好迎接大王凯旋。

老鸹赞美过珠姆的美貌之后，喋喋不休地为白帐王说起亲来，珠姆听得怒火中烧，说你这黑乌鸦，带来不祥的灾鸟！随手向它撒去一把灰，哪知把自己的小松石也甩了出去，老鸹上前啄起松石就展翅向霍尔国飞去。

老鸹摆出一副又饥又渴的姿势，先说尽三个鸟儿的坏话，弄得大王心焦火燎。大王犒赏老鸹，老鸹还装腔作势，大王终于面露杀机，它这才说起寻到的珠姆。“呵，太好了，神灵赐给我这良机，我马上把她娶过来。”大王恨不得立即把珠姆抢到手。大臣辛巴梅乳泽劝道：“大王啊，我们和岭国和睦共处了这么多年，为了一个王妃就要大动干戈？况且那雄狮大王回来不会善罢甘休。”白帐王命令吉尊益西美女来卦算，卦象不好，大王斥退道：“这个卦象不可靠，若不是看你年轻美丽，定斩不饶！”白帐王卦算只不过是想堵住大臣们的嘴巴罢了。珠姆自从丢了松石之后噩梦连连，梦见山崩地裂，洪水滔天。珠姆想起黑老鸹，说不定霍尔要来入侵了。便急急召集岭国大小战将，请绒察查根和嘉察协噶商量对策。听了珠姆的梦兆，大家都认为必有灾祸，只有晁通认为是吉利，是雄狮大王要回来了，心中却幸灾乐祸。最后决定派丹玛带着骑兵去观察霍尔动静。当丹玛走到一处山顶时，发现前面的大石滩上挤满了数不清的军队。只见右翼是白帐部，左翼是黑帐部，中军是黄帐部，先锋部队是辛巴梅乳泽的大军。丹玛让骑兵回岭国报告，自己则悄悄地摸到霍军前边，想只身挡住霍尔大军。这时，丹玛的银灰马开口说话了，说如此直接攻击必然吃亏，还不如如此这般。于是，丹玛听从建议，牵着坐骑一瘸一拐地往前走，眼看到军营门口，丹玛迅速跃上马背，冲进霍尔军营，砍倒了十八个大帐，踏翻了十八个锅灶，灰尘满天飞扬，霍尔军还没反应过来，乱作一团，丹玛已经把战马吆喝到一起，赶走了。辛巴趁机相劝，白帐王哪里肯听，反而对辛巴连讽带刺地挖苦，气得辛巴率领大军向岭国杀去。岭国早已做了准备，两军杀得血流成河，尸骨成山。

珠姆派仙鹤给格萨尔带信，又向总管王建议用计以假意允婚来拖住霍尔人，等待格萨尔回来。白帐王兴奋异常，世上最美丽的女人就要归自己所有了。于是，珠姆以出嫁是大事需要准备、她要去看望姑母等借口，拖了一天又一天，一月又一月，弄得白帐王心急如焚，派辛巴梅乳泽再去催促。辛巴梅乳泽只好留在岭国，每天跟在珠姆后面。这一天，辛巴梅乳泽又跟在珠姆后面攀登到一座山上，珠姆说，好心的大臣，你就在这儿喝着酒等我，我姑母看见你杀气腾腾的样子会吓坏的。也好。辛巴梅乳泽料定珠姆也跑不了。珠姆在最高的山顶上，拿出一面水晶宝镜看大王到底在哪儿，在做什么，只见大王正和梅萨与另一位也是貌若天仙的姑娘饮酒作乐。珠姆觉得万箭穿心，痛彻骨髓。啊，这个狠心的大王，他真的忘了我吗？难道国破家亡你都不顾及了吗？珠姆哭肿了眼睛，这才下山。当珠姆又一次带着宝镜上山时，发现大王仍与两位王妃在唱歌饮酒，而给自己去送信的仙鹤已被射杀在大帐门口。天哪！我该怎么办？珠姆昏倒过去。醒来，一只红狐正在用舌头舔着自己的手。狐狸说起人话来，说它愿去送信。珠姆见狐狸一片真情，从手上褪下金戒指，请它去告诉大王，霍尔王要抢走她，岭国要亡了。辛巴梅乳泽看见珠姆下山来了，便说："这回再不能拖了吧？""是啊，现在已经找不到任何借口了。"回到宫里，侍从里琼吉问王妃："我长得可几分像你？""像啊。""珠姆姐姐，若你同意，我替你去吧。""那我怎么对得起你？"珠姆又哭了。绒察查根和嘉察协噶来了，都觉得是个好主意，可是苦了里琼吉一人啊。里琼吉冒充的王妃被霍尔王高高兴兴地迎走，霍尔兵退回去了。辛巴梅乳泽装聋作哑也没有说话。

几天后，一支带信的箭射进了白帐王的帐篷里。看完信，白帐王的脸像信纸一样变黄了："看看，辛巴梅乳泽办的好事！"里琼吉一见暴露，便刎颈自杀了。眼见霍尔兵又铺天盖地而来，晁通高兴极了，他又有了报复格萨尔王的机会。霍尔兵把王宫团团围住。珠姆誓死不答应杀人成性的白帐王，说自己不如一死了之。而且亲自披挂上阵，双方死伤无数。最终听了辛巴梅乳泽的苦劝，改变了心意。是啊，岭国死了无数人，不就是为了我一个人吗？我死了倒干净，岭国也被霍尔人占了，如果我去霍尔国，百姓免遭了涂炭，说不定大王回来，还可以救我回来，可是——会吗？也罢也罢，狠心的大王把我和岭国都忘了，我就嫁给白帐王好了。珠姆走出王宫，走向霍尔兵营。

当嘉察协噶带着大军赶到时，王宫里已是人去楼空，宝物被洗劫一空。嘉察协噶带着军队浩荡而去。他的马四蹄生风，终于看见了漫山遍野的霍尔兵。嘉察协噶不顾一切地冲杀，霍尔兵四散奔逃。

辛巴梅乳泽知道自己硬拼不是嘉察协噶的对手，便一路逃跑，说服嘉察协噶俩人比试武艺，若嘉察协噶胜了，他向白帐王劝说退还珠宝和珠姆，若嘉察协噶输了，也自动回到岭国。先比箭，嘉察协噶一箭射中辛巴梅乳泽的铁盔缨，那箭闪着光，又回到了箭筒里。辛巴梅乳泽吓得变了脸色，说我也射你头上的白盔缨，却射向了前额。嘉察协噶大叫一声，却没有倒下来，他挺直身子，抽出腰刀，直冲过来。辛巴梅乳泽转身就逃，嘉察协噶大开杀戒，杀得霍尔兵血肉横飞。辛巴梅乳泽见嘉察协噶早已杀红了眼，便一路奔逃，见追得近了，突然跃下马背，蹲坐地上，把矛尖向上杵立地面，嘉察协噶哪里来得及刹住脚步，直向矛尖冲来，尖利的矛刺穿了英雄的胸膛。岭国大英雄就这样倒下了！

嘉察协噶血染沙场，总管王和丹玛等众英雄闻讯赶来，总管王一见遗体大声悲号，昏倒过去。在魔国，正与两位妃子喝酒的格萨尔摁住心脏说："我好像听到有人在哭喊，哭得天空都裂开了，好像还有许多人在叫我，你们没听见吗？难道岭国有难了？我要回去了。"梅萨说："大王，你喝酒耳鸣吧，如此清净安宁，哪来的哭声？"阿达拉姆劝大王道："就算大王回岭国，我们也要准备礼物，明天再走也不迟啊。”第二天，大王又把昨天的事忘得一干二净了。整日里仍与两个王妃饮酒作乐。

吉尊益西整日里羞辱辛巴梅乳泽，说所谓的霍尔国头号勇士只会施暗箭害人。并说，你帮助抢来的王妃已经产下新主子了，你还不去服侍？辛巴梅乳泽终于发作道：“你这个舌头有毒汁的女人，你说我怎样才能赎罪啊？”吉尊益西指点道：“让格萨尔王从忘泉中醒来，得先把他的骏马赶离魔泉。”辛巴梅乳泽依此而行。

红狐来到格萨尔面前，吐出了珠姆的戒指。红狐把珠姆的话语向格萨尔王诉说。格萨尔的心被戒指的光照亮，他想起了一切。这时，从魔泉醒来奔回的千里宝驹江噶佩布已嘶鸣着到了宫外，并唱起忧伤的歌。格萨尔决定立即返回岭国。原来自己在此地已整整九年了。梅萨还要阻拦，被阿达拉姆劝住：“如果再不让大王回去，三界的神都会惩罚我们，我们也随大王快回家乡吧。”江噶佩布载着格萨尔腾空而起，向着岭国飞去。

消灭霍尔国

龙多活佛面前已经摞了一沓《格萨尔王传》了，他还在洋洋洒洒地书写，有时看着空中奋笔疾书，有时只顾埋头而写，那些优美的文字从笔尖水一样流淌，仿佛没有枯竭的时候……

当会场外巴黎夜晚的灯光像星河一般灿烂时，在众人的掌声中，龙多面对众人和媒体双手合十致谢，脸上挂着谦恭的微笑。

有人边走边谈论：

“真是奇迹啊。”

“也不算不是奇迹吧。十九世纪咱们的巴尔扎克写《人间喜剧》有时一晚上也写上七八十页呢。”

“他那是被生活所逼。”

“史诗不也是创作吗?”

“活佛说他可不是创作，他只是解开空性密码符号，把他看见的记录下来而已。”

“空性密码?”那人摇摇头，觉得不可思议。

按照众人的要求，主持人请年轻的达瓦扎巴接着龙多活佛昨天的故事说唱下去……

踏上岭国的土地，格萨尔让神驹放慢脚步。离开岭国九年了，这期间，岭国发生了什么呢?格萨尔王变化成一个牧羊的小伙子，赶着一群羊向岭国王宫走去。此时，做了岭国王的晁通正在王宫顶上散步。而格萨尔王的父亲森伦正在为他放牧。森伦见到牧羊的青年说：“小伙子，我们的大王说了，你的羊群喝了水要交水钱，吃了草要交草税。”格萨尔王心头酸楚，但他强忍悲痛，了解岭国的情况。听到嘉察为国捐躯时，泪水止不住流淌，听到珠姆被抢走三年了，忧心如焚，听到晁通投敌叛国，而今又当上了国王，牙齿咬得咯咯响。当森伦看到小伙子拿出格萨尔的碗和刀子时，老汉大哭起来：“小伙子，你怎么有我儿子的东西?”格萨尔变回自己的本来形象，俩人抱头而哭。格萨尔安慰父亲后，又扮成一个老年乞丐向王宫走去，“主人啊，请给叫花子一点吃的食物吧!”晁通从窗口探出头来：“一早就来叫门，多不吉利，你是哪里来的叫花子?”“我从魔国来。”听到是从魔国来的，晁通赶紧让老乞丐进来，他得打听格萨尔在魔国的情况。当他听说格萨尔死去已八年时，高兴得哈哈大笑：“我那可恨的侄儿也有今天，太好了，我心中的石头终于落了地，快，让这老乞丐好吃好喝。”老乞丐突然抖动起身子，晁通还没眨上两眼，眼前已站着格萨尔王了。格萨尔抽出水晶刀，抵到晁通胸口：“今天，我一定要杀死你，你还有什么话好说?”晁通吓得面如土色，身子瑟瑟发抖：“侄儿说得对，叔叔确实有罪，叔叔做错了事，可心眼并不坏。侄儿，我再不好也是你叔叔，我一个老人的性命你不要伤害。叔叔的舌头虽然巧，但做的事情肮脏，我要杀了你，否则难消我的心头之恨。”晁通还在花言巧语地讨饶，宝驹早已忍耐不住，张嘴就把晁通吞了下去。总管王和各位英雄听到大王回来了，都前来迎接。这时，梅萨和阿达拉姆带着宝物也到了。格萨尔把宝物分给岭国的贫困人家。这时，宝驹把只剩一口气的晁通屙了出来。格萨尔在众人的相劝下，最后决定不杀晁通，而是惩罚他到喀部落去放马。晁通心中愤恨，嘴上却不断感谢不杀之恩，把“好侄儿”唤了千万遍。

岭国国事一处理完，格萨尔骑上宝驹，朝霍尔国奔去。

霍尔国抢走珠姆和珍宝之后，怕格萨尔王来报仇，所以沿途设计了九道关卡。第一道关卡是黑青蛙把守，格萨尔与它斗得天昏地暗，仍无法取胜，最后时刻，宝驹化成一只硕大的乌鸦，把它吞了下去。第二道关卡上，面对瞎眼母夜叉，格萨尔把宝弓变成磨盘石，最终把夜叉砸得粉骨碎身。格萨尔先后打败魔狮、魔马、魔狗、魔牛等，终于闯到第八道关口上。那是一个只容一人一马的崖口，两名大力士守着关口。格萨尔摇身变成一个仆人，说他是珠姆家的用人，要给珠姆王妃送信。大力士听说是珠姆家的人哪里敢怠慢，下来迎接，格萨尔趁机敬上下了药的毒酒，顺利过了石崖口。这时，天母降旨说，降伏霍尔王的时机已到，但攻进王宫，必须要打好爬过墙的铁索，只有这样才能把霍尔三王杀掉，并让先住进吉尊益西家定亲，有她才能进城。吉尊益西汲水时，遇到格萨尔王变化的小乞丐，吉尊益西觉得小乞丐来者不凡。虽然衣衫破烂，但看头上的盔印，腰上的铠甲痕，刚下马似的弯腿样子，并不像是普通的叫花子，但格萨尔极力掩饰。吉尊益西想起昨天的梦，梦中来了一位天神，还有，最近的卦象显示霍尔国即将要灭亡了。吉尊益西把乞丐带到家里，并向阿爸建议留他下来帮忙。于是，格萨尔帮助铁匠烧炭、打铁。吉尊益西与格萨尔日久生情，终于海誓山盟，互赠定情物。吉尊益西的弟弟死于霍岭之战。吉尊益西一直等待着格萨尔王前来降伏魔王。格萨尔终于向吉尊益西显示了自己的本来面目。吉尊益西指点格萨尔王要降伏霍尔三王，必须把三王寄魂的黑、白、黄三色野牛的角砍掉，千万不能回头。格萨尔来到雪山后，化身成大鹏金翅鸟，闪电般落在野牛身上，把三色野牛的角成功砍掉。趁着铁匠睡觉的晚上，铁索也已经打好。自从寄魂野牛的角被砍掉之后，霍尔三王都得了重病。这一天，听说来了一个耍猴人，白帐王让仆人唤进来解闷。看了耍猴子表演，白帐王很高兴，让珠姆赏赐，自己先休息去了。珠姆听到耍猴人是从东方来，便打听家乡的神山和格萨尔王。耍猴人说，听说格萨尔王已经死了好几年。珠姆一听到大王已死，摘下头饰说，这些你都拿去吧，我活着还有什么意义，说罢从腰中抽出水晶刀猛刺自己的胸膛，耍猴人眼明手快，一把抢下刀子，说格萨尔已经来到霍尔报仇了。珠姆惊叫：你不要骗人！耍猴人变化成了格萨尔。诉不尽的千言万语，珠姆扑进格萨尔怀中。格萨尔王让珠姆赶紧戴上首饰，免得白帐王起疑。格萨尔回到家，吉尊益西又指点格萨尔王说，还要给三头寄魂野牛的头上钉上铁钉子。如此行事之后，霍尔三王病得更重了。

格萨尔将通知岭国派兵的事向神马详细做了交代，并在黄缎子上写下旨令，盖上红印，拴在马颈上。神驹昂起首来，一声嘶鸣，身边立时聚起一团白云，随着一股旋风腾空而起，向着岭国飞去了。

十五日圆月夜，格萨尔对吉尊益西说，降伏霍尔王的时刻已到。格萨尔摇身变成霍尔人，身穿白毡袍，头戴白毡帽，怀揣铁链上路了。来到城外，掏出铁链往城墙头一抛，正中城头铁镬子，格萨尔爬了上去。此时，岭国的战神与魔国的魔神在天空中正斗得不可开交，把珠姆的儿子吓得大声哭叫。

窗打开着，他跳进王宫，蹑手蹑脚向白帐王寝室走去。

来到寝室门前，他一脚踹开门。

白帐王闻声，忙爬起来，嘴里惊恐地呀呀叫着，说："谁?"

就在白帐王准备下床扑向来人之时，珠姆将豆子撒到了床下，白帐王踩着豆子，一跤跌到格萨尔面前。

格萨尔一脚将白帐王踩住，连跺三下，又将金鞍压在白帐王身上说："有罪的魔鬼，睁开眼睛看看我是谁。"

珠姆将灯点亮。

白帐王看见是霍尔人，说："小乞丐，你想干啥?"

"小乞丐"哈哈大笑起来，在笑的过程中，他变回了格萨尔，身上的光彩将白帐王王宫也照亮了。

见是格萨尔，白帐王吓得魂飞魄散，颤着声说："英勇的格萨尔，我知罪了，请你饶我一命，霍尔国的所有全都归你。"

格萨尔圆睁双眼，说："如果嘉察哥哥和战亡的士兵能够复活，我就饶你。"

说着，举剑砍下魔神的头。

白帐王一见，顿时化成一缕黑风从窗口飘了出去。一到宫外，化成巨大的身形，盖过了整个宫殿。他打算拔起宫殿迁建到天宫，宫殿剧烈地晃动起来，却无法拔掉。原来，格萨尔早已用粗大的铁链把宫殿四方牢牢捆在地面上了。他想一掌毁灭宫殿，把格萨尔杀死在里面，却见格萨尔化成一缕光箭追踪而来。白帐王大步跨过山头，向雪山奔去。

一到寄魂黑牛、白牛、黄牛放养的雪山，只见三头牛已倒地身亡。一只秃鹫在野牛身上嘎嘎地跳来跃去欢快啄食着。白帐王悲愤而起，顿时化成一缕黑雾漫盖向霍尔国的寄魂山林，只要他隐身在密林中，格萨尔便奈何不得。哪知道山林也被烧得光秃秃的了。于是，他转而飘向霍尔国的魂湖，想一口喝下魂湖，保住最后一丝魂命。飘到山顶，化身人形，却见魂湖也干了。“也罢，也罢!”他狂叫一声，向王宫飞奔而去，“保住我王儿的命要紧!”

当他从王宫窗口飞进去，一落到地面，小王子咯咯笑着扑进怀里来。白帐王大喜过望，伸出双臂揽住了王子，只感到一股尖锐的痛楚从心脏穿刺而过。一睁眼，原来是格萨尔化身王子偷袭了自己。小王子仍睡在床上，小手舞动着。格萨尔威风凛凛地站在他面前，又一次挥剑向他颈项砍来。血水飞溅，白帐王的头颅骨碌碌滚动起来，身子倒了下去。

栖居在城楼上的嘉察协噶的化身鹞鸟咯咯地叫着，从头至尾看了整个过程，见到白帐王已死，便扑扇着翅膀飞落到鲜血淋漓的白帐王身上，咯咯啄食几口肉，仰着长喙吞下几滴鲜血，现在它生前的誓言终于如愿以偿，便动情地围着格萨尔绕了三圈后，欢叫着从窗口飞出，向着天国去了。格萨尔双眼浸泪，看着它消失在天际，嘴里喃喃叫道：“哥哥……”

珠姆早已哭得满脸是泪，杀了白帐王后，她跑上来，紧紧抱着格萨尔，说：“大王啊，整整九年，你怎么现在才来?”

格萨尔把珠姆紧紧地搂在怀里。

攻打城门的军队乘着云梯和铁链攻上了城头。木鸟轰轰地响着飞越雅司城上空，最后停在王宫宫顶和广场上。木鸟肚腹中冲出全副武装的岭国神兵。攻进城里的岭兵把城门打开之后，潮水一般的岭国士兵冲杀了进去。双方的军队在厮杀。眼看岭军胜利在望，许多霍尔将士缴械投降了。

格萨尔王吩咐珠姆准备好行装，等他杀了黄帐王和黑帐王就来接她。两个王哪里是格萨尔对手，格萨尔一人一刀结果了俩人的性命。

回到宫中接珠姆，珠姆背着孩子，格萨尔王沉下脸来："你把魔王的孽种背到哪里去？"

"大王啊，求你答应我把他带走吧。虽然是白帐王的骨血，但也是我的亲生子，是我身上的一块肉呀。孩子是无辜的，他还没断奶呢。"

"你还有这样的慈悲心？霍尔王杀了我岭国的多少孩子！你把孩子扔下跟我走。"

"大王啊，那求求你饶过我可怜孩子的性命吧。"

"我答应你不杀他。"

"不行。你要发誓！"

格萨尔王只好发了誓言。

珠姆肝肠欲断，看一眼睡着的儿子，又亲一亲脸蛋，然后把孩子放到库房里，心中祷告儿子能遇到好人抚养，便一步三回头地走了出去。

走到半路，格萨尔说他忘了一样东西，要去取回，让珠姆先走，便转身离开了。

格萨尔心想，不能留着魔王的儿子，免得长大了生敌对之心，再起后患，必须斩草除根。儿子已醒，眼睛亮亮地看着格萨尔王，嘴巴呼呼的似在说话。格萨尔心底生起一股尖锐的疼痛，但他一狠心，双手托举起库房的立柱，用脚头把儿子推到了立柱之下，再把立柱一放，一摊血水涌了出来。啊啊，我格萨尔口说慈悲心，今天连一个小孩子都不放过，又违背了自己的誓言啊！这样一想，两股鼻血淌了下来。

格萨尔王决定为嘉察协噶报仇，将辛巴梅乳泽斩首示众。全城百姓跪地为辛巴梅乳泽求情，说他是好人，是霍尔国最正直的大臣。还说格萨尔和宝驹能够从忘泉水中醒过来，是辛巴梅乳泽的大功劳。格萨尔见他受民拥戴，决定饶恕辛巴梅乳泽，并让他治理霍尔领地。从此，岭国迎来了一段和平安乐的幸福时代。

不少媒体在总部大楼前堵住刚刚出来的达瓦扎巴。

“你认为有所谓的魔吗?”

“你不认为有魔吗?”达瓦扎巴反问道，“人心中的贪婪、残忍、猜忌、侵略、抢夺和杀戮思想，不都是魔吗?”

“你认为当下世界还需要格萨尔王吗?”

“只要世界上还有魔王还有战争，格萨尔一定会存在。”

“那你认为怎样才能避免战争?”

“心安则身安，内心和平世界就会和平。”

法国电视台一台记者对着镜头说，多种语言镌刻着“战争起源于人之思想，故务需于人之思想中筑起保卫和平之屏障”的著名石碑前，年轻的西藏说唱者也说出了如此令人深思的话语，我们希望世界的政要首脑们都能听到他的这一声音。

不是尾声

半个月之后，龙多活佛身后跟随十个僧人，在众多媒体和人们的簇拥下，走在法国巴黎的香榭丽舍大街上。

很多人议论纷纷：

“西藏活佛难道真能在西方的土地上掘出格萨尔时代的掘藏物吗?”

“这在目前的科学上是没有办法解释的，就像那些神授艺人或所谓的智态化艺人一样。”

“从究竟意义上，眼前的世界是虚幻不实的，一叶一菩提，一花一世界，怎么不行?”

“你这是用佛教观点解释佛教。”

“不，世界其实很小，在特别的条件下，时间与空间都可以扭曲、变形、移位，这在科学里是可以解释的，如同宇宙的虫洞。而眼下，地球不就是个村庄吗？”

“西藏活佛真要出大洋相了！”有人不无担心地说。

瑞卡终于在街道旁的一棵大梧桐树下站住了。

他说：“就在这儿吧。”

龙多和僧人在树下盘腿而坐。

念经声和法器之声轰轰呼呼地响彻在西方的天宇下。

念经祈祷结束，一位眉目清秀的僧人执一把铁锹迎声而上，龙多活佛给铁锹手把拴上一根哈达，嘴里念念有词。

天空中闪过一束炫目的光芒。

当铁锹掘进泥土时，无云的天空中滚过阵阵天雷龙吟之声……

此时此刻，年轻的达瓦扎巴已经坐在成都的一间录音室里开始录制他的第八十部说唱本了。他的眼前，千军万马出征的隆隆战鼓敲击着远古的大地……

这时，降村坐在年老的母亲身边，围坐在他身边的是一群老年人，他在悠扬的曲调中说唱道：“天母来到格萨尔王的梦中，对格萨尔说，神子，快快醒来，姜王抢占了盐海，众生正在遭受苦难，该是你去降魔的时候了……”在帐篷的另一角，降村的侄子们对着依靠太阳能蓄积电力的电视机，正津津有味地看着哭哭啼啼的爱情肥皂剧。

格萨尔王带上他的九件降敌武器，骑上江噶佩布，又腾空而去……

短篇小说

塔 洛

“嚯嚯，俄泽瘸子都是活佛，那我肯定也是个格西呢。”

疯子塔洛又用手摩挲着肚子说道。

众人听了，呼呼哈哈地放声大笑起来。

有人逗弄塔洛说：“塔洛你再说一遍你是格西，以后我们都要找你打卦呢。”

塔洛嘴里嗡嗡嗡地念着经文，听了那人的话，便把右手从衣襟下抽了出来，盯着那人的笑脸，说：“你们把满屋的魔鬼引到屋角，还哈哈呼呼地好意思笑呢。”

众人正面对屋角柜子上摆放的电视机，都看得津津有味。电视里播放的是一部枪战片，村里人虽然看不太懂，但能分得清敌人和我方，分得出好人和坏人，所以也都看得入迷，有初中生或懂汉语的人，被人问着时，也讲讲大致的意思。所以，当又一次听到塔洛的经典话语时，众人又一次前仰后合地笑起来。有人笑得肚子都疼痛起来，有人笑得脸上肌肉涨疼便又用手按摩又张嘴地让脸颊好受一些，有人边笑边回味着塔洛话语的妙处：“哈哈哈，你说他是疯子？他怎么会疯？哈哈，大家看的不就是铁盒里的影子吗?!亏他想得出来。”

塔洛似乎感到众人的“不怀好意”，便从垫子上起身，穿过人群走出门去，嘴里撂下话：“我才不跟你们说话呢。”眼睛直视前方，看都不看别人一眼。

珠嘎在身后喊道："你不吃饭吗？先吃了饭吧。"

塔洛头也不回，道："我又不是猪八戒，有两个肚子?"

笑声又一次在他身后哄然炸响。

来到屋外，阳光通透地照耀着世间万物，让人感到亮亮的炫目。塔洛仰头对着太阳，眼眯缝成了一条细线。这时，他看到了太阳里飞舞的尘土，太阳里黑色的光斑，它们自在地幽幽地连成一条虚浮的河流，当他感到眼睛有些涨疼时，便闭上了眼睛，一片艳红的帘子像血液一样覆没下来，罩住了眼域的世界。他惊魂失魄地发出一声惊叫，猛然睁开了眼睛，看见自己置身的世界依然如故，便咧开了嘴巴，开心地笑起来。恐惧的感觉也顿时消遁了。他带着笑意，歪着头，东张西望。这当儿，他看见绒格活佛与侍从正从公路上下到通往村庄的土路上，前边还有一个人牵着一匹上着鞍子装扮得五彩缤纷的白马。他觉得那些人有些熟悉，一时又想不起来是谁，便又用右手在肚子上摩挲起来，一圈接着一圈。然后，念着经文，左手捻动佛珠，右手转圆，摇晃着身子，显出一副匆忙的样子，向着村口走去。在村口，已经有很多人候着活佛，他们站在路边或路坎下，妇女们取下帽子，放下辫子，男人们把礼帽拿在手上。活佛来了，都低下头，接受摸顶。小孩子们开心地追逐着活佛跑来窜去，嘴里比赛似的争着叫道："给我摸。""摸我一下。"活佛笑着说："呀，给你一下，给你一下，再给你摸一下。"右手在小孩子们头上摁压一下。孩子们咯咯地笑着，有的摸过了，又跑到活佛前面，好玩地说："给我再摸一下。"活佛只得停下脚步，把小孩子的脑袋使劲向下压住："呀，再给摸一下。"看小孩子用力地把脑袋抽出去，便哈哈大笑起来。众人争相摸顶。只有塔洛站在人群外，嘴里念着经文，踮着脚，往人堆里望着。绒格活佛抬头见了塔洛，便大声喊道：

“塔洛，你过来。”众人把眼光扫向塔洛。塔洛身子动了一下，捻佛珠的手停住了，嘴里应道：“啦嗦。”塔洛得意的眼光往四下里瞥睨着走向活佛。走到活佛前，站住了：“什么事？”有人忍不住笑出声来。活佛装出一副严肃的样子，沉着脸问道：“什么事？你说什么事？为什么你没有给我说就跑到万绒村来了？”塔洛像被突然袭击似的变得支吾起来：“嗯，是，是，嗯，是尚研珠嘎让我来的。”“让你来干什么？”“嗯，是，嗡，嗡，我也不清楚，是背柴火，吆牛，还有，挑水呢。”活佛见他一本正经的样子，便笑起来。看见活佛笑了，塔洛也放松下来。他又抬起头，眼睛直视活佛问道：“我来万绒，我要给你说么？”看来他还在被刚才的问题缠着呢。围观的人都笑起来。活佛笑着说：“以后到哪里，都要给我说，知道吗？”塔洛这一下满口应承道：“呀，呀！”活佛从他身边走过时，有人喊道：“塔洛，快请活佛摸顶。”塔洛听了，立刻躬身，把头向活佛怀里伸去。活佛笑着给他摸顶。当他将头举起来，看见众人盈盈的笑意，塔洛的脸上也绽出憨厚的满意的笑……

塔洛看天光阴暗下来，太阳也西斜而过，便独自爬上村口的山坡。他得把牲畜吆赶回来。村人们看见塔洛拿着石块驱赶，又大声地吆喝着。在那山腰上，那身影奔来窜去。那些来到村口守候自家畜群的老人们看着塔洛的样子，便议论起塔洛来：

“你看看，那疯子可怜啵？他一根筋子要把畜群鼓捣向那条小路上挤撞呢。”

“是呀，他认为那条道才能下山吧。可是，话又说回来，珠嘎也真是有福气哟。塔洛似乎不知道劳累，每天背回一捆柴薪，每天傍晚把畜群吆回来，我们的孩子能抵他一半？”

“说得也是，你看直到现在，我那捣蛋的儿子连影子都不见，不知道又疯哪里去了？不狠揍一顿，现在的孩子话总是听不进耳朵里。”

“听说农忙完了，塔洛还是要被带回去呢。本劳家怎么舍得留下他？也是珠嘎厚着脸皮有些强硬地带来的呢。你看，塔洛疯是疯一些，但可以当一个全劳力。”

在老人们你一言我一语的唠嗑声中，塔洛已经成功地将畜群吆到下山路上了。在吆喝声和石子的尖啸声中，那山路上腾起了浓浓的尘烟，畜群挤撞着往山下奔窜。老人们又担心疯子这样催赶，把牛挤到路坎下摔死。他们嘴里念着经，又不时骂着那些忘了去吆喝牛马的儿女或孙子，往乡政府的瓦房方向走去……

在行走中，天上明亮的光线一根根一缕缕倏忽间消隐于头顶，当长着黑夜颜色翅膀的飞鸟猛然飞出时，黑色的虚无之帘悄然垂到大地上了，人的面目跟着变得恍惚……

塔洛在院子里从还在贪馋舔食的母牛嘴边夺取最后一个饲料木桶时，面对一浪浪浓厚起来的黑潮，内心又生起恐惧来。他手攥着桶口，转身麻利地往屋子底层走去，从楼梯口的灯泡流泻下的光芒明亮而又温暖，它像光梯直接伸延到门口呢。一到门口，塔洛便感到放心了，自在了，无惧了……

只要每一天安全蹚过了那白昼与黑夜交接的地带，他就不会从梦魇中惊醒。

塔洛把牛马猪羊都吆到村口的草山，又在林中手掐斧砍背回一捆柴木之后，村里的阳光已经变得暖和了。珠嘎一家人都各自去忙活了。屋子里有一种安良的寂静，他在正屋外的柴匣那儿，从背上啷的一声甩落柴捆后，心里泛起自己是这屋子主人的感觉，又听到青杠柴在灶口蓬蓬吐着火焰，他更加感到心里十分受用。他在屋里噔噔噔地迈着大步来回走了几趟，又有些夸张地提起茶罐给碗里舀上茶，再把茶碗端起来，站着，嗞嗞嗞一口就灌下去，又续上茶后，再喘一口长气又一口喝掉。觉得口里不饥渴了，用手背一抹嘴巴，就到外面来了。金黄色的阳光把院里青杠枝叶烤得暖意肆流呢，塔洛就想在院门口丢一张垫子坐下来，他想在阳光下翻弄出裤腰，脱下上衣，找出虱子，他想象虱子在阳光下在自己的指肚前面自以为聪明爬来跑去的样子，便忍不住想笑：哈，那些白色的虫卵在两拇指甲的夹击下哔哔剥剥欢响是多么惬意。可是，他又歪着头一想，觉得这么温暖的时光坐着耗掉，又太可惜了。那，自己又该做什么呢？内心又没有明确的想法。他将眼眯缝起来，对着头顶的太阳看了半天，想啊想呀，当他恍然收回目光时，他想：我何不回绒工村一趟，让村民和小孩子们惊讶一番呢？噢，塔洛，有几天都没见你了，你去哪儿了？你怎么突然消失了呢？我们到处找你呢。小孩子会围着他转来转去，都想跟他一起玩耍呢。我偏不告诉他们，我要在脸上挂着神秘的微笑：让你猜去吧，我塔洛将来还有更精彩的呢，你们算啥？他这样想着，脚下就生了风，左手捻动佛珠的速率更快了，他甩摆右手，嘴里念祷经文，向北边的绒工村走去。从山根缠绕着伸展的道路在他脚下流动起来……

当他昂着头，走到离绒工村不远的陡弯处时，远远地看见“热叶（村语，意为角儿，牛角、羊角等各种角儿的总称）”咧开大嘴黑着那张马脸，从弯道那头走过来。热叶是外号，他因为从小傻痴而得名。他也是村里永远长不大的小男人之一。塔洛把佛珠缠上手腕，撸起袖子，嘴里还使劲地向地上呸呸地吐了唾沫后，便趾高气扬地横着身子走了过去。俩人终于在弯路的窄处相遇了。塔洛首先叉开脚步挡住了路。热叶想从上边走时，塔洛的身子靠向上边挡住；热叶想从坎下走，塔洛又转下身来挡住。热叶见没了路，便又站到正路上来，把身子向塔洛抵了过去，俩人相互瞪着，像两头牛，谁也不让谁了，陷入了相峙的僵局，只有俩人的呼吸声变得越来越粗重起来。热叶最先憋不住气了，他从嘴里发出含混的叫声，用肩膀向塔洛冲撞，当塔洛身子摇晃起来时，又埋头向对方的胸口猛捣，塔洛没来得及防备，一个趔趄之后，倒在尘路上。塔洛爬起身，又用手撑着身子站起来，双手抖去衣服上的灰尘之后，猛然向热叶冲过去，扇了一记响亮的耳光。热叶用手摸着热辣辣的脸，眼里涌出泪水。他没想到塔洛会来这一手。塔洛又早已退了几步，他半躬身，眼瞪着热叶，一副今天要你死我活干上一架的样子。又气又急的热叶突然破口诅咒起来，那结巴的嗡嗡嗡的声音在空气中时断时续地飞舞。塔洛今天的心情好，斗志十分昂扬。他突然像电视里那些啊啊叫嚣打斗的人那样，趁热叶没有防备，来了一个扫腿，趁热叶正晃荡，又在背后绊上一腿，热叶呜呜呜叫着倒在了地上。塔洛双眼放光，哈哈大笑起来。他觉得自己完全占了上风，心中十分得意。热叶还没有来得及爬起身，塔洛就攥住了他的双腿，把他刷刷地拖拉起来。热叶双手惊恐地乱抓乱舞，可是，塔洛的一身蛮劲派上了用场，他一甩手，热叶就从陡坎上骨碌碌地滚了下去。那生着刺树的坎下是波涛汹涌的定曲河呢。塔洛也不怕热叶落下河去，真是个疯子，村里人后来后怕地说。幸而热叶在情急中抓住了一棵树芽才得幸免滚落河里。塔洛只觉得自己像个英雄，在与村里热叶的战斗中大获全胜了。热叶放声大哭起来。塔洛见了，转身扬长而去。

河对岸的村里，有人看见塔洛站在路上拍着双手，俯瞰河水，哈哈大笑……

塔洛进村时，脑袋高昂，嘴角含笑，目光睨视，脚步缓幽，踱出一副虎步相来。

当阿爸举着柴棒把他追得满屋子上下乱窜时，塔洛心中仍没能明白为何打架胜利了，阿爸还这样打自己，难道自己儿子输了他才高兴？他嘴里哇啦啦叫着逃窜，又应诺说以后再不打架了好好听阿爸的话儿。父亲又气又急，举着棍子在身后追逐，塔洛一跃一蹿地在前面跑，嘴里还哇哇啦啦为自己辩解道：

“为什么我打赢了你还不高兴?”

“你不知道，如果不是过路人发现，把热叶救上来，他就会掉进河里吗?”

“那他不会游上来啊！呀，阿爸，别打我。”

“疯子就是疯子，从那么高的地方坠到河里，人还不得摔死?！呼，呼，呼呼。”

“摔死了还能怪我呀?！”

父亲听了，再一次蹿跳过来，一棍打在他背上。塔洛发出一声惨叫。当他准备再次夺路而逃时，父亲的棍子又一次降临下来。他用左手一挡，木棍穿进了佛珠里，父亲随势一抽，一搅，佛珠线断了，只听得佛珠呱嗒嗒散落到地板上。塔洛见了，瘫坐在地上，像一个小孩子一样呜呜呜放声哭泣起来，一边掉着眼泪一边捡拾珠子。父亲的心立刻软了下来。他把木棍丢到灶膛里，也弯下身子与他一同捡拾佛珠，嘴里劝他不要哭了，像什么话，又不是小娃娃。

塔洛抽抽搭搭半天之后，终于停止了哭泣声。阿爸找来一根丝线，俩人一同坐下来串起佛珠，把旧的线烧到灶里去。

这时，一片阳光透过窗口照到地板上，在晃亮的阳光中，父子俩又变得融洽了。

阿爸心疼地想：我这儿子虽然啥也不懂，但对念经还执着呢，或许上世是个信佛之人吧？可是，他造了啥孽呀，让他此生变成这样?

父亲觉着儿子可怜与可爱。他以温良的态度柔和的语气给塔洛讲道理让他明白打他是让他记住教训。塔洛不断地点头，似乎懂得了自己所犯的错误，有时，又眼珠停止转动呆呆地看着父亲，似乎在想刚才那样凶狠的父亲为何现在又变得这样温柔。父亲又忍不住训斥道：

“你到底听懂了没有?”

塔洛这下猛烈地点一下头道：“懂了。”

父亲反问道：“你懂了啥?”

塔洛又变得支支吾吾说不清楚了。父亲笑了。见父亲露出笑意，塔洛也咧开嘴巴憨憨地笑起来。是的，他还懵懂，他总是不太明白一天之内为何就要发生那样多的事情?

父亲把他送到村口，让他回珠嘎家里，再帮忙一段时间。塔洛很快就明白了让他回去背柴吆牛。出门时，塔洛就执意要拿一根皮绳。来到路上后，塔洛往上攀登一段山路，钻进了林子。他要背一捆柴回去呢。阿爸后来听说塔洛竟然从绒工村背着一捆柴到万绒后，又为这个疯痴而懂事的儿子感到心疼。塔洛本人却没有感觉到苦楚和遥远呢。他一路上歇息了几次，嘴里还哼了很多山歌。在要到万绒村前的白杨树林那儿，他遇到了另一个哑巴，他还把他戏耍了呢。

塔洛背着柴捆走到哑巴背后了，哑巴还没有听到。哑巴穿着一件氆氇长衣，里面全然裸着身子，张开的胯前，放着一个啤酒瓶子，里面装着水，哑巴正专心致志地捡着石粒往瓶子里丢呢。

塔洛跺脚吼一声：“啊呼!”

哑巴一惊，手攥着瓶口，躬身往前射去，动作显得十分麻利。紧跑了几步，便回转身来。见是一个人，停下脚步，嘴角一掀，露出一口黄牙，憨笑。嘴里嗯嗯喔喔说着什么。

塔洛吼道：“给我站住。”又用手示意他不要动。

走到他身边，塔洛便把柴捆放到路坎上，既说又伴着手势，让他背柴捆。再把他手上的瓶子接过来，指着自己的额头给他看，意思是他累出汗了。

哑巴终于听懂了，嘴里便呜呜啊啊想说什么，肩膀还是向着柴捆靠了过来。

一个疯子在后押着，一个哑巴在前面背着，那场景成为村人后来久久谈论的话题呢。

人们不明白的是：同样是残疾人，为何也像常人那样总是相互欺侮而不是相互体恤呢?!

也不知邻乡的牙绒哑巴怎么来到村里的，他是一个裸身游荡而生命力极强的哑巴，一年四季，他都穿着一件外衣，里面什么都不穿，而且还光着脚。人们给他鞋，他试着穿几步，接着，提腿摔出去，给他内衣、裤子，并且教他穿后，不久，他又裸上了身子，前面垂着那根又长又黑的阳物。有时，他坐在阳光下，用手把阳具弄得硕大坚挺，姑娘们见那盲目而可怕的样子，赶紧溜掉，哑巴高兴了，追过去。

当塔洛得意地走到村子里时，众人见了哑巴的阳物，男人们哈哈噢噢地起哄，女人们赶紧闭上眼睛，没见过男人东西的姑娘发出一声惊呼，便用双手遮住眼睛，又忍不住从指缝里极快地偷瞥一眼，那举动被同伴见了，就遭到嘲笑，便红着脸，辩解道："哪里哪里，你吹牛。"姑娘们嘻嘻哈哈地跑远了。面对人们的各种怪异眼光，背着柴捆的哑巴碎步小跑起来，柴捆在肩膀两边晃荡。跑到乡政府背后田地边的石头堡坎前，哑巴一松绳索，肩头一摇，柴捆就落到地里去了。塔洛回过神来后，嘴里威胁道："牙绒哑巴，你等着。"牙绒边跑边回头，不时用衣襟护着身子跑远了，脸上还挂着痴呆的纯粹的笑……

塔洛先前觉得得意扬扬，现在，感到没有脸面了，在人们的嘲笑声中，他红着脸绕道到那田地里拾柴捆去了……

塔洛来到地里，把那扭歪的像被折了身子般的柴捆弄正，又用绳索重新捆扎，把肩扣环弄好，然后背过身坐下，嘴里使劲喊着一二三，双脚蹬动起身，可是，屁股稍稍一起来后，柴捆就把他拉了回去，他仍又坐在了地上。如此反复，依然没能起身。他皱着眉头，想了想自己为何能在山坡轻易起身，而这里，却像是地心里有人在扯后腿似的，他有些不服气。他不明白在斜坡上是顺势的惯力在帮助自己。他再次把背靠上柴捆，同时，嘴里念祷了一段经文，再次用力起身，这次他半身都起来了，却突然又向后倒去，屁股落在地面时，还扬起一股灰尘，自己的背上也感到了柴火的蜇痛。塔洛站起身，嘴里骂起“父尸母尸”之类的话语，再咬紧下巴，提起右腿给柴捆踹了一脚。柴捆发出短暂的干爽的摩擦之声，然后，恢复了本来的平静面目。塔洛认为柴捆要安心跟他作对，便攥住绳头，把柴捆拖拉起来，在他身后的尘埃落定之后，田地间就有了一条平整的宽道。这时，窗前的珠嘎看见了塔洛的举动，便把头从窗框里伸出来，吼道：“塔洛，你疯子，在干啥啦？”塔洛埋头拉柴，把柴捆拉到水沟边了，水沟有些宽展，这把他难住了。珠嘎对着他举起右手掌，威胁道：“你等着！”珠嘎看见他要把柴火拖进水里去，心里就急了。对于疯子来说，什么事都是可能的；对于疯子而言，他也有自己的逻辑。塔洛刚想说帮忙的事，窗口的珠嘎消失了。塔洛围着柴捆走来走去，琢磨了半天，头脑里还是没有想出法子。他本人是可以越过水沟的，然而，柴捆却无法跟着他越过呢——这是他明白的。于是，在焦躁中，塔洛攥住绳头，把柴捆在水沟边拖来拽去。他隐约觉得自己跑来颠去时，会在水沟边突然出现一个缺口，或者，就有一个办法诞生出来。办法还没有产生，他的屁股挨了一脚。塔洛啊哟地叫起来，转身见是珠嘎，便拉下脸，正色道："我是你叔叔，你不能打我。"珠嘎见他无辜的神情，心里生起了隐隐的怜悯："我已经打了，那怎么办呢？"塔洛做出一副那就饶你一过的样子，手指着说："那你背柴回去。"珠嘎将柴捆整理之后，斜伏在沟坎边，轻松地把柴火背起。珠嘎走在前面，他跟在后面，他想弄明白那儿为何这样容易，便又转身跑到那儿，盯着珠嘎起身的地方左右看了半天，见并未有异样，脑袋都思索得有些大了，就蹙皱了眉头。珠嘎唤他回家，塔洛便一颠一颠地跟了过去。到了正路上，塔洛取下佛珠，左手捻珠，嘴里嗡嗡念起经文，而右手又习惯性地在肚皮上轮转上了。"啊呀，"塔洛有些幽默地想到，"我的肚皮磨子很久没有转动了呢。"脸上绽出了笑。有人看见这副场景，以为塔洛感觉到自己像主人似的跟在躬身背着柴火的珠嘎身后而自鸣得意呢，就说："啊，你看，塔洛疯子是多么得意扬扬！"

塔洛回到了村里，人们见了，总是争相大声地跟他打招呼，其中不乏有戏谑之意，可是塔洛答应得十分高兴："嗯嗯"，或者"噢呀"。"嘤，嘤嘤。"塔洛有一双勤快的腿，有一张善妙的嘴巴，只要他闲着，人们就把他唤来呼去做事：塔洛，你帮我取一下烧柴。哟。塔洛，你给我背一桶水，行吗？哟。塔洛，卡者拥田里有一头牛在啃青苗，你快去吆回来。哟。

俄泽家正在做大的法事，村里的人去帮忙，负责做饭的人在村口见了塔洛就带塔洛而去，塔洛还是那张讨人喜欢的甜蜜嘴巴："哟噢。"他一直干到汗水长流，脸红脖子粗了，还在把院子里的青杠柴一怀怀抱到楼上，妇人们见楼梯口的柴箱都堆满了，就心疼地说："塔洛，柴够了，你休息吧。"赤称没心没肺地说："疯子知道啥累？就让他抱个够吧。"塔洛听到不高兴了："那我才不背柴呢，这人也太不讲良心了。”于是，他嘟着嘴巴，气哼哼地站在楼梯口。赤称见他生气，就笑嘻嘻地拉他进屋喝茶。围灶膛坐着的为僧人们做包子的妇人们称赞塔洛能干，是个对家庭有用的人，说珠嘎狡猾呢，需要帮忙的时候就想到塔洛，还说塔洛这样的全劳力谁家都喜欢。赤称嬉皮笑脸地做出巴结塔洛的样子，塔洛僵硬的脸皮也就松弛下来了。塔洛吃完饭，便与那些无事的男人一样，背对灶，面向立柜里的电视，看起录像来。妇人们就叽叽喳喳闲谈起各种新闻旧事。有个长舌的女人还一边说一边夸张地比画动作。说绒工村的阿姆去世时，她放低了声音道：发出鸡鸣的声音呢。手就开始比画起来，左手朝上斜伸，伸展开右腿，右手随右脚往下伸张，说就这样子，像不像鸡伸开翅膀的动作，嘴里就发出咯咯咯鸡叫的声音，然后又是长长一声打鸣声“噢，噢儿”就断了气。妇人群突然哑静得没有了一点声息。恐惧，害怕，还是突然失语了？“她下世要转生为一只鸡呢。”塔洛插嘴道。不知道塔洛怎么就把这事情听了去，难以预料地见他那样一说，妇人们放声大笑起来。那些心思沉浸在枪战片里的男人见妇人们笑成一团，便打听啥事情？妇人们就说，说着玩呢，你们自己看录像吧。妇人中有人就说：说不定真是如此呢，谁知道。又说起曾听说某某去世时临终发出猪叫，哪个人又像羊一样咩叫，还说有人火葬时，在骨灰里看见他下世投胎处的印迹，如人的脚印、鸟爪印、蹄印。大家越说越感到一丝恐怖的气氛。有个妇人就问塔洛：“塔洛呀，你怎么知道的呢？谁给你说的？”塔洛头也不回，左手捻动佛珠，嘴里铿锵地答道：“那还需要谁说吗？”有人岔开了话题。这时，村里的高僧泽仁进屋来了。男人们纷纷站起来，让道，又给他在灶膛右侧弄上坐垫。女人们招呼喇嘛，也不多嘴多舌了。女主人忙着为高僧熏净茶碗，舀上茶。泽仁喇嘛问多青去了哪里，女主人就说马上去唤过来，说他在经堂与僧人们在一起。多青跛着腿，一瘸一摇地进屋来了。人们目瞪口呆地看到喇嘛泽仁麻利地站起身，嘴里说：“你来了你来了。”还用的是敬语的“你”和“来”呢。喇嘛对女主人说：“快给他弄坐床。”女主人慌忙地取来卡垫，为儿子在高僧旁边搭起“坐床”来。这时，客人们脸上的表情怪异多样：惊讶的，猜疑的，满腹狐疑的，冷眼的。所有的心思坦露在眼睛，流溢在脸上了。见喇嘛如此反常，有妇女突然意识到什么似的，赶紧把黄帽子脱下来，嘴里说：“哦嘤，我傻瓜，帽子都不知道拿下来。”看多青的神情就变成了恭敬。待人们坐定，塔洛从鼻子发出一声响亮的“哼”。那是嗤之以鼻，是近乎挑衅的行为呢。有人悄声叽咕着什么。赤称看到塔洛翕动鼻翼，身子一摇一晃，眼角余光瞥睨着喇嘛和多青的样子，便害怕疯子再说出不得体的话，惹得大家难堪，便拉起塔洛，嘴里说着诓骗之话，带了出去。

院里的苹果树已经显出枯败相。赤称问他：“塔洛，你要不要跟我出去玩?”见塔洛不回答，便又想逗他开口，他跟着塔洛走到苹果树下。塔洛围着苹果树仰头行走，看了一圈后，眼露好奇，问他道：“阿木（叔叔的土语），为什么它的上半边坏了呢?”赤称说：“我也不知道啊，你猜猜是啥原因呢?”便学着塔洛的样子转了一圈，回到塔洛身边，“塔洛，你说会不会是被蛇啃了呢?”塔洛一本正经地说：“蛇又没有牙齿，它怎么啃呢?”赤称装腔作势道：“蛇是没有牙齿的吗? 塔洛，你懂得真多!”塔洛脸上露出得意的笑。赤称趁机把饵子丢下去：“塔洛啊，你似乎什么都懂呢，比我们可聪明多了，刚才在家里，你为什么冷哼哼的?”塔洛仿佛又回到了刚才的场景里，脸色变得难看了，鼻子里嗤出一口冷气：“如果俄泽瘸子是活佛，那我也是个格西呢。”噢呀，赤称做出夸张的表情，眼盯塔洛。塔洛的话头水一样流淌起来：“你知道吗，他脚下是没有海螺的。”“你怎么知道呢?”塔洛就说他们曾如何把瘸子带到野外，然后让他脱下鞋和袜子，在他跛脚掌下找来找去，可是，始终没有任何海螺之形的胎迹或肉相，于是，一场神话首先在他们面前破了产。而俄泽家的说法是：之所以儿子成为瘸子，走路一跛一跛的，是因为他脚掌下有一个吉祥的海螺，还说他母亲分娩前到水磨房里去取糌粑时，在木漏斗里竟然发现了两坨圆酥油呢。当然，后来也有人说是在口袋里发现了几个鸡蛋，总之，突然之间，在他得一场大病，发高烧说胡话，人们几乎都相信无望了时，他却终于熬过了生死门槛，一天天恢复起来，只是，以后，他偶尔会昏厥倒地，好半天才醒过来。接下来，他被母亲带到嘎玛活佛那儿，据说活佛让他们母子俩去拉萨朝圣，还给多扎活佛写了介绍信，让他们家注意洁净，等等，就此俄泽的瘸儿子身上罩上了一层神秘之光。村人发现俄泽家竟然为儿子专门到村头有半公里之遥的池塘下面去汲水，儿子的洗衣水也都洒到田地里去，不久，他们的亲戚中间开始传出他是嘎布活佛转世灵童的说法，同时，细心人发现，瘸子多青的照片赫然出现在活佛们的相框里，高高挂在灶头的壁上、柱子之上。更加无法让村人理解的是，村里的高僧泽仁全然把他当作了活佛。莫非他是真知道什么秘密？是有认证或预言书？一些人变得愤愤不平，说当下的活佛也可以乱投生么？俄泽家无论怎样都算不得是个让人称道的人家，家族里的大多数人狡猾无德，没有诚信，总之，可以数落出很多个不是来；另一些人冷嘲热讽，冷眼旁观；还有一些人干脆抱着无所谓的态度，像风一样没有定性，他们的想法是：如果某一天，多青真成了活佛，我们还得求他么，何必得罪了人家。俄泽家和家族的人像是掌握了天大秘密似的，突然间变得有些自大、得意起来。而且，多青是活佛的传言，依靠了无数的嘴巴不断传播，把河谷弄得不辨黑白，有些神魂颠倒了。赤称还在往外掏挖着塔洛肠子里的话，直听得乐呵呵满口白牙晃亮，突然见到多青从门里跨步出来。塔洛风风火火地向多青跑了过去，拽住衣袖，就往院子里拉。到了苹果树下，塔洛丢开手，眼瞪多青说：瘸子，我问你，你脚下还有海螺吗？多青傻了眼，张大嘴巴，不知道要说啥了。塔洛拍着双手说："你看你看，他害怕了，吹牛鬼，撒谎的瘸子。"赤称没心没肺地只顾看热闹，反正又没有外人看见。塔洛突然发出一股狠劲，说："俄泽瘸子，今天，你要让人们看看，脚下到底有没有海螺。"于是他冲过去，低下头双手抱住多青的小腿，多青完全没来得及防备，想要后退时，塔洛用一只脚在后面一绊，双手向后一掀，多青向后重重倒去。塔洛机敏地坐了起来，双手胡乱去扯多青的鞋子。鞋带没解，被疯子生生一扯，多青啊噫啊噫叫了起来。赤称意识到塔洛的举止出格和疯狂，便担心俄泽家还以为是他怂恿呢，便吼叫道："塔洛塔洛，你快住手。"塔洛气喘咻咻，一边使劲扯着鞋子一边埋头自言自语："今天，我要让人们都看个清楚，看你臭脚下还有啥？"不知道什么时候，多青父亲麦麦气势汹汹地手握一根青杠柴，横眉竖目地来到了面前："今天，我打死你这个疯子。"塔洛嘴里发出一声惨叫，只见他抱头蹿跳起来。赤称劝说道："别这样别这样，你要干啥？"多青的父亲举起棍子，箭步跃过去。塔洛冲到赤称的背后来了，上下牙齿打着战，叫道："你救我，你救我。"多青的父亲眼露凶光，狠逼过来，一副硬要将他收拾的架势。赤称嘴里劝解着，用身子和手臂去遮护塔洛。多青已从地上站了起来，他露出欢喜的傻笑，看着赤称背后躲来藏去的塔洛。赤称见劝说全然无效，自己心中的怒火便腾地燃了起来："你住手！"这大声的呵斥，令麦麦举起的棍子停在了空中。这时，窗口上已经伸出几个脑袋来了。几乎不约而同地问道："咋啦？"赤称放低声音对多青父亲说："你这样不饶不依的凶样子，还像一个活佛的父亲吗？"赤称知道自己把嘲讽和冷笑都埋进了这句话里。麦麦惊醒一般，转瞬间改变了脸色，把手中的棍子丢下，转身对着窗户里的人说："没有事，他们在闹耍呢。"塔洛眯缝眼，脸上绽出了笑。赤称还觉得有些愤恨，他攥住塔洛的手，大步流星地走出院子，对多青父亲让他进去喝茶的挽留全然没有理睬。窗口上的人把头往回一缩，人就消失在屋里了。父亲拍掉多青身上的尘土，最后一下把右巴掌重重地打在屁股上，吼道："没用的废物，让一个疯子都欺到自己头上来了。"他攥紧多青的手，"你跟我回家。"

塔洛哭泣着，嘴里不断地叫喊："阿妈，阿妈！"那时，珠嘎刚在媳妇的床上睡热，听到塔洛的叫声，心里有些不高兴，再一细听，塔洛还在呜呜地哭，便放低声音对媳妇说："你等着。"就离开了温暖的体香，披上袍衣，起身过去，又拉亮了白炽灯，屋里立刻充满了光明，暗夜就退身于窗外和正屋外面了。他原以为塔洛醒了呢，俯身去看时，塔洛还把被子拉到头上，抽噎着低泣。他按住肩膀摇晃，塔洛就张开了眼，当他仰起泪水涟涟的脸看见珠嘎，便更加起劲地哭起来。珠嘎的脸冷了下来，问道："做噩梦了？"塔洛带着哭声说："不，我梦见阿妈了。"珠嘎笑了："疯子，梦见阿妈该高兴啊！"塔洛说："可是，我阿妈被俄泽跛子用木棒打死了。阿妈的头上全是血水，舌头伸得像牛一样。""哪个跛子呀？多青还是麦麦？""是麦麦，他白天要打死我呢。我阿妈要护着我才这样的。"珠嘎心里感到可怜，便安慰他说梦就是梦，是假的呢，你看现在哪里去找麦麦呢，全河谷的人都睡得死沉，到了明天，天地间一片光明，啥阴影也没有了。塔洛似乎听懂或者听进去了他的话语，不知不觉就忘了哭泣。珠嘎说："快睡吧，不要怕。"塔洛眼露祈求的眼神，问他："你能等我睡着吗？我害怕阿妈从黑暗里来，我不知道要说什么，还有，如果，麦麦又来了，该咋么办嘛？"珠嘎说："那好吧。我开着灯，等你睡着了再关。”说完，便转身回到床铺上。不久，又悄悄地起身蹑步来到媳妇身边。肉欲的气息弥漫开来。媳妇制止道：“塔洛还没有睡呢，等等嘛。”珠嘎说：“疯子懂啥?”媳妇说：“如果听见了，那不羞死人?!”男人就悄悄行事。当他觉得塔洛发出均匀的鼾声时，随手拉下开关线，然后，急急忙忙地爬了上去。当他在媳妇身上呵哧呵哧劳作得兴奋时，却听见灶边隐隐传来噗噗噗压抑的笑声，透过如梦般的夜帘，让人感到塔洛用被角遮住头，或用衣角塞着嘴巴在偷笑。他停下动作，大声地吼道：“塔洛，塔洛。”暗夜在眼前幽幽淡去。塔洛并没有应声，笑声也消失了。他再次大声喊道：“塔洛，是你这个疯子在笑么?”还是没有回答。再细听，似乎从那边传来鼾声。当他再次使劲鼓捣时，那边又一次发出笑声。媳妇的脸色变得红粉嫩水的，嘴里诅咒道：“啊，麻风，这下可好，让你等等，你却……”珠嘎披上衣服，气势汹汹地赶过去，掀开被角，吼道：“塔洛!”塔洛吓得缩身抱成一团，嘴里呻吟道：“你不要打我，你不要打我。我睡我睡，我怕麦麦再来。”珠嘎的心立刻就软了，低声说：“你安心睡吧，他不会来的。”“他再来，你要保护我。”“好，只要他敢来我就打死他。”“真的吗?”塔洛大睁着眼，像是不相信或是被感动了的表情。珠嘎说：“我跟你打赌，我会的。”塔洛的眼里溢出了笑意。塔洛认真地看着珠嘎：“你是不能打我的，你是我侄子啊!”珠嘎打了一个冷战。塔洛的眼神变得安详了：“你去睡吧，我现在敢睡了。”珠嘎转身回到自己铺上时，嘴里嘀咕道：“真是疯子!”自己再也没有了激情。他躺下时大声地说：“睡吧。”塔洛就从远处大声而乖巧地应答道：“哟噢。”他是说给媳妇听的呢，心里便好笑道：“坏了我的事情，现在倒学会卖乖了。”

塔洛把牲畜吆赶到草山之后，日头的金黄色已经把村庄镀得亮眼舒心了。一家人坐下来吃早饭。大家正在埋头喝茶，塔洛突然失声笑出来，把嘴巴里的茶水喷到了灶口。孩子们吃惊地瞪大眼，大儿子问："咋啦?"珠嘎转动眼珠，白了塔洛一眼，塔洛立刻把头埋了下去，笑声化作了脸上浅浅的笑意。珠嘎的媳妇却红了脸，她岔开话题，说起村庄里俄泽砍青杠柴的事情，边说边站起来，把碗里的茶一饮而尽，把碗放到灶膛之上壁头的横板隔后，便去忙事情了。珠嘎问她吃完了，她大声地像是无事的样子说她吃完了。大儿子还想纠缠，想刨根问底呢，珠嘎吼道："你哪来的那么多好奇心？如果把这样的心思用到学习上，那你不至于天天被老师罚吧。"儿子嘟着嘴说："人家连问一下都不行。"小儿子看着，就对哥哥做手挠下巴痒儿的样子，哥哥瞪眼警告，又用手比画出手枪的样子。珠嘎令他们快点吃了上学。待孩子们走了，只剩下塔洛了，珠嘎恶声恶气地问道："你笑啥呀，大家都在吃饭的时候，看你把水喷得到处都是，像什么话？嗯?"塔洛又哧哧地笑起来。珠嘎吼道："你笑什么?"没想到塔洛的回答竟是："俄水媳妇拉珍要和拉吾跑呢。"这下，珠嘎成傻子了："你可不能乱说，阿木。这会造成别人之间仇恨的。"塔洛脸上又是那种难以捉摸的笑。珠嘎刨根究底问询，塔洛却不再说了，他拿起佛珠捻动起来。逼问得多了，塔洛笑道："我看见像你们那样的事情。"珠嘎没好气地说："你，疯子!"又转念一想，警告道："塔洛，"——现在是直呼其名呢，"管他别人成什么样，你千万不要去乱说，知道吗？拉吾和俄水儿子是堂兄，懂不懂？那成笑话是小事，搞不好结下仇怨的。"塔洛眨巴眼，用心听着，仿佛自己从来不曾料到事情会如此，而且，自己无意中洞悉了别人家的秘密呢。塔洛想不明白的是：俩人在核桃树下的沟壑里一上一下地干活时，为啥见了他如眼中无物，根本躲都不躲，任随他从旁而过呢？竟然事情如此严重！塔洛不知道的人间事实是：

任何人都把他看成一个疯子，而不是一个正常和清醒的人，所以他应当没有思想、感觉迟钝，连眼睛看见都可以空洞无物。那一整天，从早晨到夜晚，塔洛都笑眯眯的。村里好多人见了，便戏耍道："塔洛，珠嘎要给你娶媳妇吗？像喝了蜜似的。""塔洛，有啥事情那样高兴，说出来让我们听听。""塔洛，做好梦了？这样回味不止。"塔洛脸上洋溢着可掬捧的笑意，却并不搭理别人，左手捻动佛珠，口念着经文，右手不时地在挺凸的肚子上轮划。有些人禁不住学塔洛的笑容，可是，忧心的事情像阴云一样浮上来，很快就把那笑意抹去。有人感叹："疯子自有疯子的幸福呢。"有人搭腔道："谁知道我们到底谁更幸福呢？"只有珠嘎的媳妇整日里心中七上八下，一看见塔洛的笑脸，忍不住脸红气喘，感到又气又急又羞。她让珠嘎制止塔洛的那张怪脸坏笑，说真是羞死人了。珠嘎坏笑道："谁让你自己不检点，那样放肆噢。"媳妇说："还不都怪你。"珠嘎见塔洛进门，故意又动手动脚，媳妇便真的生气了……

秋风远去，大地敞怀坦荡了，鸟儿也振翅高飞，当村里人播下冬小麦后，一场霜降后涌来了寒流。这时，人们惊奇地发现皮肤变得粗糙了，土地的油脂被蒸发了。当铺天盖地的雪花把天上人间都笼盖成一片朦胧的莹白时，一年的光景便告结束了，于是，寂寥紧贴着大地和人心在岁月里奔走。当大地把脸皮都蹙皱成核桃壳的样子时，雪水悄然滋养大地，不知不觉，春心萌动，绿意从地里从脚步从笑脸里幽然绽放，在有些人还未脱下厚实的袍子皮袄时，早熟的花在山野里烂漫开放。不久，大地如火如荼地热烈起来，丰沛的雨水从天空浩荡而下，青杠林里的种子在雨后的阳光下与土地交合，蘑菇纷然冒出地皮，一朵朵一片片，在藏马鸡最初的啄食嬉戏之后，终于迎来了人类纷至沓来的脚步……

塔洛又一次来到珠嘎家帮忙。珠嘎家已经忙乱得像一锅除夕的九味“骨透”粥了。驼背的老板像是呼风唤雨的神巫，被河谷里卖青杠菌的人们层层包围。人们背着装满菌子的大包小包，有的用锥形背篼装着背来。人们围成一堆，带着虔敬一般的眼光，看着称重的人称完一个大声地报上数目，另一个人记下数目，还有一个人从包里取出一摞钱数给卖菌的人，而躬腰驼背的老板只顾着指挥手下人，坐在灶旁喝茶。不喝酥油茶时，就让手下人在有盖子的杯子里泡上汉茶。河谷里的人像流水般而来，然而，老板的钱似乎从来没有个用完的时候。每当人们蜂拥而来，害怕自己再也卖不上菌子般扎成一堆时，驼背老板就取出又一个黑色的包，里面还是塞满了钱。人们瞪大双眼，痴痴地望着，眼里有惊讶、自卑、不解、敬佩、呆想，等等，等等，人心显出缤纷的乱象，人心的旧堤坝似乎在突然间被冲垮了，人间的天空仿佛一夜间被颠覆，啊，这是怎样的充满动人辛酸的景象啊！只有一人不为所动——塔洛，塔洛只是瞪大双眼好奇地看来看去，有时，站在旁边，把脑袋斜歪在肩膀上，神呆呆地盯着，连眼珠都不动一下。珠嘎在人们之间跳来蹿去，那种得意劲仿佛自己就是老板，或者是老板的亲儿子呢。人们在不知不觉里，看珠嘎时眼里都捎带上了讨好的成分。珠嘎家什么时候有了这样有钱的老板亲戚啊？十天半个月之后，洗了煮了然后装桶撒上盐巴的菌桶排满了一屋底和正屋外的敞地。

这一天，塔洛终于忍不住心中日渐滋长的好奇，他趁着驼背老板躬身的当儿，用手去摩挲那一坨罩在衣服下拱直的包。那是怎样的包，一大块碍手的硬硬的东西。他就那样只是摸了一下，老板就直腰站起来，眼里是熊熊的怒火。一个受人尊崇的老板怎么能忍受如此的侮辱啊，一个巴掌向塔洛打来，塔洛一躲身，手掌上的风忽地从头发上掠过，见塔洛躲过，另一手攥成拳头，又向他脑袋挥来，这一下，塔洛没有能够躲过，他瘫倒在地板上。老板诸如疯子麻风之类难听的话倾泻而出。这时候，许多人间着怎么啦咋啦，纷纷拥上前来。老板的外号叫贡桑，那意思是背上的肉包是个好东西，是带来福运的吉祥物呢。为啥我仅仅摸了一下，会这样愤怒？难道我摸了它就消失了，或者，它就不灵了么？塔洛还在呆痴傻愣着，珠嘎冲过来，抓起衣领就把他往外拉，嘴里在给贡桑说着好话说着保证揍死他的话儿。一带到屋外，首先在屁股上狠狠地踹上一脚，他还没有倒地，又被攥着头发提起来，同时，脸上挨上一记响亮的耳光，那火辣辣的疼痛还在蔓延，肚子上再挨上飞来的一脚，将他彻底痛击在了地上，他双手抱肚，失声哀号起来。劝解的人们冲了过来。珠嘎随手又提上一柴棍，就要往塔洛背上打去。有人去扶塔洛，珠嘎狠狠地说：“让他去死吧。”塔洛的额头沁出一颗颗豆大的汗珠。贡桑也被吓住了。贡桑让珠嘎消气。珠嘎还在骂骂咧咧。看着塔洛真是疼痛无比的样子，珠嘎心里才升起隐忧。有人把塔洛扶进屋，带到床铺上。塔洛呻吟着躺下来。珠嘎让人们坐下来，让贡桑不要担心，请他坐在灶边喝茶。人们又各自忙碌开来……

黄昏降临时，塔洛醒了过来。他开始回想中午那一幕。他仍觉得有些恍惚。他蹙眉皱额努力把那一事件的始末梳理清楚。疼痛已经消失了。可是，内心却涌起另外的痛楚。他又想念起自己的阿妈：阿妈，阿妈，如果你在孩儿身边该多好啊！但他明白村口树枝上吊坠着身子伸出长长舌头的母亲，自己怎么呼唤也不会回来了，他已经等待了多少年，呼唤了多少年，如今自己的头发都开始变白，母亲却再也没有显过身回过影，甚至在梦里都不常来临了。想到这里，眼泪像涌泉般源源不断地泌出。他用被子蒙住头酣畅地大哭了一场。多少年，他不曾这样痛快地哭过了呀，像阿妈的孩子一样。哭完了，他觉得自己没有先前那样揪心的难受了。同时，一道亮光照进他的头脑和心里来了。他看清楚了：在珠嘎眼里，作为亲叔叔的自己远不如那有钱的远亲——谁知道那是怎么绕来绕去的亲戚。他的耳边又轰响起珠嘎的狠话：我打死他！看见塔洛起身，珠嘎的媳妇跑过来，关切地问："阿木，好一点了吗？那疯子怎么敢对叔叔下狠手啊！他，麻风一样。"塔洛感激地看着侄媳妇，说："没有事，身上一点都不疼了。"侄媳妇说："你坐在灶膛边来，我给你热茶。"塔洛系好袍子，说："女子，你不用忙碌，我要回家了。"侄媳妇惊诧地看着塔洛，像是看着另外一个陌生人。这时候，家里又聚集起许多前来卖菌子的人。珠嘎又上蹿下跳地忙碌着。塔洛神色安详地走出人群，走过贡桑的眼光，走过众人的身边，走出珠嘎不安的眼神——对珠嘎的招呼理都未理，走出珠嘎媳妇热切的呼唤，穿过村庄的小道，踏上回家的路途……

夜色一点点的浓郁里，塔洛的眼光却异常清亮起来。他一路上想不通的事情还有：为何那些纸币有如此的功能，那不就是一些纸么？为什么人人敬它若神明？为什么它可以买上想要的任何东西？难道它是世界的总头领么？任何人任何东西都听它的话？他始终想不出个所以然。当路上遇到的人招呼他时，他还沉浸在自己的思绪里。当他与一路上遇见的去卖菌子的人们擦身而过时，听到有人在说俄泽的多青活佛疯了，听到俄水媳妇被拉吾拐走了，还听到了河谷里的其他闲言碎语。塔洛笑了，在内心，他对自己又像是对别人说道：我还知道多青是假活佛，他不但要疯，还要疯死呢。

看着村庄在凄清的夜幕中隐约出现亲爱的面貌时，塔洛听到自己在内心里又叫了一声："阿妈！"热泪立时盈满了眼眶，然后，泪水化成两股珠线垂落下来……

夜色像是被谁抖动了一下，夜雾中有了点点晶莹的碎光。

天饰者

1. 微画

人流涌动，噪声混响，展览者都想把客人拉到自己的身边。

于是，眼睛忽闪着四处捕捉，但所有的展台装扮得五彩缤纷，让人目不暇接。在接踵纷乱的人流中，我忽地闭了一下眼睛，然后极快地睁开了。哈哈，我对自己说，现在是眼球经济时代，你还闭啥眼睛呢？

“干啥？干啥？”“让路！”有人吼叫，责怪我停下脚步。一个男人猛地撞开我的肩膀而去。当我侧转身子时，远远地看见了一幅巨大的唐卡垂挂在一个大红大绿的展厅里，唐卡正中是一尊佛，不知是我犯了神经质还是真实发生的，本来眼睑向下的佛眼猛然睁开了，倏然间，祥和宁谧的一道流光穿越时空，向我射来。像被一股电流击打，我怔在原地，呆若木鸡地凝眸对望。所有的声音和画面倏然在我周围消隐了。只有佛眼变得越来越大，而从眼眸深处涌溢的万丈柔光像海洋一样最终淹没了我的心灵。我不知道到底发生了什么事情，或者，其实什么事情也没有发生，当我从恍惚中醒来时，我发现自己已经站在那个展台前面了。

展台外围的柜子中展示着各种民间工艺品。穿红着绿的美人戴着耳麦用流利的普通话向参观者讲解或回答着各种问题。几个腆着肚腩的男人将手叠放在肚子上，眼光深邃地听着另一个穿着藏装的同样有些胖乎乎的男人介绍唐卡画，一个小伙子依男人的眼神示意，将放大镜贴放在唐卡的左下角。我还仍处梦境一般，不安地来来回回地走动，看着他们以及流动的参观者。

我又想起那只神奇的佛眼。我仰脸而望，佛眼安宁地垂睑向下，望着画面上密密麻麻的红色僧众和万物众生的世界。

我看见站在中间挺肚的男人俯身而看，起身时，嘴里啧啧称奇，紧接着，其他人也一个个埋首凝视，像一群孔雀在喝水。当我挤向前去，躬下身子去看时，小伙子把放大镜拿开了，还用并不友善的眼光瞪着我。我不知道自己哪里没有做好，脸上便飞上红晕，好在展厅的灯光强烈，唐卡上面的射灯也聚落在我的眼睛上，将我的羞惭之情遮住了。我听见他们在谈论微型画，说那些细微的花朵上的小人物画得栩栩如生，纤毫毕现，山洞中看似模糊的修行之人，用放大镜一照，也同样五官生动，连衣褶纹理都清晰至极。我陡生好奇之心，但是再也没有法子一睹微画的妙境了。我围着唐卡徘徊，但是我的眼睛看见的只是一些模糊影像——我是说他们看过的那些细部。当穿着藏装的男人送走挺肚的男人——他们照例说了一些好东西要保护好、注意安全之类的话，穿藏装的男人频频点头，神情恭敬内敛，挺肚的男人和随从很快被邻近展厅的人迎接而去——之后，虽然更多的人流汹涌而来，但男人似乎已经达到目的，他长舒一口气，对拿着放大镜的小伙子说，咱们休息吧。这时，一个男人匆匆走来，大呼小叫地很快来到那个男人面前："听说你有个好宝贝，不让我见识见识?"俩人紧握双手，热情地寒暄，小伙子早已待命上前，男人抬手示意，小伙子已经把放大镜端近唐卡前了，于是，花草人物在镜头里不断地变大，最后定格在某一处。因为有了先前的经验，我赶紧端起相机，对着放大镜拍照。你不让我看，我就让相机的眼睛拍下，再回去细瞧总可以吧。“不准拍!”小伙子大声吼道。我身子一惊，立刻停住了要摁下快门的手指。像我一样，好几个端着相机的人也都傻了眼，只是呆痴地看着别人享有的特权。“为啥我们连相都不能照?”“保护！知道吗？这是国家级文物!”小伙子翻出眼白。一个男人用鼻子“哼”气，发牢骚道：“有啥了不起的。”转身走开了。我泄气地看着那个男人细细凝视品评，最后还把放大镜接过手来，依自己的兴趣让放大镜在画面上游走，四处寻觅着微画秘密。

当我让自己憋屈的心劲松懈下来之后，周身的喧嚷声又哄哄然复活了，闹腾得让人难以消受。声音、画面、人物、气味泛滥成灾，令我的心境更加沮丧。我姗姗退出人潮。临走，我牢牢记住了唐卡的名称和天饰者的说法。

这是某个自治州建州六十年大庆时，发生在旅游文化商品展览区的一幕。时光正游戏于2000年的一个上午。

2. 极乐世界

老师的眼神越来越不济了。当我们把矿物颜料碗端到老师眼前时，老师也常常看不清颜色。画天空的蓝色，画大地的黄色，描边纹的金色等，都似乎成了同一种东西。老师眯缝着眼睛，细细地瞧着，有时面对红色的颜料碗，问道：“这是金粉吧?”然后抽动鼻子，道：“我已经闻出来了。”我们忍不住哈哈大笑，笑过之后，又怕老师不高兴，赶紧说：“老师，这是红色。”老师咧嘴露齿而笑，像一个老顽童，神情依然自在快乐。老师自嘲道：“嗬嗬，我连袈裟的颜色都看不出来，可见眼睛真是坏了。”但是无论是言语中还是神色里没有一点伤感和沮丧。这就是我们的老师啦！没有什么事情能够搅扰他大海般宁静的心境。每天早上，当我们净手焚香之后，每个人开始作画时，老师也早早坐到那幅唐卡面前，他又心无旁骛地开始极乐之旅了。我有时在心底疑心老师是在画此生最后的绝笔画，但是对谁也不敢说出这一不安的想法。然而，奇怪的是，老师的眼睛有时又好得出奇，不但能认清自己面前的所有颜料，连相距数米的某个弟子画面上的错误都被他远远地指正出来，大声地说："某某，你的衣饰勾勒错了，还不快改过来，度量经里咋说的，还给我了吗？"那个弟子惊愕之余急忙改错。因为老师的火眼金睛，对于画画，我们丝毫也不敢马虎。有时，老师凭嗅觉也能分辨出我们调制好的各种颜料，这时，老师把颜料碗举在鼻孔下，像一个老狗俯身闻嗅，神情好玩而动人。我们快乐地看着老师的表情，但是，我们的老师心神凝定，消没了周围的影响，老师的嗅觉敏锐异常，所有的颜料辨别得准确无误。因为有了这些奇异的表现，虽然我们曾经担心老师在画面上会出错，但是，当我们扫去所有的疑虑之后，对于老师的信心反而成倍地增长起来。有时，老师把每道细线勾勒得颤颤抖抖，还拿错蘸了颜料的笔正要勾勒时，像是有一个人在旁边帮助他提醒他似的，他会倏然停住手，咧嘴一笑，然后，转头向左右看看，一副考验或逗弄我们的样子，再凝眸聚神，放下手中的笔，重新拿起另一支碗里的笔。此时，老师的神情更加动人而专注了。

一年了，极乐世界在画布上绚丽多彩地展开。如意树蓬蓬勃勃地向着天界生长，悬于苍穹，黄金根，白银树干，杂青色金石枝条、珊瑚叶、珍珠花、宝石花蕾和钻石果，各种奇珍异宝串成的珠链、花朵和丝绸从天垂悬。树冠周围，天神、飞天、仙女，身姿优美，神情超然。地界的众比丘围聚向中央。繁花似锦，花团锦簇。而且，花朵中站着穿袈裟的僧人。

我们不知道，老师的画面中还会出现什么样的奇景和人物。

虽然见到老师如此呕心沥血而心疼，但是我们对画作充满了期待。无法遥想的极乐世界，原来是如此动人呢！被我们的老师带到凡间，画在一张布上，要呈现于世间了。

这时候，窗外响起吆喝牲口的声音和口哨，还听到纷踏繁乱的脚步声，不久，管家匆匆忙忙地奔到画室里，对老师说："郎杰啦，五十头牦牛赶来了。"

3. 牦牛

嘀嘀，牦牛？难道我作画为了世俗的物质回报吗？人啊，总是喜欢用世俗之心度人，爱以金钱的多少来衡量艺术。哈哈，我这老朽的心，你看我也在说艺术，不，那不是艺术，那是我的信仰！信仰像江河海洋，像雪域高山，世间的物质可载不动它的重量。

我问管家："赶来了？"

管家说："赶来了，而且就是上次约定的时间，一天都不差。"

我说："你让他们把牦牛吆回去吧。"

管家傻了眼，愣愣地瞪着我。看着管家紧张的样子，我心里笑了。

我又说："那你自己当个牧人吧。"

管家说："这可从何说起？"

我的学生们或侧身或转头，看着我俩，神色各异。我转过身，仰望管家。管家脸上汗渍斑驳。

"咱寺院喂养一群牦牛，当然得有人放牧啊。"我说。

管家的脸上显出为难之色。他当然知道我是在开玩笑。他一本正经，我便想笑。

"如果，你找一个画家画二圣六庄严的像，我就去放牧。"

管家见我严肃的样子，终于也笑了，但又想到五十头牦牛还在院子里，便认真地说：“郎杰啦，你就说咋办吧？”

我的弟子们围聚过来。我把脸转向他们，打量着众人的脸问：“谁愿意去当个牧人啊？”

他们面面相觑。但是，那个调皮的丁真很快打破了沉默的气氛，大声地说：“老师，我愿意去放牧，你就让我去吧。”

我招招手，丁真过来了。管家却急了，对丁真吼道：“胡闹什么？”

“我帮你解决问题还不好吗？”

管家说：“郎杰啦，你就先跟我走吧，人家还等着呢。”

我眯着眼笑了。笑过之后，眼前就出现了那个死缠烂打的头人。上个月，他每天屁颠屁颠地往寺院跑，一定要让我画二圣六庄严像，说他要到拉萨朝圣，要供养给嘉瓦仁波切。还说我无论开口要什么，他都可以答应。

我要教弟子们画画，年底前还要画完一座寺院的几幅唐卡。明年，我计划去朝佛，没有时间，精力也有些跟不上来了。

我说：“你去找其他画师吧，我真的没有时间给你画了。”

头人却不管不顾，依然祈求不止，说他啥酬金都可以给。有财产的人总是财大气粗，把财富看得比什么都重，以为什么都可以由物质来计算。

我说：“那你能把所有资产都献出来吗？”

头人的脸色变了。好半天嚅动嘴唇说：“画师开玩笑呢。”

我可没有开玩笑。

“那我也没有时间可以为你服务一年了。”我说完，起身就走。

头人想要追来，管家使个眼神，再把起身的他按住了。

哈哈，我要财产干什么？就算我不在了，我的弟子们也能找到一碗饭吃，人既然来到这个世上，只要劳作，每个人都会得到自己的口粮，况且，寺院也不是商家，怎么能像商品一样交易唐卡呢？那无疑是亵渎信仰。当然，我知道每个人的心思不一样。也有人这样思忖：既然头人什么都答应，那何不趁机捞一把呢？反正人家富得牛羊连草原都装不下了。我想对他们说：当你们以财产来衡量或换取唐卡画时，你们的灵魂已经背离精神之道了，而一旦走上这样的道路，财富终将遮蔽人的灵性啊。

然而，这个不可一世的头人，倒也能磨耗。他三天两头到寺院来，缠得我真是躲之不及，又让活佛、管家说服我。我的弟子们也变得蠢蠢欲动，都想做成这笔“生意”。

那一天，大雪笼罩了大地。天地一片寂然。这时，寺院的院子里突然出现了五十头牦牛，黑压压一片。僧人们跑出僧房来看。吆喝的人找到住持说：“这是多吉头人献给寺院的供养，我们已经吆到这里，任务就算完成了，我们回去了！”说完，转身就走，管家在背后怎么吼叫，他们都不闻不应，很快没入风雪里消失了。

寺院一夜间成了牧主，弄得很是为难。捎带口信，让头人速来寺院。头人却不现身，他的家人说他去远处巡视牧场，十天半月回不来，说头人留下话，牦牛怎么处理，任随自便，如果不要，就当放生好了；画不画唐卡，也没有关系。

就这样，寺院被“拴”住，我被牵进了“套子”。

嚯嚯，世上有这样的人，让你骑虎难下，进退两难。

但我依然没有答应。世间事，因缘合和，凡事都讲求缘分，难道这个头人……

活佛和管家来征求我的意见。虽然头人说是供养寺院，但所有人都明白这背后的用意。我说：“我怎么能为寺院做主呢？这是送给寺院的啊。”

活佛说：“郎杰老师啦，你能答应吗？”

“我答应什么?”我问。

管家说:“郎杰啦，你就别为难我们了。”

“我不敢答应。”我正色道。

活佛低下头，手捻动佛珠，喃喃念起经文。

当夜，我在梦里向莲花生大师祈祷。大师微笑着莅临头顶。我祈请大师开示，大师说:“这是你此生又一重要因缘，随缘而为吧。”我在黎明的曙光中，神清气爽地醒来。

管家又来到我的僧房。我请管家坐下喝茶。见管家有些欲言又止的样子，我笑了:“你一早就皱眉蹙额，难道天要塌下来吗?”

管家也忍不住笑了:“天真是塌下来，把寺院的路堵住了。”

“天把路塞了，那你求天嘛。”

“天答应，人不答应，还是不行。”

“既然天都答应，人还能违了天意?”

“哈哈，那就好了。”

“但你总不能自己去当个牧人吧?”

“我当牧人有啥关系?谢谢郎杰啦!”

“把牦牛送给穷困或无牛人家，神灵就高兴了，事情也会更顺遂。”

“全部?”

“难道你留一头要挤奶吗?”

“是，是，我立刻去禀报活佛。”

牦牛哄哄的鼻息和踏动声，响彻在经场里。这些被人主宰命运的牲口，将它们不安的气息浓郁地发散出来。其中，有多少是母子分离的啊。

我不再让管家为难，将袈裟一角撩起披上肩头，跟着他去见客人。我知道，那客人一定是觉得计谋成功的头人。

4. 头人

不管怎样，我的计谋总算成功了。这个超然世俗的郎杰画师，最终还是经不起不休不止的纠缠，被我给制服了。是的，制服。虽然你可以油盐不进，但是我可以拿寺院来压服你啊。寺院和我们之间还能脱离亲密关系？不能，寺院不可能缺了我这个大施主。如果把寺院与信徒比作鱼与水的关系，那我就是一条大河了，那些普通的信徒不过是融入江河的小溪和浪花罢了。哈哈，有我这样比喻的吗？人一旦春风得意，就管不住狂傲的思想。你有神妙的画才，我有盈天的财富，无论如何，我还是能够让你为我服务，郎杰大师！今天，我就想看看你是啥表情呢。

管家急匆匆的身影背后，依然是不紧不忙从容自在的郎杰，他微驼肩膀，脚步悠闲，神态安宁，全没有世俗人奔忙活命的样子。人难道真是不一样的吗？有些人真能达到那个“无我”之境吗？民间传说，郎杰是无师自通，小时候在草原上放牧时睡着了，他梦见莲花生大师来到自己身边，说他此生有绘画的机缘，让他以唐卡的方式，弘扬慈悲和爱心，并赐给他一支毛笔。说完，大师消失了，当他醒来时，在身边发现了一支毛笔。从此以后，郎杰以枝条为笔，以大地为布，以眼睛为笔，以天空为纸，以心为笔，以宇宙为幕，开始无穷无尽地练习，真的无师自通了。他说他的绘画技艺是莲花生所赐，大师只是借助他的手在弘扬佛法！许多年之后，郎杰成了了不得的大画师，声名远播。

当一个人拥有了太多同类的东西，却没有另一样东西时，心里就很难受，于是想方设法获得别人拥有的东西。我就是这样的人，因为我是头人。在广大的草原牧区，所有人都以拥有、珍藏、供奉郎杰所绘的一幅唐卡为傲时，因为我是头人，我想要拥有的当然就不止一幅，而是佛祖和二圣六庄严共九幅唐卡，有了这九幅，我还有更大的计划呢。

管家与我关系很好，历来对我很恭敬。所以，对他的态度不必太拘礼节。俩人朝着会客厅而来，我赶紧起身相迎。郎杰恬静一笑，又微微点头，把我献给他的哈达挂回到我的脖子上。但对于我对他的恭敬吹嘘之话，当耳边的一缕风一样，似乎充耳不闻。他的神态自在安静，没有一点浮躁之气，更看不出丝毫内心慌乱或焦虑之神色。如果说我的心是一片滚沸的开水，那他就是一泓安谧的林中海子。嚯嚯，我啥时变得这样喜欢比喻了？于是，坐下来，大家客套地寒暄、喝茶。

更多的时候是管家和我在喋喋不休地说话，郎杰只是安静地听着，有时点点头，有时微微一笑。听说，他是个幽默的人，我却难以让他开口。我不断地诉说我请大师画二圣六庄严唐卡的想法和初衷，翻来覆去地说了两遍。郎杰只是静静地听着。这让我有些尴尬和难受。我怎么像一个毛躁的小伙子，而不像是一个赫赫有名的大头人了？应当是他问，我慢悠悠地回答啊。在郎杰宁静的目光下，我为何变得像急于袒露心声的小情人呢？我是拥有巨大财富和权势的人，面对这样一个普通的画师为何觉着自己矮小呢？仿佛他有一股柔软却十分强大的东西，让我如此慌张，顿失大山般的沉稳。嚯嚯，觉泽大头人，我对自己说："你在这样一个不声不响的人面前败下阵来了。丢脸啦，丢脸！"我闭了嘴，管家又开始喋喋不休地说话，怕冷了场面，怕失了礼数。我知道他是怕我有被冷落之感，所以，不断地说话，请我吃喝。哈哈，我俩像多嘴的婆婆，一对聒噪的乌鸦，在一个寺院画师面前表演不休呢。是的，郎杰没有一点不恭，没有一点傲慢，但我们都感觉到了某种——那是一种什么东西？我不知道。总之，郎杰已经让我感到他是一个内心极为安静的人，因为安静又让人感到莫名的强大。嚯嚯，如果面对我的子民，我这个大头人的面子往哪里搁？

管家觉得该对我有个明确的答复，便问画师："你说说什么时候能给头人交唐卡画呢？"

郎杰转头看我："大头人什么时候需要呢？"

当然越快越好，这还用问，但他的问话中还是藏有一层冷意呢。"需要？哈哈，需要！他又在拷问我的心灵呢。"

"大师不知道什么时候能够完成？"我镇静下来。我干脆把问题抛过去。看他怎么回答。

"我不知道。"他几乎不假思索地回答。

"哦。"我立刻接口。接了口，便感到自己又处了下风。

五十头牦牛在寺院经场里踏动、喷鼻的声音传进屋来。管家变得有些不安了，他起身给我们舀茶。侍从忙去接手。管家瞪他一眼，侍从便退身下去。

"明年，明年年底可以吧？"管家干脆挑明了，大声地问郎杰。再瞥我一眼，似乎在征询我的意见。

我并没有点头，也没有用眼神表达心思。我看着郎杰。

"一个对佛法虔诚的老婆婆去年就请我去画壁柜，这是答应了的，你看觉泽大头人的意思？"

哈哈，岂有此理？一个老太婆能够给你啥报酬？她还能抢在我前面？可是，我又不能不让去。逼着先画我的？别人会怎样议论？况且他已经把难题抛了过来。

现在是管家不高兴了："你不能把那个事情先放一下？"

郎杰笑了，认真地把管家上下打量一番。

管家不自在了，仿佛自己是个势利之人，因为已经接收了五十头牦牛。

他有些诧异地问道："啊，你那样看着我什么意思？"

郎杰笑容可掬地盯着管家，管家更不自然了，嘴巴嗫嚅着，想说啥又不知道如何开口。郎杰转头用眼神征询我的意思。

我在坐垫上扭身坐直，用眼神扫过管家和画师后，哈哈大笑。嚯嚯，这种无声的较量和肚皮官司我还真有些不习惯。我是个粗人！那又怎么样？

我说："管家不必着急。画师先去给婆婆画吧，什么事都有个先来后到嘛。我堂堂一个大头人，还能欺负一个老人？哈哈。"

"哦呀。"郎杰答道。又不忘用眼神撩拨一下这个一心为寺院操持的管家。

管家释然了。

"至于我的画，大师什么时候交给我就什么时候吧。"

这时，郎杰画师抬起头，认真地打量我，像是才认识我似的。

"请大师给一个材料和矿物的清单，我过两天派人送来。"

我的急迫心思又暴露无遗了。

5. 老人

我是个有福之人。

我这样说是因为我已经老得弯腰驼背，眼力灰暗，心思混沌了，但是，郎杰带着他的弟子终于来我家里画佛像了。这件事，我等了几年。我想供养给画师的东西也小心地保存了几年。有人说，你一个普通的老婆子，别异想天开了，寺院和头人们都排着队等郎杰大画师呢，怎么可能轮得到你？我用无齿的嘴巴呵呵而笑。你们怜悯我吧，我知道你们以同情的眼光俯视我，觉得我一个穷老婆子真是疯了。我何尝没有听说郎杰画师忙得念经、吃饭的时间都很少了，又有那样多有权有势的人物在等着他呀。但是，当我虔心向佛菩萨祈祷之后，我的信心便变得满满的了。我虽然并不了解郎杰画师，但是心里还是有一种强烈的感觉：他不是一般的世俗之人。如果是凡夫俗子，他也不可能无师自通了。他一定是某个菩萨的化身，此生降临世间，就是以唐卡的形式弘扬佛法来了。说不定，他的眼神里都透出灵性的佛光呢。

这一天，是吉祥的日子。当阳光照到村寨时，郎杰带着几个弟子来到我的家。我让女儿女婿焚香，献哈达，打新鲜的酥油茶。我迎在门口，向画师和他的弟子双手恭敬合十，感谢画师的光临。画师平静地笑着，说："老婆子，让你久等了。我过意不去呢。你的几番口信，让我很不安啦。"我感谢画师，肯来这偏远之地，为我这个穷婆子画佛像，这是我此生最后的心愿。郎杰说："我知道，但我被肉身束缚，无法分身而来，你要理解哟。""我知道，我知道，谢谢你了！"我们把画师迎到屋子里。坐下来了，我依然无法相信大师从天而降了。我仍然叨唠："啊呀，我昨天怎么就没做个吉祥的梦呢？""哈哈，我一个普通的画师，又不是活佛、菩萨，无法给你带来吉祥啊！""不，不，你来就把佛陀的吉祥带来了。"

村人都拥进来，来拜见传说中神奇的画师。关于莲花生大师赐给大师画笔的说法人人都知晓呢。人们羡慕地说："格绒老婆子哪来那么大福气，敢请画师作画，还真把人请来了。听说，画师把给头人作画的事都推后了。你知道吗？大头人给了多少头牦牛？五十头！啊啧啧！那样多?！那他还来给老婆子画画，图啥呀？"听到这些对话，我心里更加乐滋滋的，像吃了蜜似的，甜极了。

当知道画师来为我这个穷老婆子作画后，人们对画师更加另眼相看了。也有人说："是老婆子有佛缘啊。"

是啊！为了请画师作画，两年前，我就让家人准备了画布、颜料。我相信佛菩萨一定会满足我虔诚的心愿。

这一天是我心灵的节日，也是全家、全村的节日。

从这一天起，我的心灵被佛光照耀。我每天晚上都做吉祥之梦。他们作画，我念经。他们休息，我奉上喷香的酥油茶。每晚睡觉前和早晨睁眼醒来时，我的第一件事就是祈祷，向佛菩萨祈祷，祈盼画事圆满。当他们净手、点香、作画，我像一个随时侍候在身旁的小弟子，也净手而立，看着佛陀和菩萨一点点从画布上显现，变得生动起来，最终入眸驻心，活了，活在眼前，活在家里，活在心中，活在这一方村寨之中。

好梦连连。有一天，我亲见到观世音菩萨从画布上走下来，于是，我赶紧磕头礼拜。

菩萨微笑熠熠。

当我起身再望时，菩萨已经消失了。

我欢喜地叫了起来。弄得家人、画师和弟子们都醒了。

郎杰画师笑着听我叙述。弟子们则啧啧称奇。

只有我那愚钝的儿媳妇说："阿妈，是你想得太多的缘故吧。"

我斥责她的多嘴和不敬。

尽管画师并未说话，然而，他的弟子们画得越发认真和恭敬了。

从那以后，每画完一尊佛像，我的梦便缤纷起来。有时把梦境忘得一干二净，但心总是被喜悦之水盈满。

一个月圆之夜，我梦见五彩虹光照临村寨。莲花生大师乘着虹光莅临屋子。当我俯身磕头之后，大师这才缓缓消隐。檀香般的法味长久弥散在我的梦里。

我微笑着醒来。这一天，立在壁边柜子上的佛像画完了，当大师最后描上眼睛时，佛菩萨们活灵活现。啊，我这个老人家满屋都被佛光笼罩，一片宁馨的气韵自在流淌起来。

郎杰笑了。弟子们也很满意地看着自己的杰作呢。

我和家人向他们献上微薄的画礼。

郎杰临走对我说："你真是个有福德之人，绘画一直很顺利，没有丝毫的障碍。"

"托你们的福，让我此生的心愿圆满了，我将虔心为你们祈祷。"

"别那样说，我们为你作画，为能祈请到佛菩萨之法像而高兴呢。"

我的心沐浴在过节一般的幸福里。从此，笑意没在我脸上消失过，从此，佛菩萨没有离开过我一步。无论我走到哪里，佛菩萨都在我的身边在我的心中；无论是白昼还是梦境，都被佛法的光芒照耀。

画师翻过山头走了，佛菩萨驻留在村寨，在我们俗人的心中安家了！

我祈望我的家人永远虔诚地追随佛法之路，并且守护好这些充满加持的珍贵画像！

6. 神宫

这座在太阳之下，在布达拉山上高耸如天庭一般的宫殿，是神的宫殿，也是人间伸向神佛的阶梯。

在这座古老的城市里，最丰盈的就是阳光，最常见的就是笑脸。但是我最想拜见的是尊者。通过熟人，再经过噶伦，我的诚意，已经层层禀报上去。我依然无望地等待着。我是一方草原的大头人，当我面对此生最后的热望时，我像一个疯狂之人，总是无法遏止这个野心。我要拥有被万千人称颂的一套佛像，而这套佛像是郎杰画师所画，是由尊者嘉瓦仁波切开光的。圆满了这个心愿，我此生无憾了。

于是，我在圣城，一边朝佛，一边等着尊者答应为佛像开光的消息。金钱，当金钱太多，超过此生的用度之后，金钱便失去了意义。那么，最后的意义在哪里呢？对我而言，就是这套二圣六庄严的法像了，虽然我并不懂得唐卡画，但是龙树和圣天二圣以及无著、世亲、陈那、法称、功德光、释迦光六位尊者，栩栩如生，超凡脱俗，神情灵动飘逸，深目高鼻，仿佛从印度真实地来到了你的身边，令人十分感慨。如果你觉得画上的人是活的，在跟你说话，这样的画一定是好画。我要传下千秋百代——尽管我只是个区区小头人。

这一天，虽然毫无征兆，但是我的熟人匆忙跑来，他上气不接下气地说：尊者已经看到佛像了，尊者择日要召见你。我激动得说不出话来。当我静下心之后，详细询问事情的来龙去脉。他说尊者见到这套二圣六庄严画像之后，凝视了很久，然后啧啧称奇，便详细询问画师是谁，请求开光的人是谁，还说他一定要见见画像的主人。但是，并没有说明具体的时间，需要由手下人来慢慢安排。

于是，我在城市里开始了度日如年的等待。

有一天，我被召到了山下的接待室里，当我满心以为可以到达神宫谒见时，一位噶伦出面接待了我。噶伦十分热情。当他再次问明他需要了解的细节之后，一再地打听画师的状况，最后，竟然问我：

“你能把画像献给布达拉宫吗？”

我被噎得半天说不出话来。

他又说：“这是尊者的意思。”

“当然，当然。”我赶紧答道。心里既为这套画像感到荣幸，又为自己没有福气拥有它而感到深深遗憾。我听见自己从心底发出了叹息声。

噶伦在坐垫上扭动屁股，吸了一指甲鼻烟后说：“尊者说，他想把画师召来参与布达拉宫维修壁画的绘制，但你这样一说，只好罢了。尊者想见见画师呢。”

我又说：“本人荣幸之至。”我的答非所问已暴露了自己的真实心思。

“如果你不急，尊者想请宫廷的画师们临摹下这套画像，永久珍藏在布达拉宫。”

“啦嗦啦嗦。”

半个月之后，我终于攀上层层台阶，穿过一间间幽深的房间，最终到达了尊者深居的最高宫殿里。

尊者高坐在法座上。见我进来，竟然从法座上走下，迎面而来。我埋头磕拜。

尊者亲切接见，轻言细语地问我的情况和画师的生平。我颤动着双唇一一回答。

尊者说：“你的画像不用开光。”

我的心陡然一揪：莫非我哪里做错了？

尊者微笑着说：“你回去告诉所有的人，郎杰画师的佛像以后再也不用开光了，他是雪域少见的神奇画师！”

我双手合十，向尊者顶礼。

尊者感谢我提供这套画像，使布达拉宫得以收藏画师的临摹画。

“请示尊者，请你赐给我临摹的画吧，把真画留下来好了。”

“这……”尊者一时没了言语。他可能没想到我会如此“放下”吧。

“就当我把画像供奉给尊者吧，请您收下！”

“你的五十头牦牛可能会增长成千万头呢。”尊者笑道。

“没关系，这是我此生最大的福报，也许，我还有机会请画师再画上几幅呢。”

尊者的表情有些凝重。身边的噶伦和经师向尊者轻声说了什么。

“好吧，那就谢谢你了！也请你感谢画师，我祈祷画师健康，长久住世。”

尊者赐我甘露药丸以及金刚索和佛像。

当我从神宫步出走到阳光城里时，在烈烈的阳光中，我感到这一切像一场幻梦，如此真切而似梦如幻。

7. 佛眼

每朵花、每片花瓣，任何局部，细微到一根头发，都生动地显现在画布上了。啊，极乐世界，如此广阔，如同宇宙，如此清净，仿佛是净土真实化现。置身于苍穹一般立体、乐园一般花团锦簇的世界，只要瞥上一眼，就被深深吸引。一股巨大的能量浩浩荡荡地扑面而来……

但是，我的老师衰老了。老师时常淡漠无神地坐着，仿佛灵魂已经脱离了躯体，有时，眼睛突然又变得亮晶晶的，像小孩子一样，于是，我们以为老师的病要痊愈了，心里一阵高兴。这时，老师突然像想起未完成的画作，呵呵笑道：“快去极乐世界！”于是，他像小伙子一般想用力起身，他也真的倏忽间拥有了年轻人的力气用手撑着站起来，但是刚要迈步的一瞬，身子摇晃起来。我们赶紧扶住老师，在老师吭哧吭哧的喘息声中，把老师架到画布前。老师坐在靠柱的垫子上，神情专注地望着《极乐世界》最后一些空白处，让我们描色，当他觉得某个细微处十分关键时，便亲自拿起画笔，蘸一下口水，再在颜料碗里细细地调匀，然后眯缝双眼，认真着色。这一刻，只听到呼吸声，整个画室一片宁静，连活佛和管家都远远站在门口，静静地看着老师。

在老师的手上，一朵莲花生动呈现，花瓣中一位披袈裟的僧人双手合十而立，在另一瓣花叶上，两位小僧人正向着一位老僧人顶礼。画毕，老师认真地看着，然后咧嘴一笑，问道："看得清他们的神情吗？"大家争相点头。老师又笑了："我再在他们眼里画上莲师？"大家都笑了。这笑意味深长。虽然我们并不十分清楚那样的事件，但是传播得很远，说很多寺院请老师画的教派祖师的法像中，细心者发现了在眼眸深处竟然画有莲花生大师。有人见之暴跳如雷，说公然挑衅他们的教派。老师却一笑了之。传说某寺院让画师把眼眸里的莲师涂掉，但不久，莲师又显现出来。老师大喘着气，停住笔，边角最后的一些细节让我们给补上。只要画完这些，只待画正中的佛祖，由老师来开眼了。这是最后一笔，也是神来之笔。

于是，我们都等着十五号吉日的到来。

十四日晚上，老师将我们几个亲近的弟子召到身边。说明天就是《极乐世界》大功告成的日子，他此生的绘画使命也算完成了，以后就靠弟子们自己了。老师的声音虽然低沉，眼睛却清亮如水。他希望我们带好其他小画师，学好经文修行佛法，虔心作画，心中有佛，画像自然天成。我听出老师似在交代后事，心中怅然，又想鼓起勇气最后问明一直挂在心间的疑问："老师在每个佛像的眼眸深处都画了莲花生大师吗？老师的绘画天才真是莲师所赐吗？"老师又交代一些还未能画完的画作，让我们带头画好。老师眼里的光更亮了，老师像是回答我肚子里的疑问似的说："《极乐世界》画完了，我也该到莲师的铜色吉祥净土了吧。"有人低声抽泣。老师说："只有俗人才分别你我他，佛陀没有这些概念。"看着低泣的弟子，老师笑了："哭天抹泪干啥？我们一段师生情缘比黄金还珍贵呢。"夜深了，我们不敢再打扰老师，让老师安心休息。明天还得请老师开佛眼啊！老师又像一个小孩子一样笑了："呀呀，那你们去休息吧，我也该祈祷了！"

第二天，天蒙蒙亮，大家都早早起身。僧房外是走动的声音，洗漱声，大声擤鼻涕声，以及念经声。煨桑塔里燃起了桑烟。桑烟的香味随着浓烟四处飘浮。

这时，老师身边的侍从慌张地边跑边哭道：老师圆寂了！

哄。像蜂巢被毁，所有的脚步在嗡嗡之声中向老师的寝室奔去。

老师双腿盘坐，身子端直，双手结印在前，眼睛深闭，脸上的神情安详而又宁静。

压抑的哭泣声此起彼伏地响了起来。活佛和管家匆匆赶来。

哀伤之情弥漫如烟。活佛大声地嚷嚷，令大家不准以哭泣声影响老师正在离去的神识，请大家安心念经，为老师祈祷！

悲伤之余，我们为未能完成的杰作而感到深深的遗憾。今天，本是吉祥之日，是《极乐世界》中心佛祖的开眼之日，老师却先去了极乐世界！

这当儿，老师的一位弟子匆匆跑来，兴奋地叫道："佛祖睁眼了！"

"真的吗？"

"佛祖显灵了！"

"那是老师的眼睛啊！"

"哦哦，日月一般的双眼啦！"

人们高兴地向着画室拥去。悲伤之河在不知不觉中，从所有人的心中流走了。

《极乐世界》中央的佛祖微睁着慈悲的眼睛，凝视着、护佑着世间的万物和有情众生……

8. 尾声

从第一次看见微画之后，我便开始追寻这位神奇画师的人生。因为没有传记，他的事迹主要靠口耳相传。

我到过他的出生地，但那半山腰的村庄早已消失，几户人家已搬到了山脚下的河岸。村人指着山间的那棵柏树说，郎杰出生在那里。甚至有人指着一块白色山岩说，这儿是画师做梦之地，莲花生大师降临并赐他绘画唐卡的缘分和天才。在他笔下，凡人觉得一色的天空之蓝，画师却可以画出七种层次七种色差，有人称他为非凡间的“天空的美饰者”，因此，“郎杰”之名不胫而走，而他的本名少有提起了。虽然画师家族中再也没有出现过画唐卡的画家，但是，在大师出生的村寨里，每户人家至少有一人在作画，并且师徒相传，郎杰画派——虽然没有成套的理论体系和严格传承，也不好归入某个流派，然而，画界和民间都认为他可以自成一派——蔚为大观，影响深远。县上成立了唐卡协会，唐卡画已成为该县一项富民增收的产业，画作供不应求。订画者面向国内外，以沿海和港台居多……我问了许多人关于画家的真实姓名，但除了“天空的美饰者”这一美名之外，再也没有人知道了。

通过朋友帮忙，我在中谷寺院里欣赏到大师的十几幅作品，唐卡垂挂在高高的玻璃窗之后，尽管安保设施很好，但常年处在潮湿、阴晴不定的暗室里……

我在一位活佛的家里，瞻仰了天国气象、净土实景一般的《极乐世界》，多维空间感，气势宁静而恢弘，上千的人物惟妙惟肖，微画无处不在，我得以长久饱览，并且从心底滋生出极强的占有欲和自己也想飞身到净土的冲动——我不由得红了脸……

我在布达拉宫远观到二圣六庄严的画像——八位来自印度的尊者个个生动无比，如见真人……

更让我感动的是，大师为老婆婆家绘制的长15米高1米多的木柜画，历时数百年，尽管有些木板裂痕明显、色彩脱落，但依然被完整地保护下来。千手观音、君臣二十五人、莲师八神变、十六罗汉，穿透历史的烟尘，依然庄重而生动。那家人向我讲述一代代人保护传袭下来的故事。这户人家家境并不富裕，他们拒绝了无数以高价来购买的商人和艺术家。那户人家七十岁的老婆婆说，这是我们家世代相传的宝贝啊，怎么能卖呢？这是我们的家规！我向这些佛像顶礼，并从心底里为这家人祝福。我想象不出这家人历经破“四旧”“文革”，还能将这些柜画完整保存下来的曲折遭遇，其间，该付出了多少担惊受怕乃至生命的代价啊！

我还在努力搜寻着关于画家的生平事迹和画作。虽然人们时常向我提起大师的微画，但是我对微画的兴趣早已淡薄。我看见的是一个画家如何与所绘对象融为一体，而不是技巧或雕虫小技的微画。当一个艺术家超越艺术攀上信仰或智慧之巅时，画家与画作就成为一个完整的宇宙，一个血肉相连气息相融的温暖世界……

我珍藏着一颗郎杰画师的绘有莲花生大师的青稞籽。在我眼里，在我心中，它如同《极乐世界》一样浩瀚而深邃!!

雪水潺潺

——一个喇嘛修行的故事

1. 横冲直撞的野兽

格桑喇嘛呈跏趺式端直而坐，将右手叠在左手之上，搁在肚脐处，用舌尖轻抵上腭，眼光盯住鼻尖，脖子微微内敛，调节呼吸的轻重，然后开始观修，然而很长一段时间里，内心的欲望像脱缰的野马，四处乱撞，他始终无法自如地驾驭。于是，他干脆闭上眼睛观想。然而，心里出现的还是家里纷纷攘攘的画面。措木在说与邻居的争执，列巴愤恨地说阿批骗了他，阿批一定是先去查套索，把麝香割走了，母亲在骂阿绒不争气，连甲交也打不赢……全是村子里你鼻子短我舌头长的事情。他摇摇头，将那些声音和画面驱散了。不久，他又发现自己落入昏沉中，思绪如黑云翻滚，他觉得自己在混沌迷蒙之中，几欲沉沉入睡。他猛地睁开眼睛，一个激灵，将自己从浑噩的境地中带出。他再次把禅修的坐姿调适，放松肌肉，将身体坐得笔直。俗语说，身直则脉直，脉直则心直，心直则气顺。他让自己呈莲花式放松而又开放起来。这次，他不急于进入观修。他先念诵莲花生大师的十字咒语。渐渐地，他感到内心安宁起来了，他将身、语、意专注于念经之中，同时想象莲花生大师的庄严法相。他边念经边捻动佛珠，大约转了三圈佛珠后，他立刻闭上嘴巴，按观修的方式进行观想，这一次，眼前展开了迷人的景色：

他看见自己只有六七岁的样子，像小鸟一样展开翅膀来到夏日的草原上。放眼望去，满目清翠，绿油油连缀到天边的草毯上盛开着五彩缤纷的花朵，草滩边际零星生长着柏树、矮松，还有杜鹃林。空气是那样的明净，一些被洗浴过似的清亮眼睛的鸟儿在四周飞翔，嘴里唱着甜美的歌儿。清风缕缕，让人心里清爽明媚。偶尔天空中有云彩飞过，它们恋恋地不舍离去，不久像哈达一样轻拂下来，终于在这国色天香里消了踪影。这时，他听到嗡嗡的吟唱声，他看见自己循声而去。他看见一丛蝴蝶在花中飞舞，而不远处，一群蜜蜂迷醉在一片绚烂的花团中，正忙着采集甘露呢。他醉心地看着祥和安宁、清净无瑕、没有丝毫污染的奇景。这里，仿佛连时间也停滞了下来，在甜蜜、安然、开放和自由的氛围中，感受到自己的心完全地陶醉在喜悦之中。

突然，天空变得阴沉起来。乌云滚滚而来。他还没来得及惊讶，眼前一片昏沉。他猛然睁开眼睛，将自己拉到现实之中。内心像被污染了似的，感觉很不清爽。他摇摇头，令自己走出观修之境。他不明白本来清净明亮的光芒怎么会倏然间不明不白地消失呢？他记得某位大德说过，闭着观修，内心容易昏沉。他是不知不觉间闭上眼睛的。他长叹一口气，下了坐床，回到屋里。

拉珍看见舅舅神情肃穆，不言不语，趿着拖鞋回到正屋，便赶紧去经堂，取回茶碗，为他舀上茶。这时，格桑泽仁来了。他走进屋，见到喇嘛，立刻躬下身去。拉珍急忙拖来一张卡垫，待他坐下，给他倒上茶。

原来他是来戒猎的。他唠唠叨叨地说着这几年的遭遇变故。

他问喇嘛，这真是现世的果报吗？

喇嘛说，还需要什么样的果报呢?！戒猎好，狩猎杀生挣到再多的钱，你也会富不起来。

啦嗦啦嗦，交松且。

你知道富裕需要什么因缘吗?

格桑泽仁心想，还能靠什么? 劳动、下苦力么。

喇嘛见他不言语，便说，杀生害命是富不起来的，那只是让你堕入地狱。富裕的因缘是布施。

布施? 他问。心里在想，我能布施什么呀?

布施法、布施财、布施钱，哪怕一颗善心、一个笑容，也都是布施。

喇嘛像是针对他心中的疑惑相机开示。

格桑泽仁是河谷里有名的猎人，在他的枪下和套索里死去的动物不知有多少呢，它们的尸骨足可以垒成一座小山包吧。村人常这样叙述他的不凡。说他只要去打猎，从不会空手回来。他还敢用粗绳将手臂缠牢，然后将手臂伸进熊洞，熊咬着手臂从洞里怒吼着扑出，这时，他将刀子捅进熊的胸膛，并不断搅动，终将老熊杀死。他甚至还到神山上去打猎，让山狗将猎物撵下山后，用枪击将神山之物了结。他在河谷里赢得了“魔头”的称号。而近来，家里十分不顺：先是当家儿子和僧人去拉萨朝圣路上，翻车而亡，再是前妻去世，现在继妻又被医院查出是癌症，花去了几万元，家里已经变得一穷二白了。人们看着他本人也像冬天的牛马一样日渐消瘦，变得瘦骨嶙峋。因为人本来长得高大，现在，越发显得瘦长，像汉人的筷子呢。

喇嘛念过经文后，让他把头伏到经书下，嘴里喃喃念祷，然后，让他张开嘴巴，吹了三口气。

格桑泽仁终于觉得心中轻松一些了。

猎人走了。喇嘛想，因果不虚，人生无常，我得珍惜这宝贵的人身，从当下起奋力而行。屋子里又变得寂静而空阔了。拉珍到圆根地薅草去了。院外的公鸡和几只做了母亲的鸡带着一群小鸡在咕咕咕小跑，生命的轻快和欢乐飘逸在清嫩的声音和温暖的阳光里。你还能感受到阳光正在一点点热烈起来了，金灿灿，亮晃晃，甚至能闻到它浓郁的气息。核桃树、苹果树也在张扬着蓬勃的生命力。喇嘛又一次感到时间的流失像箭一样，同时他为自己追求佛法的“觉悟”而感到欣慰，毕竟自己以人生和躯体做船，开始了寻求正法走出轮回的求索大道。喇嘛攀梯子走到三楼顶的晒场上。在夏日浓郁的阳光下，喇嘛眯上了眼睛。阳光太刺目了。但是，在内心里，他感到了缕缕的清凉之气。他不知道那是来自屋檐下的阴凉气息，还是心底某种悠然的波浪。喇嘛看见格桑泽仁从山根弯缠着的山路上，渐渐走到山的背面去了。他显得枯瘦而且单调。喇嘛口念经文，心里对他涌起悲悯之情。啊，我在胡思乱想中浪费着宝贵的人生呢，喇嘛想。喇嘛下了梯，躬身钻进经堂。

喇嘛又开始坐下来观修。这寂静的时光是观修禅定的好机会啊。

这时，他很快进入了幽静的境地。

他看见了湛蓝如碧的天空伏在眼前，而这空虚而广阔的天空中，缕缕白云像自己的心思一浪浪翻滚而去，但他没有让自己执着于那如浪潮般汹涌的念头、思绪，而是任随它自生自灭，潮起潮落，他也没有因为这样而感到兴奋，他知道一旦执着这份心思，又走到另一个极端了。他开始观想观自在菩萨，终于，菩萨冉冉出现在天际，从莲花座上散发出耀眼的光芒。他开始按着上师的指示观修，让自己的身、语、意与菩萨融为一体，让灵魂沐浴加持之流，消除一切业障。他觉得自己消失了，变得与光芒合为一体了。这是多么好啊！喇嘛沉醉地想。此时，执着就这样产生了。他猛然间看到观自在菩萨消失了。天空空洞而寂寞。他再次调整呼吸，端直身子，进入另一轮观修。然而，他无法驾驭自己了。当他开始闭上眼睛时，立刻，心灵像是被黑雾罩住一般，身子不断地往下坠落。他看见了一条阴沟，阴沟里蠕动着一条条又长又难看的虫子，他感到恶心。他睁开眼睛，将目光盯住唐卡上的佛像，然而，心念变得活跃了，他不断地跑来跑去。一会儿想到家里的事，一会儿想到村里的流言蜚语，一会儿想到格桑泽仁的话，一会儿又想到刚才的情境……

他自言自语地咕噜道，真是个横冲直撞的野兽。

他放下观修，回向，走下坐床。他觉得自己做一些其他的活路更为相宜了。

他知道驾驭这个身内的野兽并不是那么容易的事。

2. 村言谷语

思想的混乱有时是由言语造成的，而言语从千万个哇啦哇啦的嘴巴里飞出，在两个耳朵里穿进钻出，走到人的心里去了。格桑喇嘛的耳根也无法清净。村言谷语总是没日没夜地聒噪，村人、家人，还有些是前来打卦或请求做法事的人带来的。河谷里新近发生的各种各样的纠纷、打架等等，不断在上演。他总是认真地听着，并不去多嘴。他甚至想阻止别人的嘴巴，但那些嘴巴里的灵活之舌多么像蛇芯子，所到之处都留下了毒液。他想堵住扰乱修行清净心境的言语进入耳朵里，可是，他怎么也做不到，它们无所顾忌地渗进心里。更为可怕的是，在他进入禅定之境时，那些言语和人物有时会突然化成魔障出现在心底，挥之不去，令他苦不堪言。喇嘛懂得为什么圣者总是选择高山流水的洁净之地避开人群修行的道理了。

俄色的当家儿子竟然抛弃妻子儿女和自己的老母亲，跑到县城里去了。他与一个曾是别人家媳妇后被人家赶出来带着一个女儿的妇人住在一起了。那妇人在县城里用木板简单地搭了一个木棚，算是住房。不知道俩人是什么时候好上的。阿当久久不回家，家里人终于不放心了，他们担心他在异地被人谋害或者车子出了啥事。于是，几个表兄和舅子一同到云南去寻找他。阿当是带着家里捡松茸挣来的钱，到云南去采购而有去无回的。他们在异地寻找了近半个月，毫无结果。某一天，当他们陷入绝望时，一个在河谷开着小商铺的人与他们相遇了。商人问他们在干啥？他们觉得也无保密的必要，便将事情的来龙去脉告诉了他，并请他也帮着打听，如果遇到一定想办法带回来。商人说，你们在县城找过吗？没有呢，我们是从邻县绕道来的。商人说，两天前，我在县城里见过他，他与一个女人走在一起的。他们顿时傻了眼，他们怎么也没有料到他会在县城里出现。他告诉家里人是去云南拉货。第二天，他们急忙赶回县城。终于在县城里跟踪到他的身影。怕他见了他们就跑，白天，他们并未惊动他。深夜，他们突然窜进了木棚，俩人裸着身子慌乱地爬了起来，以为遇到了强盗呢。他们对俩人进行轮番毒打，令他好半天都爬不身来。那女人哭哭啼啼地告饶，说他是自己来的，你们可以将他带回家。阿当也最终表示愿意回家。第二天，他们回到了河谷。一时间，关于阿当的事件成为河谷经久不衰的谈资。几个月之后，一切已经变得风平浪静了。一年一度的松茸也捡完了，今年全家辛苦挣了近万元钱。村里几个亲戚便相约同去云南进货。虽然乡上有很多商铺，什么东西都可以买到，但是几家一同拉一车货回来，扣除运费，还是要划算得多。因此，这在河谷成为一个传统——那也是一个象征，县里的人看见定姆人拉回一车车货物，有点招摇过市的样子，便会说：定姆人今年又捡到钱了。这次，阿当将自己的蹦蹦车开上，说要修理后可以拉货回来，还带上自己的大女儿拉初。路上一边修车一边赶路，终于还是安全地抵达了云南的中甸。第二天，阿当说去修车，把女儿交给他们就走了。到了晚上，不见他回来。他们等到深夜仍不见他回来，便想，反正他也不是小孩子，不会迷路，自己睡吧。可是，第二天仍不见他的身影，他们开始慌张起来。拉初担心地哭起来："我阿爸咋啦？你们快找呀。"于是，他们满街乱窜，四处寻找，仍不见他的身影，后来终于在修车场里见到了车子，却不见他，修车店师傅说，我们早修好了，他怎么还不回来取？他们的担心开始变得有些恐怖起来：被人杀了？还是被人下了毒？或者与人打架，砍倒在街上了？接下来寻找的日子可以说没日没夜，他们找遍了中甸所有的旅馆，所有的娱乐场所，甚至走遍了所有的街道小巷，还到附近的城镇寻过了。正当他们绝望之际，有人问，他会不会把我们骗了，自己又跑到那妇人身边了？这时，几乎所有人都立刻反驳道，怎么会？有人辩解，除非他是畜生，女儿拉初还在这儿呢。然而，他们再也没有路子可寻了，便派一个表兄赶客车去县城试一试。不料，那人的说法竟然不幸言中：那妇人挽着他的手臂，俩人像夫妻似的走在县城大街上呢。当表兄出现在眼前时，犹如当头棒喝，阿当完全惊呆了，那妇人也发出一声惊叫，令周围的人都回过头来观看。阿当挣脱他的手臂转身就跑。见他从眼皮下溜掉，他狠狠地诅咒道，这个疯子，这个畜生！他给他们打电话，说已找到他，他又与那妇人好上了，让他们自己购物，拉回家乡，然后再说下一步。拉初听到父亲将自己抛弃走掉，恸哭不已。半个月后，他们再次将他俩从床上揪住狠揍了一顿，然后，坐下来与那妇人谈判，阿当吃喝住的费用由几家亲戚按女人的开价尽数给她，条件是她不能拆散了一个完整的家庭，再不许与他纠缠不休。那妇人倒也爽快：她并不需要他的吃喝费用，你们将他带走好了，她并没有缠着他，是他自己跑回来的。他们还是塞给妇人几千元，又将他带回了河谷。可是，一天深夜，他又失踪了，几天后有人看见他又出现在县城里。河谷人纷纷说，阿当肯定疯了。那妇人说不定是个魔女，会勾魂吧。那妇人床上了得，令他控制不了自己吧……一家人就这样陷入了痛苦之境。母亲后来的遭遇令人痛心。这也难怪啊，亲儿子都把她抛弃一走了之，媳妇会对她好到哪里去？恨都来不及吧。

拉珍和邻居为着修水沟的事情吵起来。拉珍怪邻居将水沟往房屋墙脚挖掘，引水要浸入房基下了。然而，邻居说原来的水沟本来就在那儿，为什么独独她挖时成心挑刺？于是，俩人大吵。邻居女人是个泼妇，气愤了竟然撩起裙袍，拉下里面的衬裤，将屁股对准拉珍污辱，嘴里咒骂恶毒的语言。拉珍冲上去就与她撕打。拉珍哪里是对手，最后哭着跑回家。她越想越气，她要男人与她一起去评理。幸而，喇嘛听到哭闹，在问明事情缘由后，将她训斥了一顿，这才让她变清醒、理智了。

不久，两家和好，邻家的男人将自己的女人打了一顿后，自己又亲自过来道歉。拉珍的气这才完全消了，她想，真是妇人所为，那是多大的事儿啊!

每天，俗世里的人们被各种烦恼和痛苦所惑，打卦或求做法事的人，总是不断。这使喇嘛安心修行念经的计划无法付诸现实。为此，他也变得苦恼起来了。

当喇嘛的心变得清净时，耳根旁又听说卡则村的俄色家的当家男儿抛下父母儿女与外村的一个女人私奔了……

喇嘛的眉头皱了起来。

人心里到底落了什么火籽？使人们变得这样欲火熊熊，驾驭不了自己？

满天飞舞的村言谷语终于把喇嘛扰得不得安宁了。喇嘛觉得自己似乎也像俗人一样正行走在夏天江河的波浪之上，时起时伏，时缓时骤，幽浮难定；又像是心里有了一锅水，难以遏制地沸腾。

3. 朝圣

那一段时间，喇嘛觉得自己心猿难伏，神思不定，修行的进展很慢。

在一次禅定中，喇嘛看见一个白人一匹白马，他们来到眼前似乎是在邀请自己，那白人的话语那样动听，仿佛莺歌燕语，当他们走到前面，似乎自己也要起身前往时，那白人白马化为一缕风消失了。喇嘛观想的心颤摇了一下，然后又变得像生了根的山体，岿然不动。当喇嘛从禅定中走出来时，他依然清晰地记得白人白马的形象。喇嘛明白那是当地的山神来了。

那一夜，喇嘛梦见自己孤身一人走在一条通往神山圣地的路上，他一路走走停停，一路顶礼朝拜圣者的圣迹：修行岩洞、石头上的足迹、手印——有些还是在陡直的崖壁上，圣者无碍地如履平地般走了上去，令人不可思议——有自然显现的佛菩萨的像，还喝了圣水。他后来又来到一处做法事的地方。在一尊巨佛前，正在举行法会。他被挡在佛身后的坡地上，当终于被放行可以到佛身前面时，僧人和信徒们开始围着佛陀像绕转起来。当他往佛的身后走去时，发现在佛身之后还有另一重天。于是，他走了进去，看到了传说是莲花生大师留下诸多圣迹和自然显现的许多经文、佛像的巨大崖壁。喇嘛走到小溪边仰望时，还见到了显现的红色五角星、铁索桥等图案。在自然天成的擎天之塔前——它像是从天而落，有一座山那样高，直直地矗立，大家跪拜起来。这是神灵的大地，能够处处寻觅到大师的踪影呢，喇嘛的内心极为欢悦……喇嘛醒了过来。见窗外天光还没有亮透。喇嘛从床铺上坐起来，打了一卦。那卦十分吉祥。

于是，当喇嘛念完早经，拉珍送来早餐时，喇嘛对拉珍说，他要出门朝圣一段时间，让阿朱做好准备，跟他随行。

当选定的吉祥日子来临时，由那匹白色的老马驮着东西，喇嘛和阿朱出门朝圣去了……

他们先去朝拜岗波岭，那是一片适宜清修的净地。他们沿定曲河向上，攀到被称为“山脊道”的定波牧场小道，再向东前行。在阿朱的执意要求下，在一段山路上，喇嘛骑着马走了一段路。喇嘛觉得自己在山头上还是累得喘不过气来——毕竟岁数大了。他们在牧场住了一夜之后，第二天到达岗波岭。在看见神圣格聂雪山后，俩人磕了等身长头，然后才开始烧茶，午餐后又一路膜拜而行。喇嘛因为有几年没来过了，一到这充满神灵的地方，心情变得异常的清爽起来。喇嘛告诉阿朱关于许多大德在此修行的传说，关于格萨尔王与姜王大战的故事。在噶玛巴和传说中莲花生大师也修行过的山洞里，喇嘛举行了小小的法事，然后打坐禅修。禅坐时，他感到了圣洞里巨大的加持力，仿佛有某种东西一下打通了心中难以说清的障碍和魔影，心思不再摇摆晃动了，内心感到雪水浇头流身似的欢然自在。心的定力像是生了根，不再那样无羁地奔跑了。如果不是阿朱说天要晚了，他还会静静地打坐下去的。他们还朝拜了传说中每一世噶玛巴出生时都会显现一个天然藏文第一个字母的石头，穿过地狱洞，还向上一直攀到神湖和传说格萨尔曾作法的石洞……再回到寺院时，管家已经回来了。他热情地接待他们，并让他们拜谒镇寺宝贝：母鹿角、心脏石和噶玛巴取出的伏藏品海螺。在雪山环抱的寺院中住宿的当夜，喇嘛做了吉祥的梦。那天，喇嘛早早起身，在念经礼佛完了之后，生火烧茶。阿朱想爬起来，却实在觉得困乏，迷糊中又睡着了。当他再次醒来时，喇嘛已把茶打好了。他很不好意思，咕咕噜噜地解释。喇嘛自在而兴奋，并没有责备他，反而说，年轻时都这样，睡不够的。看着喇嘛满脸的欢笑，吃饭时他禁不住问喇嘛，为何那样高兴？喇嘛并不回答，欢悦洋溢在脸上，看着阿朱探究的神情，只是说，吉祥，一切都十分吉祥。他们走出河谷，再穿越了三天的林草相间的广袤地方，其间，还路过几个半农半牧的村寨，终于到达东义，朝拜稻城的贡嘎岭寺。这里因为旅游开发，已经变得人流如水，吵闹的声音把千年神山的宁静打破了，奇怪的是人们把名字都改了，叫着什么亚丁，听起来藏不像藏汉不像汉呢。在神山出口处，设着栏杆，将人挡住，说要收门票。阿朱的脾气发作了，他要动手打那个只会汉语的人，幸而有一个当官模样的人来了，在问明情况后，将他们放进山里了。山道上，上山下山的人一批又一批，骑在马上的人摇头晃脑地欣赏着美景，牵马的是本地的农人，偶尔说着不伦不类的汉语，回答游客的各种稀奇古怪的问题，有的不知道怎么说了，一律地回答，我不晓得。我不知道。游客中有的一脸疲惫，有的却大呼小叫，十分兴奋的样子。喇嘛想在冲古寺前煨桑祭神，却被告知不准煨桑。他们朝拜了寺院之后，又先后朝拜三座神山。一路上，还遇到各色人种，包括那些蓝眼睛的白人和黑得发亮的黑人。本来打算俩人按中转围着神山转一圈，最后还是改变主意，当天回到了贡嘎岭寺借宿。在寺院里，他们遇到卖香的汉人，打听到原来寺院把卖香的活儿承包了出去，每年收几万元钱承包费。卖香的人按汉人的传统，在大殿口安置了一个巨大的香炉，整日里香烟缭绕。喇嘛的言语少了。他感到一丝迷惑和茫然，却又说不出个所以然。之后，他们沿硕曲河谷前往德钦的卡瓦格博。在飞来寺的路上，他们遇到一些刚朝山下来的人，看见喇嘛，他们纷纷让道，亲切问候，嘎阿特（辛苦了）。其中有一个老妇告诉阿朱，在修行洞里有一个年轻活佛正在修行，可以去拜见。面对神山，阿朱做好朵玛后，喇嘛又举行了一个小型的法事。这时，天空变得清朗高远，在神山前的山谷中，升起浓浓的雾带，雾越升越高，到达卡瓦格博胸前时散布开去，化成一个巨大的脚形停驻在那儿。喇嘛说，磕头吧，这是传说中莲花生大师的足迹，是极难见到的圣境。周围的人越聚越多，口诵“交松且”的，磕头的，此起彼伏。当他们朝拜完圣迹，准备下山时，阿朱说是不是去拜见一下那位活佛，既然已经来了，很多人说他打卦很灵呢。他已经打听到修行洞离飞来寺很近。喇嘛说好吧，便跟随他来到洞里。那修行洞很深很长，里面还有一个小小的法座。阿朱扶着喇嘛走了进去。当他们随着幽暗的光线，躬身走到活佛前，抬头而望时，阿朱嘴里发出啊的惊讶声，那活佛也是目瞪口呆，然后匆忙走下法座，赶紧扶住正欲跪拜下去的喇嘛。喇嘛问阿朱，你俩认识？阿朱不知道怎样回答了，唔，我，我俩……那活佛突然向着喇嘛跪了下去，一边磕头，一边痛哭流涕地说，是他们，他们说我是活佛，我说不是，他们也不相信，请求你们，千万不要说出去，求你们啦。喇嘛呆住了，这是怎么回事？那活佛胡乱把法座上的东西装进一个袋子后，匆忙地跑出了山洞。阿朱告诉喇嘛那个人是翁扎寺的一个扎巴，他们认识，不知道他怎么到了这儿冒充起活佛来了。喇嘛感叹道，根曲松（三宝啦），这是个什么样的时代啊？连活佛都可以冒充吗？然后，喃喃地念起经文来。那之后，喇嘛的眉头蹙得更紧了，那里深锁上一层愁云。下山的路上，老马的前蹄被尖锐的石块弄伤了。见马儿跛得越发厉害了，喇嘛便决定将马儿放生，把被褥之类的东西送给村里的一户人家，毕竟已经离家很近，只带些口粮就行了。当他们下山时，白马像是告别似的，突然一声幽长的嘶鸣，眼光向他们扫来，然后抖动身子，向神山方向跛着腿跑去……

喇嘛为白马祈祷，嘴里念念有词。念完了，看着白马远去的背影说，这可能是它最好的归宿吧。

一老一少两个人缓缓地走在又陡又弯的山道上……

4. 雪水潺潺

喇嘛发现自己已经能够将外部世界的影响挡在身外了，即使家人和来客絮絮叨叨地带来尘世的无穷烦恼，他都能将那些附在言语上飞翔到心里的烟尘魔障克服了，它们再也不会影响到他内心的宁静自在，相反，有力地增进了他的修行之决心和信心——人世的苦恼绵绵不尽啊！“若执着此生非修行者，若执着轮回难生厌离心。”对于身处各种苦恼和痛苦中的众生，他以慈悲和平常之心，给予他们良好的建议，消除他们心中的愤怒、妒忌、痛苦、贪婪，令他们降下心火，或者，尽可能将之覆灭，教会他们以慈爱之心相处，相互信任，不作恶，发善心做善事。来人大都能听进喇嘛的开示和劝告，嘴里啦嗦啦嗦或呀呀应答，当他们从喇嘛的经堂里走出时，大都心态平和，神情安详。可是，也有极少数的人回到村子后，可能是环境使然或自身并没有从心里听进喇嘛的劝告，还是仍然争执、生事。这使喇嘛听到后无奈地摇头或烦闷上一阵。当这样的人再次来拜见时，喇嘛还是会给一点脸色的，让来者战战兢兢，内心翻江倒海一番，然而喇嘛的劝诫开始起作用了。喇嘛听到后内心会像小孩一样甜润不止。作为一个修行者，这是他必修的功课啊，喇嘛发的是大心、菩提心，为众生解脱苦难最终成佛之心，而不仅仅是个人的解脱。

喇嘛的声誉在河谷村庄里日渐威隆。喇嘛却发现自己对修行成果的执着正成为可怕的障碍。外面的世界是个假象，无非是虚幻显现——它无时无刻不在发生变化，只是我们的肉眼难以看到罢了——而我们以为它是惟一真实的世界，因而阻止我们仰观到神圣，使我们不能纵观到内心世界的无穷景象。喇嘛认识到止观双运，我们才可能看到真相和本质。在无穷修行的漫长历程中，喇嘛终于把自己的心收回家，使心的定力日渐增强，自己也渐渐能够轻松地驾驭自己的心性了。这使喇嘛高兴起来，而且还有一点沾沾自喜。有一天，喇嘛早早地起床，在洗浴之后，一边念着经文，一边以一种优雅的姿势供水。将净水碗擦拭得锃亮之后，喇嘛用铜瓢接来净水，将手举高一肘左右，早晨刚接来的水亮亮地流注下去，似乎流水里还有不曾消散的月辉晨光，甚至还有朝霞的金黄色，串珠连缀般悄声地盈进容器里。看到净水碗要满盈时，喇嘛的手趁势一抬，水的珠帘戛然而止，水也恰好满盈了整碗，几乎一滴不多一滴不少呢。这时，喇嘛心想，我的姿态是多么优雅啊，连供水之举都这样恰到好处。突然间，喇嘛猛然觉醒般一激灵，啊，我是被“我执”捆缚了啊！喇嘛将铜瓢随地一掷，地板上响起当的一声，水流了一地，喇嘛又随势用手拨拉，所有的净水碗硿硿咔咔的混响，散落了一地。喇嘛没想到自己的反应会如此激烈。拉珍以为出了什么事，慌乱地跑来，咋啦咋啦？见地板上横躺着铜瓢和东倒西歪的净水碗，赶紧捡拾起来。喇嘛呼呼喘着粗气坐到垫子上，并不解释，见她捡完了，便说，你把这些洗干净之后，再把水供上吧。眼神里满是迷惑的拉珍出去了……

从那以后，喇嘛的修行又有了很大的进展。像登山爬梯，喇嘛向上走去。即使在次第观修中出现奇异的境相，有着良好的征兆，甚至本尊显现，喇嘛也不再执着了。

而喇嘛供净水时那番举止，在有一次与上师的交流中，自己讲给上师，上师听了，哈哈大笑，还赞扬他干得好，说，你的此番行为很像那位也被自己的举止迷倒而给菩萨撒了一脸灰的修行者呢。喇嘛的上师在给其他弟子开示时，把此举作为例子讲解，以警示“我执”，称它为“喇嘛格绒泽仁的供水之举”。

多年以后，喇嘛将心上的尘埃擦拭干净了，将那附着在它之上的层层欲望也剔剥刮削干净，将现象之链也彻底斩断，喇嘛觉得自己的内心越来越敞亮，越来越宽广，一种安详的光芒充盈了内心世界，无穷的景象在心灵世界中生、住、灭，但喇嘛没有了任何执着。喇嘛甚至饭也吃得越来越少，有时一整天不吃东西也感觉不到饥饿了。梦也不再混乱无羁，他能够进入光明梦了……然而，喇嘛没有执着，没有自大，一切都平常地来，淡然地去了……

那一天，喇嘛再次打开由莲花生大师亲自造的《直指觉性赤见自解》的经文，大声地念诵起来：

顶礼，觉性自明三身尊

我将开示《深法寂静忿怒尊密意自解》中《直指觉性赤见自解》。如是直指自己觉性之法，有缘善男子，应善自领悟！

三昧耶，甲，甲，甲。

唉玛火！一心之内遍含轮回与涅槃，它的本性无始即然，而你却不知道；明和觉从未有间断，而你却不认识；它处处皆无碍显现，而你却不了解。……诸佛讲说八万四千无量法门，除了觉悟此性外，过此说者佛未曾说。经典遍含满虚空不可计量，究竟教诲只有直指觉性三句话。此现量直指诸佛之密意，既无前行，也无后修，导入之法，即此而已。

吉火！有缘弟子且谛听！所谓心者颇为广泛传播而声响亮，但对此性不了解，或邪解，或了解片面，由于未能正确如实了解之故，产生了无量的宗派之学说。……现在为你直指进入觉性之法三要：过去之念不留痕迹而明净，未来之念未曾生起而鲜洁，现在之念住于当下心境不修造作，即是平常的觉了之心。……在一觉性之中，三身无别而完具。因它什么也不生，是空性法身；它的空性本光明亮，是报身；因它能无碍显现一切，是化身。……觉性是远离断常八边，不堕任何一边才谓之中道。觉性就是那觉念恒常不断，空性乃觉性之核心，是故称之为如来藏。若明了此义则超胜一切，因此又称它叫智慧到彼岸。……除此以外还有什么更好的可以追求？比如像在家中而外出追寻，即找到三千大千世界之顶亦无可得，除心而外别无佛可求。若不认识心而向外驰求，如身外去找自己，怎能找到自己，好比一个傻子进到一大群人中，为热闹的场面所惑，而忘失自己。由于不认识自己而去他处寻找，误认别人是他自己。同样，如果不知万物的本性，不知外境原来是心，而仍误入轮回，不见自心是佛，则障涅槃。……心性不灭，任何境界都能现起，虽然现起，亦如海水和波浪并无有二，在心性内解脱。……一旦觉悟此性，一切善恶当下清净，若不悟本觉，则所造任何善恶诸事业，皆是积累上升天界和下堕恶道的轮回之业。若是了悟自心空性本智，则全无善恶业之可得，如同虚空的空中积不了泉水，所以空性之中无功德与罪业积存之境。因此，要赤见自己的本觉现量，这赤见自解是何等奥妙！……

喇嘛念完经后，盘腿跏趺而坐，又进入禅定。天还未亮，一切显得寂静而清寥，空气中凉爽的气息使喇嘛感觉更加清晰而自在。当喇嘛进入深度的禅定时，一切境界开始变得透彻明净，赤裸鲜亮，如同冉冉升起的朝阳，如同皓月初上湛蓝的天空。断灭欲念，一切自成一体。喇嘛觉得像虚空般变得明净的心里，还有一层自己也说不清的细微障碍在束缚自己。他虔心向莲花生大师祈祷并观修。不久，莲花生大师披着云霞飘临，大师将右手中的金刚杵猛然向自己头上掷来，只听脑袋上咚的一声，他觉得自己突然醒觉一般明亮豁然，随即沐浴加持之水从头顶流下，像牛乳，又像潺潺雪水从高处流下，穿过骨肉经络，流遍周身，将整个躯壳洗涤得洁净清爽，仿佛突然消失，不存在了，变成了广袤的虚空，或与虚空本为一体，然后，无染无欲的法性光芒把虚空照得通体透亮，他看见了佛国，看见了佛菩萨生动显现，可是，他毫无执着，来的来了，去的去了，一切各得其所，一切安详自在，直见本性……心无碍无障，佛性之光朗然洁净，再也没有落下或断灭的时候了……

一切都瓜熟蒂落。那一天，喇嘛从禅定中走出时，有人看到喇嘛的屋子里充满了彩霞般的光芒，当喇嘛走到屋外，穿过青石铺就的院子，从村中走过时，遇到喇嘛的人都感到喇嘛身上有一种奇异的光环，有一种巨大的安详自在的加持之力，还有人说他身上散发出一种檀香味的法香，喇嘛脸上挂着清净自在无染的微笑，从此以后，那笑意再也没有从喇嘛脸上消失过，直到喇嘛圆寂时都这样。而喇嘛的双足踏过院落外的一块青石，足印清晰地留了下来，而且像踏在泥浆里，石头深深地凹了进去……

人们后来明白，虔心修行的喇嘛格绒泽仁开悟了……

耻

我是一个作家。我枯坐在家里搜肠刮肚，想写出一鸣惊人的文字。

新的一天，又在高原上降临了。然而，我的文字仍然没有一点进展。这使我更加苦恼。

丹珍阿妈望见窗外的天色暗了下来，便有些艰难地起身，关上木叶窗。夜色昏暗，天空中聚集着一堆堆乌云，似乎要下雨的样子。

儿媳妇回来后，丹珍阿妈对她说：“最近的天总是没有晴透的时候，让人觉着讨厌呢。”

儿媳妇从黄色的军帽下抬起有着黑斑的脸说：“阿妈，你是一个皈依了佛门的人，还能讨厌天吗？”

“嚯，你这样说倒也是个理呢，谁管得了天的表情？只是，我老是做一些不吉祥的梦，心里不清爽。我知道是不好的梦，但醒来却什么也不记得。想去卜卦都没有办法。”

儿媳哦地低声迎合。然后，又忙别的事去了。

丹珍阿妈还想唠叨，见儿媳妇出了门，就拉下电灯的开关线头，再坐回到灶旁的垫子上。

晚上，家人都回来了，村里的老人巴登来做客。一家人很热情地招呼。大人围坐在灶口闲聊村里的事，丹珍阿妈还与巴登交换佛法修行的看法，丹珍阿妈说她总是记不住新学的百字经咒，也许人老记忆也跟着钝了。

巴登开玩笑道："你读书本来就不好嘛。啥时得个奖励呢？我是获得过几尺布匹票的。"

丹珍阿妈咧开牙齿稀疏的嘴巴嚯嚯地笑，承认自己的智力有些鲁钝，说："桑登读书比咱们都厉害吧。"桑登是丹珍阿妈的男人，几年前因为脑溢血去世了。

巴登说："是啊。可惜也没能读完。不然成了干部，可以吃国家的饭了。"

"命吧。不然也不该走那么早的。"

儿媳做夜饭，打算烧一锅排骨汤。儿子勤快地给巴登舀茶，问老人是否喝一点青稞酒。巴登说自从皈依白玛活佛后，再也没有喝过酒了。儿子知道老人也曾嗜酒如命，便问老人不想吗？巴登就说还真是想，有时突然发现自己喝了酒，便吓醒过来，幸而只是个梦。

三个孙子见在老人们的嘴巴里听不到有趣的故事，就挤坐到碗柜前的坐床上，打开电视，选起频道，而且把声音弄得很大。儿子大声一吼，孙子们就把声音调低了。

关于电视，两位老人聊起各自的看法。他们不明白为什么年轻人对此如痴如醉，不就是一些人影子在上面哭天抹泪或打来杀去吗？而且，大家也都听不懂汉话的。

儿媳在灶锅里熬上骨头汤后，就给牲畜喂饲料去了。儿子也跟着走了出去。不久，从楼梯口传来像是磕碰的声音，似乎有人在拉扯。丹珍阿妈竖起耳朵听时，又没有了声音。

老人的话题又回到了童年时光。在捻动佛珠，喃喃念经声中，岁月像一条河一样流贯到眼下，又慌乱地向前奔窜而去。

丹珍阿妈问儿子："你们咋耽搁了那么久？也不陪阿木（叔

叔）坐着。”

巴登说：“客气啥？还用得着把我当客人吗？”

儿子说：“我去喂牲口了。现在的人……”好像想说啥，又很快换了口气：“畜生还真是畜生。”

儿子女人的脸黯淡下去，她埋首往灶孔塞上柴薪。

丹珍阿妈没有理会儿子奇怪的话头，巴登便谈起他们共同的上师，说是不久要到村里来。

丹珍阿妈说：“那我还得再学学百字经咒了。念得断头掐尾的，别说有功德，反生罪孽吧？”

“再学不会，就让孙子录下音吧。”

“他们才不管我这个奶奶呢。”把头转往孙子们。

“别吹牛！”大孙子从电视机那边大声地反驳道。

两位老人笑了。儿媳妇也笑了，见自己男人瞪过来，就把头扭向另一边。

太阳越来越热了。雪山的头冠也在点点融化。再这样下去，恐怕真要全部化掉了。雪水没有了，河水也该断流了，那田地就会遭殃。树木在毒日下蔫了枝叶，起风时，方才懒洋洋地摇晃一下。只有蝉儿一声接一声地嘶叫，更增添了某种燥热和不安。

公路下方的平地上，在山溪水流经处的高地上耸立着八座佛塔。这时，转经的老人们受不了热辣的阳光，纷纷躲到核桃树下的阴影里。看见丹珍阿妈远远地来了，有人交头接耳地说着啥，待她走近，向她热情地招呼。

“丹珍呀，今天可来得很晚啊。”

“这时候，太阳这么大，还不如在家待着呀。”

丹珍忙着一一应答，也不顾他们的劝说，转起塔子来，说转转再坐。

村里没有老人的活动场所，人老了也该为来世准备盘缠了，于是，这新建的塔成了老人们转经聚会之地，年轻人忙完家事也来转经，有些虔诚的人还围着佛塔磕等身长头。这水泥浇筑的佛塔修建得很不容易。年轻村长因为组织村民修塔而差点被撤了职。有得有失，却也赢得了村民的心。大家觉得这小伙子还是能够为村子办事情的。

丹珍阿妈不知道自己是不是敏感，她觉得老人们对她的热情似乎不同于往常，有些人还背着她叽叽咕咕。当她绕到转角处时，尚达阿婆赶快把头扭过去，而俯头说话的另外两个老人的目光也有些躲躲闪闪。

转了几圈，阳光亮晃，热力猛烈，汗水泌涌，脑袋晕乎起来。

于是，丹珍阿妈也坐到老人们中间，屁股下垫上一块硬纸板。

刚才那样有说有笑的人们突然没了话题。

寂静。蝉声。阴影。还听得见阳光呼呼的燃烧声，若有若无的烈焰，缠绕着佛塔在升腾。

丹珍阿妈感到某种异样的氛围。老人们的目光仿佛都凝注在自己身上。难道有什么事情或者我的脸上有啥不对的吗？

有一个阿婆打破了有些难耐的寂然，问丹珍阿妈：“你大儿子好几天没见了，还好吧？”

“好啊。每天都很忙的样子。人还能忙出啥呀？”

“是吗？我以为他出了门。”

“巴桑快回来了吧？”

“也不知道啥时候回来。说是代表寺院到几个乡的牧场去化缘。那得要很长时间吧？”

几个老人很快地交换了一下眼神。

太阳的热力依然不减，树木的阴影里有老人眯盹起来，还口流长涎，呼噜不止，引得老人们都笑了。

当太阳攀到山巅，老人们分手回家时，很多老人都说要来看望丹珍阿妈，丹珍阿妈笑着说，我有啥看的，又没病没灾的，但是心里仍隐隐觉得还是有什么事情发生了。是什么呢？不，或者，人老了都有些神经质吧？丹珍阿妈这样思忖。

接连几天都有老人来家里做客，这使家里的气氛融洽，感觉温暖。尘世的欢乐、童年的记忆都没有伤感地洇染开来。丹珍阿妈谈到自己的男人时也没有了伤痛，只是遗憾他去得早，说肯定是酒害了他，又说他的命本该如此，要走在酒上吧。晚上，梦到男人，俩人一起在割青稞，太阳很大，男人去取放在水沟里树下阴凉处的水壶时，总不见回来，喊也没有人应声，她有些心慌、不安地想：会不会被喜欢把人、牲口隐藏起来的“镇”藏了起来，那得赶紧煨桑才好啊。这样想着，天却黑下来。她惊慌地叫着男人的名字，跑回家。于是，嘴里喃喃念着经文醒了过来。丹珍阿妈的心仍在怦怦地跳着。她坐起来，拿起佛珠，念诵经文。不久，儿媳起身烧火。见丹珍阿妈披衣坐在铺上念着经文，便问道：阿妈没睡好吗？阿妈淡淡地回答说没有，又用心念经文。洗手净脸之后，就在陶罐里装上火籽烫灰，烧上“索”食，念诵虚空藏菩萨的心咒，希望所有饿鬼都能享用到这一食物。阿妈眼前便又晃动起男人的身影，想：难道他还没投胎人世吗？

儿子、儿媳和孙子们都走了之后，丹珍阿妈摁灭连接电板上的开关，电视机尾巴上的红眼也跟着消失了。最小的孙子邓珠每天一起床，第一件事情就是打开电视，然后手握那个“板子”调来换去，令电视像个不断眨眼的人一样难受。丹珍阿妈不明白，人们明明听不懂汉语，却这样痴迷地盯着屏幕，没完没了。她闹不明电视为何对人有那样大的吸引力，仿佛它有勾魂的法力。自从有了电视之后，家人难得一起围在灶旁聊天，更别提一家人一起念诵经文了。所以，有老人来做客，丹珍阿妈觉得很幸福。岁月里的记忆物事悠悠地浮上来，让人生出很多感慨。她看看灶口，柴薪都塞入灶口，不会掉到木板上来了。她关上柜门后出门。拉上门，把锁链挂上，转身缓慢下梯，前往村口转经。

走到村口，儿媳妇慌张地跑来，说阿妈，你别去转经了，白玛活佛来看你了。是吗？阿妈吃惊而又高兴。活佛上师来了，她有不少关于念经和修行的疑问呢。儿媳说她先去烧茶，在裙裾啪啦啦响动声中跑回家。阿妈侧身站在路边，不久，儿子和侍从跟在活佛两边，身后又有不少村人相跟着，远远地来了。走近了，阿妈顶礼。活佛笑眯眯摸顶之后，停下脚步，问候阿妈的身体状况。儿子催促说，阿妈，快回家再说吧。阿妈不满地瞪儿子一眼，活佛见之笑了。于是，活佛走在前面，人们跟随，回家。又是一阵忙乱。

活佛再口授一遍百字经咒。阿妈仍然记不住。

跪坐另一边的儿媳妇插嘴道：阿妈，你让你儿子录下来吧？——仿佛在说另外一个人。

儿子就拿眼剜女人。女人眼里闪过一丝惊恐，扭过头去。

活佛侍从说：你拿手机录下来吧。

活佛点头应承。儿子摆弄了一阵说可以，活佛再念诵了一遍。

丹珍阿妈不放心，但儿子的手机里已经传出活佛的声音了。

“丹珍呀，你的记忆‘稀稀拉拉’哟。”活佛亲切地说。

大家都笑了。“稀稀拉拉”是一个村人学汉语的说法。意思是“不行”。如同“难为你”说成“陋你”一样，都是经典的段子。

阿妈说：“现在好了。我念得掐头断尾，怕生罪孽呀。”又问儿子：“你给我弄妥了吧？别给丢失了。”

活佛说：“机器厉害吧？”

丹珍阿妈笑了，便唠叨起孙子们被电视勾住了心魄的种种举动。

听过之后，活佛问起阿妈关于修行上的事情，并说人的心是修行钥匙。人身难得。讲起佛经中关于盲龟与木孔的比喻。那故事说，海底有一只盲眼乌龟，每百年升到海面一次，有一副耕地时套在牛肩上的木轭在海面漂浮，获得人身如同升上海面的盲龟恰好把头钻入木轭孔一样困难。活佛再三地向阿妈说，不管怎样，不论遇到什么事情，心都要放下，放下了，离佛法就近了，心也就清明了，智慧日渐滋长。人生有三大苦八小苦，苦因来自于自己往昔的业力，造了孽，心中忏悔，多做善事，累积功德。儿媳往下拉一下帽檐，起身去取柴火。儿子盯着母亲的脸。母亲虔诚地低头听着。

活佛讲完了，有人笑道："丹珍阿妈，你好福气啊，活佛来看你，还讲经说法。你看，我们都沾了你的光。"

丹珍阿妈感激地看着活佛，连声称谢。

活佛说："弟子不来看老师，只有老师来看弟子呀，哈哈哈……"脸上漾开笑意。

丹珍阿妈便哦嘍哦嘍地感慨自己的身子不争气，上不了山。

这时，带着疑问的村人，请活佛打卦开示。

随后，丹珍阿妈问起关于梦到男人的事情，问会不会男人还没投胎。

活佛笑问："你看我有那样的神通吗？"

所有人都笑了。

活佛说："梦是空的。你勤烧'索'食，对所有亡灵都好。"

活佛要走了，又笑眯眯地看着丹珍阿妈说："我今天讲的经，都记在心上了吧？别像地上的画，雨水一来就没有了。"

丹珍阿妈说："仁波切，记住了，记住了。"

“把心放下吧。”起身时，活佛又叮嘱道。

“哦呀。”

天蒙蒙亮，丹珍阿妈起身了。人一老，瞌睡就少，睡意也浅淡。她似乎隐约听到隔壁房间里传来嘤嘤的哭泣声，但又怀疑自己老了出现幻听，便没放在心上。当她走近房门口时，真切地听见儿媳说：“你干脆打死我吧，呜，呜呜……”伴着压抑的哭泣声。儿子在吼叫。丹珍阿妈的脚步停在门口，喊儿子的名字，问一早俩人吵闹啥？房里的声音猛然停住了。儿子大声地说没有什么，很快就起床。阿妈又问那媳妇哭啥？儿子大声地说：“阿妈，她在唱山歌呢。”阿妈想象着儿子坏笑的样子，也笑了。看来没什么大事情，俩人只是拌拌嘴吧？

丹珍阿妈从屋顶煨完桑下来之后，见俩人都在忙活，虽然儿媳脸色阴郁，但看起来像是没有什么了不得的大事。看见儿子出了屋门，丹珍阿妈就问：“他打你了吗？”“没有，阿妈。”“那你哭啥？”“只是一点小事，你别操心了。”眼里却闪着泪花。“早晨就哭泣，家的福运都会流失。多不吉祥。”“嗯。”丹珍阿妈心想：我下次得问问儿子。最近儿子的脾气变得有些暴躁，说话也总是绕着弯儿，带点刺棘。

这天中午，三个孙子放学回家吃饭，邓珠突然问丹珍阿妈：“奶奶，为什么阿爸总是打阿妈呢？”

丹珍阿妈呵斥道：“小孩子别乱说。啥时候？”便想起早上的事情。

小孙子邓珠申辩道：“我都看见几次了。”

丹珍阿妈就问什么时候，她怎么不知道。邓珠一一说出。

丹珍阿妈便问两个大孙子，俩人赶紧摇头说不知道。又拿不满的眼光瞪着小弟弟。

邓珠低眉埋首，嘴里咕噜道："我又没有撒谎。"

丹珍阿妈的心感到疼痛，脸色变得阴沉了。

吃完饭的长孙女起身时对小弟弟叫道："你这个小孩子，该把你的嘴巴撕烂。"

小弟弟转头躲闪开要扯自己头发的姐姐的手。

晌午，丹珍阿妈正想出门转经，自己男人的弟弟次登来了。

于是，俩人坐下喝茶。次登说是来坐一坐。

闲聊中，次登感叹世风不古，人心里像住进了魔鬼，什么样闻所未闻的坏事都在发生。说村了里某家的公公竟然钻到儿媳妇的床上，父子俩闹得如仇人一般，某家的小伙子疯子一般整天追着自己妹妹，某家的小僧人与嫂子公开地住到一起了，听得丹珍阿妈啧啧叹气，说人怎么不顾廉耻，变成畜生一样，又感到像在听另一个世界的故事似的，生出某种莫名的恐惧。

"三宝啦！这就是末法时代的乱象吧。啧啧啧。"

次登说："是啊。现在当个守戒的僧人真是不易。"

"关键还不是自己的心呀。"

"现在的电视里也不教好的。亲来搂去的，一家人都没法一起看了。"

丹珍阿妈说："我可从来不看。哈哈，看，也是瞎子在看，啥都不懂呀。"也讲起孙子们一有空就围着电视机，魂儿像被电视里的人勾了去。

次登突然说："丹珍啦，让巴桑还俗吧。"

丹珍阿妈怀疑自己听错了，问道："你说谁？"

次登硬着"铁心"道："你的小儿子巴桑呀。"

丹珍阿妈倏忽间觉得自己周身的汗毛都竖立了起来，心怦怦怦跳乱了节奏："巴桑，他咋啦？"

"他破戒了。你别紧张，白玛活佛不是让你把心放下嘛？你是皈依了佛法的人啊。”

“拉萨觉伍（佛祖），我的巴桑不是说去化缘了吗？原来这一切都是假的？是骗我的？他现在在哪儿？”丹珍阿妈的声音里已经带着哭腔，泪水汪汪地泌涌而下。

次登终于把真相说了出去。眼睛紧张地盯着丹珍阿妈的脸。

丹珍阿妈脸上泪水横流，身子抖颤着，当最后听到与巴桑相好的女人名字时，阿妈一阵抽搐，昏厥过去。

次登扑身向前，扶住了缓缓瘫软的身子，喊道：“丹珍啦，你不能这样啊。”于是赶紧用指甲掐人中。

有一天，我一进一品茶楼，就听到有人大声地喊道：“作家，你过来。”

越过茶客们的头，我看见临窗边坐着胖胖的汪杰，旁边还坐着两三个人。

我招呼一下伙伴后，向汪杰走去。

汪杰说：“作家不坐在家里，跑到茶楼里来收集故事啊？”

我笑笑：“我就是来找你，让你从这个胖肚子里倒一点故事呀。”

汪杰：“我还真有新鲜的故事。只怕你写了发不出来呢。”

“什么故事？”我真的感到了好奇。

汪杰扭动身子，坐直，深吸一口烟：“可惜什么稿费都没有。”

我笑着说茶钱算稿费得了。汪杰说：“也行，算给我面子，作家嘛，万一某一天成名了，我也还算有功劳啊。”

枪声从窗口密集传来。在枪声中，母亲从容地为儿子熬好了酥油汤。儿子埋头吃着，母亲凝眸深情地看着儿子。砍、砸大门的声音不断地冲击着耳鼓。

母亲说：“你就把剩下的吃完吧，我的儿子。我再也不能为你做饭了。”

儿子的泪水终于憋不住地涌出眼眶，又簌簌地落进碗里。

儿子说："阿妈，我要你发誓，你要好好地活着。"

"我答应你，我的儿子。我还要为你天天点灯、燃索食啊。"

这时，又一颗子弹打在灶头，泥屑纷飞。

大门打开了。仇家怎么也没想到母亲竟然牵着儿子的手，赤手空拳地出现在众多枪口面前。

"你们不是要我儿子的命吗？我把儿子带来了。"

枪口沉默。嘴巴们在大口喘气。太阳停住了脚步。

"我儿子终于替父亲报了仇。理当一命还一命。但是，我请你们格桑大家族的人们，长着男根的男子汉，看在我这个即将成为可怜的孤寡母亲面子上，请让我儿子自行了结自己的生命吧。"

"你这个魔女，别想耍花招。你儿子再也逃不掉了。哈哈哈……"

母亲再次哀求。男人们再也不吭声了。

母子俩由枪手队押着走向了大河。

金沙江浊浪翻滚，嘀嘀地发出巨响。

桥面上，母子再次深情相拥。儿子背上的石板猛吸着毒辣的阳光。

扑通，儿子跳进了河里。

"再也没有上来。"

一片沉静。只听到呼吸声时缓时急。

"这是你编出来的。"为了打破压抑沉重的气氛，我首先开口道。

汪杰笑了。看来，他已经走出那个故事，回到了现实里。

"真的。"他说，"这是前天才发生的。"

"哪有这样……这样……"我没有找到一个恰当的词语来表述自己的思想，"……的母亲？你总是——"

我起身走掉了。

“稿费噢?”汪杰在身后喊道。

“我还没有要你的精神损失费呢。”我大声地抗议。

丹珍阿妈醒过来时，心里只当自己是在做梦。她无法相信，不愿相信，这样让人无法启齿的事情，竟然发生在自己家里，发生在自己的眼皮底下。当她看见次登紧张地看着自己，嘴里说“你终于醒过来了”时，立即明白那些事情并不是发生在梦里，而是真切的实事。儿媳妇跪坐在面前，泪水迷蒙的双眼凝注在丹珍阿妈的脸上，丹珍阿妈看见她，像个猛醒的狮子突然发现有人害了幼崽一般，扑身上前，双手抓向儿媳妇：“你怎么能这样?你怎么能这样?你这个女鬼!”儿媳低着头，任由母亲捶打。肩头、脸颊和脑袋上，指甲留痕，拳头咚咚地敲击。儿媳的黄帽滚落到地板上时，盘在里面的辫子垂落下来，母亲猛地攥住辫子，又用力拉扯过来。

儿媳妇哭泣着，并不躲避：“阿妈，你打死我吧。我就是个女魔。魔鬼附在我身上了。”

当儿媳顺着辫子挨近母亲把头抵在阿妈胸前时，阿妈再也拽不动了。阿妈大口大口地喘着气，泪水噗噗泌涌：“我好好的僧人儿子，被你拖到污水里了，你让我们家族蒙羞带耻，我们怎么见人啦?三宝哟!”

儿媳妇不断地诅咒自己，说她愿意下地狱，请母亲一定要保重身体，都是自己一时鬼迷心窍，希望两兄弟当家，家就能兴旺了，阿妈，我让家人背上了耻辱，你打死我吧。

为了家，为了兴旺，你还好意思说，你让我小儿子以后怎么生活?一个破戒的僧人，一个抢哥哥媳妇的男人……

母亲又举手捶向儿媳妇：“你这个活鬼，滚出我的家门!”一气未接，又晕厥过去。

这时，村里的亲戚们来了。

当丹珍阿妈酣睡过去时，次登说：“你们谁都不说，只好由我来当这个罪人了。”

丹珍的大儿子阿多低下头去：“叔叔，是我无能，没管住婆娘。”

现在究其根由毫无意义了。次登说：“我们能瞒到什么时候呢？总有一天是会知道的。那时候，不知道你阿妈能不能挺过去。我怕出人命呢。”

众人无声。

次登问：“巴桑会没事吧?”

“叔叔，你放心吧。一个连哥哥媳妇都睡的人，不敢丢弃自己的性命。”

次登瞪着阿多：“你也是个心像石头的人。我担心啦!”

阿多从鼻孔里发出哼的一声，表达对弟弟的不屑和轻蔑。

丹珍阿妈在梦里又受着折磨，眉额蹙皱成一团。华发下的脸更加充满了苍凉的气息。

次登说：“阿多，你们到底要怎么办？父亲也不在，你要拿定主意呀。”

阿多苦笑：“老婆的想法是让弟弟也还俗，留下当家。”

“这么说，是你老婆勾引的吗?”

“谁知道？或许是俩人都有这样的想法。”

“女人的心真难测度啊。你女人看起来老实的样子，也……”

“我对她说‘我不是牲畜。我没脸这样。如果你俩当家，我就出门吧’。”

“唉。遇到的啥事？人都疯了!”

丹珍阿妈时醒时睡时哭时而呆滞地过了几天。

“我不喝茶。”

“我不吃饭。”

她总是这样回答。

黑寂的夜色显得幽长。灯光刺目。白昼可怕的光亮。人声鸟鸣都显得荒诞不经。有时，深夜，丹珍阿妈突然惊叫着醒来：“我要见我儿子巴桑。让巴桑回来。”

留下来一起看守丹珍阿妈的次登说：“巴桑快回来了。”

“巴桑，我的儿子，好好的僧人不当，何苦往人世的苦海里跳啊？谁让他成了疯子？”

“丹珍啦，你一定要想开些。现在这时代，还俗的僧人还少吗？到处都是诱惑和陷阱呀。”

“但是有与自己嫂子的吗？啰啰，阿底家族的人就算走空了，笑话还会留在世上。”

次登也管不了遭口罪，向丹珍阿妈说起别人家发生的类似事情：阿木家的公公竟然去睡儿媳，被儿媳臊了脸；下母家的儿媳又让某个僧人破了戒，等等。

“人难道可以不顾脸面，像牲口一样地活着吗？呜呜……”丹珍阿妈有气无力地哭起来。

“大家都在担心你。”阿多说。给母亲递上一碗热茶。

丹珍阿妈的眼窝深陷，双颊更突出了。她咽下一口茶水。

“都怪我。是我这个母亲没有当好。”

“这哪能怪你?！你要为一家人着想啊。”次登说。

“让巴桑来见我。他到底去了哪儿？或者，还有事瞒着我?”

“你放心吧。他好好地正从外地往家中赶路。”

“好好的？他还能好好的？已经都成这样了。”

“如果你仍这样，白玛活佛说亲自来看你。”

“交松且。我还有脸见活佛？”

“村里的老人都争着要来看你呢。”

“你们还是让我去死吧。我没有脸……”

“丹珍啦，你要想开一些。对于造过的罪孽，人只有去面对，忏悔，恕罪，还能有啥法子？”

丹珍阿妈想起村里老人陆续来家里做客、活佛专门来看自己、儿媳的饮泣之声，以及小孙子的疑问，所有的事情像画面一样，一经串联，意识便豁然清亮了：原来，只有我一个人像傻瓜一样不明真相，蒙在黑暗中，无知无觉哟。这时，一束温暖明亮的光照进了母亲幽暗的心底：所有人都在担心我啊。

世界已是物是人非。

然而，亮洁的阳光，轻柔的春风，鸟儿的鸣啭，都变得更珍贵了。一句温暖的话语，一碗滚烫的酥油茶，一张热情的笑脸，都在微暗的背景中，显得越加明亮可人。

事件晾在阳光之下，罪恶的面目可疑而虚幻。人心都被审判过了。

当丹珍阿妈慢慢地康复之后，她念经、修法更为勤勉了。她把罪责背负在自己的身上。

这一天，丹珍阿妈决定走到人群中，来到阳光下，与老人们一同绕塔转经。她渴望与人交谈，而且，她要自己首先把事情捅开。她还要感谢大家的好意。

丹珍阿妈刚走到院门口，巴桑迎面而来，猛然抱住母亲，把头埋在母亲怀里，放声号啕：“对不起，对不起，阿妈。”

巴桑把头更深地往母亲怀里拱着。

“对不起，阿妈。我是个畜生。”

丹珍阿妈嗫嚅着双唇：“是阿妈不好。是阿妈没当好。”

巴桑哭得越发厉害了。

母亲的眼泪淌过脸上的沟壑，滴落在儿子的乱发之中。

“儿子，答应我，你不要再逃离了。”

丹珍阿妈终于把枯萎的手放在儿子的头上，摩挲着，艰涩地笑了。

“咚——”一个黑色的人影跳进了岁月的河里。

河面上缓缓漾开一片涟漪。

我的电脑吱吱颤抖。一行行文字又在苏醒。

我的灵魂在城市阑珊的灯火中孤单远行……

生命密码

阳光下，溪水的声音听起来有一种欢畅的意味。草原绿莹莹的，充满了恬静而又勃勃的生机。鸟类的鸣啼像多彩的音符飘浮于天地之间。

在葛托神山附近，那一条草原沟口，我随那草坡而下时，遇到拉措从草径上来。我停住步子，向她问候。她神采奕奕地说她要到神山上去，因为白玛活佛在神山上修行，她要去送一点糌粑和人参果，顺便自己也转转神山。她背上背着一只皮口袋。她问我一天到晚四处浪荡，像无家可归的人一样，到底在干什么？我说，我找不到自己的魂，不知道掉到哪里了，想把它找回来。我说这话时表情肃穆。拉措以怜悯的眼光看着我，那你要请活佛做法事把魂勾召回来啊，这可大意不得。我呵呵傻笑。拉措在村寨里算得上是一个不擅言笑又有些愚笨的人，因此，时常被人蒙骗。村寨里，许多人喜欢开玩世不恭的玩笑，以此来取乐游戏。当然，一般都是无关紧要的话题才敢开玩笑。你这孩子，这可不能开玩笑。拉措表情转变为嗔怪。我说，那有用吗？我自己搞丢的，别人怎么会知道呢？拉措说，怎么会不知道？你这个孩子，赶快请人做法事吧，我也给你母亲说说。好好，看着她有些急躁的样子，我答应道。我再次装出一种落寞而又无赖的样子，让眼神变得迷惘，把遮阳帽拉下来盖住额头，嘴角挂上一丝浅笑。拉措转身离开时又叮嘱道，你要记住啊！我答应着拉措，向着顶贡草原走去。

假期里，我回到机日村时，遇到的拉措完全是另一个面目。那时，她的妹妹去世没有多久。拉措头发凌乱，脸色幽黑，神情凄苦，眼窝深深地凹陷进去。我招呼她时，她抱着我的肩膀哭起来。我口拙，不知道怎么劝人，只说，阿姨别哭，这是没有办法的事。拉措终于停止了哭泣，对我说，侄子啊，到阿姨家里来坐一坐吧。我并不是拉措的侄儿，只是村人为了表达亲切之情，通常都会这样唤晚辈。拉措汲完水，躬下身，桶带勒住肩头，腰上挺着木桶，晃悠悠地回家了。据母亲说，妹妹的去世对她的打击实在太大，那一段时间，只要遇到村里人，她都禁不住哭一次。大家都十分同情。可是，人死了，活着的人又能怎么办呢？听说，拉措还长跪在白玛活佛的经堂里，一定要请白玛活佛明示妹妹的去处，令活佛很为难了一阵子。活佛说，我的修行境界不高，还没有这样的无碍神通啊。然而，拉措怎么也不答应。她说：请你行行好吧，活佛怎么会不知道？我天天都梦到她，我总觉得她还没有离开，她还在我身边呢，活佛，请你明示吧，再看看我还能为她做什么。活佛没有办法，见她跪坐在那儿不起身，便说：那好吧，我尽力而为，你过两天再来。拉措哪里会等到第三天，第二天傍晚她就来了。看着拉措的执着劲头，活佛既同情又感到有些力不从心。活佛笑容可掬地问，你怎么提前来了？拉措磕完头，说，交松且，请你不要生气吧，我昨天又梦到妹妹了。梦到什么了？妹妹对我说，让我赶紧去找你呢，所以我就来了。活佛说，噢，昨天我翻了卦书，也托了梦，依着梦兆，这样，你为寺院捐一根柱子吧，你妹妹会投生人道的。看着拉措满意地走了，活佛内心感到欣然，又盘腿坐直，念起超度的经文……

这一天，拉日一边挤奶，一边禁不住神思恍惚。她觉得这一天里发生的不可思议的事情，那样鲜活，令她一时理不出个头绪来。

拉措来时，他们家正在修牧场上的定居房，她在背草饼和石块，男人曲丹在屋子里架钢炉。看门狗吼叫得很厉害。正在院落里玩耍的三岁的儿子唐科看见拉措，显出兴奋的样子。他跑去拦狗，然后牵着拉措的手，将她引进屋子里。拉措是拉日父亲的妹妹。她端来一盆酥油和奶酪来看望他们。刚砌房时，她也来帮过几次忙。在草原上，修定居房子往往断断续续修上一二年才能最后告竣，毕竟那只是临时的居所。最初修建时，拉日有了身孕，如今儿子都能跟跄走路，房子还没有完全修好，需要做一些修补。看到唐科如此懂事，拉日十分高兴。拉日和男人停下手上的活儿，赶紧烧茶，与拉措寒暄。唐科却忙乱开来，他到处翻腾，找东西。曲丹说，你干啥呢？唐科不理他。他终于找出一件自己的衬衣，披在拉措的肩上。拉日禁不住笑起来，大人怎么穿得上你的衣服呢？拉措装出穿上衣服的样子，眼看唐科，谢谢我的孙儿。唐科说，我是你妹妹。这下轮到大人们目瞪口呆了。你说什么？拉措问道。孩子还是说，我认识你，你是我姐姐。唐科偎坐她身边，一副十分亲热的样子。莫非是妹妹的“转世”？想起孩子的种种样儿和白玛活佛说过的话儿，拉措这样想到。唐科说，我要跟你去噢。好好，拉措说。小孩子站起来，又开始满屋子找东西。不久又拿出一件衣服和一只鞋子送给她。拉日说，我们也是不明白，儿子曾断断续续地说过，她先去的是哥哥家，见没人拦狗，也没有人理她，她看见我在赶牛回家，她就跟着我来到这儿了。她说的是中阴身？拉措问。拉措想起姐妹俩生前的浓情蜜意，不禁热泪盈眶。妹妹生前最关心和挂念她，每次她到妹妹家，妹妹总要给她送东西。“你孩子多，生活困难。”这几乎成了她的口头禅。拉措抱起唐科，搂在怀里，禁不住哭泣起来，眼泪长淌不止：“是我妹妹真的投胎回来了?!”

那天，孩子执意要跟她走，她既欣慰又痛苦，内心翻江倒海。她是哭着跑回家的，连盆子都忘了拿回去。

我在顶贡草原上漫无目的地游荡。饿了冷了钻进帐篷。围着任何一家炉灶，我都能喝到一口热茶，吃到香喷喷的糌粑，甚至还能喝到一碗酥油汤。吃饱喝足后，看到天晴了，我便又开始浪荡。翻过一浪浪草丘，走过一道道林草相间织成的绿色“五线谱”；面向苍穹睡在溪水边，或躺在巨石板上，有时大声吼叫，有时唱歌，有时漫无边际地想象。在空阔清幽天地相融和谐的世界里，我的声音是那么清寥无力，我的遐想更加荒诞，那些快乐飞鸟的鸣啼比我的吼声还传得更远，也更清凉。据说，草原上放牧的人们曾这样对话：

夏超家儿子在找什么呢?

不知道啊，疯疯癫癫的样子。

会不会有事?

能有什么事?在我那儿喝下了一整碗酥油汤。

……

只有拉措肯定地告诉他们，他的魂儿丢了!

别人听了哈哈大笑，他还能丢了魂儿?看他那狡猾的样子，还能……

拉措说，真的，是他自己说的。

那他还不去找人勾魂回来?!

当我在草原上游荡累了之后，我在拉日的帐篷里又睡了七天。我打算，当我从疲乏中缓过身心之后，再到神山上去住一段时间，然后回到河谷的村寨中，安心等待开学收假的日子。我之所以浪荡，是因为我时常感到身心分离的痛苦：一方面，我像个看家狗一样被职业拴紧，另一方面，我的灵魂从来不曾安分过。我对拉措说的虽然是玩笑话，但是的确隐藏着某种无法对人诉说的苦思闷绪。最后离开的那一天，我慵懒地起床，洗漱、吃饭。拉日似乎难以自禁又像是自言自语地讲述道，我有一个奶桶钩，角上断了的。有一次在绑腰带时，被唐科看见了，说那是他的，被他抢了去。我猜他的前世有这样一个奶钩。他经常把奶钩放在身边，或钩在手指上玩耍。晚上睡觉时，还放在枕边。有一次，“她”的另外两个儿子也被他认出来了，他高兴地说来了儿子。他们骑着摩托车。他跑上公路，没追上，哭泣着回来，说他们不理他。有时，我们问他前世的事情时，他会断断续续说一些。他说他的大儿子叫次扎，是个出家人。有时，我打他时，他也会调皮地说：“我是你姑姑，你不要打我。”我想他投胎到我这里是因为他前世时对我很关心。看见我辛苦地收拾牛粪，又里里外外忙碌时，他总会说：“我来帮你收拾。”有一次，他还说他就是来帮我做事情的。

听着她的讲述，我的耳朵终于像兔子耳朵似的竖立起来。我的灵魂也像被谁猛然一击，还把内心某种柔软的东西触碰了。

唐科？你们那个儿子？是拉措阿姨妹妹的转世？

是的，他肯定是。

转成男身？

啊？

当我离开时，我特意走到溪水边去看唐科。他正专心致志地做着游戏：搭一个泥土的房子，在房子周围挖一条水沟，因为溪水无法引到岸上，他就用手掬倒进沟渠，再把掐来的花朵栽种在房前屋后。他在构建自己的房子呢。我把他揽到怀里，认真地看他的眼神。他的眼睛清亮，汪着水光，却并无什么异样。孩子挣脱了我的怀抱。我问他，你是拉措的妹妹吗？孩子并不搭理，自顾游戏。我觉得有些无趣，又觉得自己可笑。

当我走出草滩时，唐科仍在埋头做着童年的游戏。

唐科是拉措妹妹转世的消息很快传遍了整个村庄。许多人跑来看个究竟，仿佛活佛转世般轰动一时。连白玛活佛都找拉日家人和拉措问询。听了他们的话，活佛说，有些人在三四岁的样子能清晰地记起前世的事情，到一定的时候，前世的记忆就会完全淡去。甚至县里的电视台都来拍摄了——虽然他们是断然不敢播出的。

大姐卓姆说，我和妹妹拉措去他家时，狗叫得很厉害。孩子跑出来牵着妹妹的手进屋的呢。他还对妹妹说，我寄养的奶牛还在吗？我很惊奇，什么奶牛呀？孩子说，脸是白色的。妹妹当时就哭了，说，在的，以后还给你，你和父亲一起来吧。我完全不知道冬恩在她家寄养有奶牛呢。

拉措对电视台的人说，冬恩嫁过两次，第一次生有一个儿子，就是次扎，次扎先是当了扎巴，后来还俗了，还俗是在冬恩去世之后。第二次再嫁，丈夫叫洛贝，生了四个儿子，两个女孩。冬恩是因为结扎手术失败而去世的，那年只有三十九岁。我十分伤心，眼泪都滴到酥油灯里了。我经常梦见她。我们家做了许多法事。白玛活佛说，只要我能供养一根佛堂里的柱子，她会转世到一个亲戚家。自从我捐了柱子后，我不再梦到她了。唐科认出了我，说他是我妹妹，还要给我东西，要跟我回家，那时他才刚会说话的样子，走路也踉跄。我是哭着回来的。有一次，我带姐姐买了糖又去看他。他肯定是妹妹的转世。我很欣慰。

曲丹对村里人说，他根本不理我，把我当成一个陌生人，我抱时，他要挣扎，也不跟我睡。他只关心前世的那些亲戚。她的第二个丈夫是在法会上认出的，儿子牵着他的手过来，说："阿妈，洛贝在这儿。"洛贝因为打架脑子受过伤，头脑不是很清楚。儿子还常说他要骑马去公公家。公公已经八十岁了。那时家里有两匹小马，后来都死了。儿子便不再提起。据说，她生前曾发心要为公公举行隆重法事的。

儿子次扎说，他第一次看见我，有点不认识，跑过来看后，又跑过去。说：我大儿子是出家人。那时我已经还俗。后来还是把我认出来了。他还说"她"有一匹红马，你有没有见到？她生前时常爱骑着这匹红马回娘家。我认为他是我母亲的转世。

母亲说，拉措自从认定唐科是妹妹投胎回来之后，整个人完全变了。她内心的灯盏似乎被点燃了，脸上终日挂着笑意，仿佛再也没有了烦恼之事。人也变得能说会道了，逢人就爱讲妹妹和唐科的事，又怕人不相信似的强调说，轮回和因果是千真万确的呢。同时，她皈依了白玛活佛，开始学经求法……

而我继续着我的流浪之旅。我像个流浪狗一样穿村过寨，在这村住上一阵，那村住上半月，有时串亲戚，有时与村里的小孩子一同玩耍，在别人眼里，完全是一副没大没小没心没肺的样子。我百无聊赖的心境依然没有改变。像是脊梁骨歪斜了，终日慵懒，了无生机。我甚至有些羡慕拉措他们。我所学的太多知识似乎于事无补，让我的空虚生长出无助感。我发现尽管自己在学问上胜于他们，而他们似乎在精神高我一筹呢。当我准备闯到神山的修行洞去时，母亲病重的消息撵上了我的脚步，这样，我急急忙忙地回到家里。这时，我的内心感到深深的歉疚和不安，也泛涌起真切的爱之泉水。看着我回来，母亲高兴地笑了，病也像跟着好了一半。儿子病，母亲也病；儿子好了，母亲也就好了呢。

我为母亲取药时，问白玛活佛：人真能转世回来吗？

活佛反问我，爱是真实存在的吗？

因为爱而转世？

宇宙天地间，火可以熄灭吗？

那么，爱是生命的密码？

想到活佛又会反问而不正面回答，以及俩人捉迷藏似的问答方式，我忍不住哈哈大笑。

活佛又笑着考问我，你认为没有阳光天地万物可以生长吗？

我也学着活佛的口吻反问，难道天地万物生长仅是靠那点阳光吗？难道没有答案的答案也算是回答吗？

我俩相视而笑。在我们的笑声中，窗外的阳光抖动如银色的绸缎……

幻影三章

杀死巴登

高原的杀手们仍然喜欢使用刀具，把刀锋磨砺得又亮又薄，把发丝放在刀刃上，用嘴巴一吹，轻柔的发丝轻轻一滑，就被削成两截，从两边坠落下去；能够把从帐篷天窗里射进来的光线砍断，令光柱好半天都接不上断头；能够劈开一颗颗饱满的雨滴，让雨滴像鲜花一般飞溅成五彩的细沫；能够让刀子穿过人的筋脉骨缝，自由游动，可谓杀人不见血。而杀手的训练也因地制宜，把牛粪和垂柳枝丫作为训练工具，把牛粪剁得整齐划一，能把柳枝砍成随心所欲的地步。还有一种古老的杀手，沿用巫术和咒语杀死仇家。

我是另一类杀手。我不使用任何工具。我只用自己的秘密武器。杀人见血，在我们的业界是会被当作笑柄的。

一位老僧人手举一把长刀说：“你为何还不走？你来此有何目的？我一定要杀死你。”

我问：“你有什么能力？”

他扬扬得意地说：“你看这是不是神通？”说完，纵身跳到半空，盘腿而坐。

“再看，这是不是神变？”他又跳进河中，像鱼儿一般自在游动。

“再让你瞧瞧我的神变。”他又钻进河岸的白色石崖里，出来后，用手指在石壁上胡乱写下几行文字。

我说：“神通没有什么稀奇，任何鬼神都有神通。连苍蝇的飞行能力，对于人来说，也算得上是神通呢。”

“我是人，不是鬼神！”他气呼呼地说。

我哈哈大笑，用右手的两根手指打了一个响亮的榧子。

他惊惧地一跳，然后，瞪视我，半天不说话。

他最后说：“你还不离开的话，我今晚就杀掉你！”

我说：“我发誓：我不走！我是来此定居的。我从来没有听说过幻形的鬼神能够在梦里杀人。”

说完，我猛然跳起身，擒住他，先夺下刀子，再把他提溜着甩到土包之下。

他像一缕风一般瞬间起身，张牙舞爪地向我袭来。

我举全身之力，向他挥拳一击。

他仰面倒在地上，鼻血淌了下来。

我重又上前，用拳头再次击打他，然后用嘴巴使劲咬他的血管。我的嘴里立刻涌上了热辣辣的鲜血。我捡起他的刀子，用刀子把他的头颅砍成四瓣，又吮吸了他的脑髓。

我自己也不知道哪来那么大的嗔恨！

他苦苦求饶：“不要杀死我，我发誓不再害你。”

我说：“那你发誓不再害所有的人。”

“我发誓。”

他发完誓，恢复成一个老僧人的形象了。

原来是村里的巴登老人。他是在文化大革命时被迫还俗的。当时代步入可以重新信佛修行之后，他又披上袈裟回到寺院里。

他埋首致礼之后，转眼间，像风一样飘逝而去。

第二天，桑登来电话："我把巴登杀死了！"

"谁？"

"村里老人呀。"

"你怎么会杀他？"

"我在梦里把他杀掉了。"

我哈哈笑出声来。我想起自己的梦境，梦中你死我活的打斗情景。

"你怎么杀的？"

"我把铁镢扎进了他的心脏。"

"哦。太狠了！"

——看着消失的老僧人，我继续观修：我把他的四肢用铁钉钉在石板上，再把降魔金刚杵插进了他的心脏。这时，桑登出现在巴登消失的岔路口。我灵机一动。

"但老人真的死了。我刚得知消息。"

一股冷风钻进我的心里，我仍大惊失色："这么快！"

"你到底与老人有什么仇怨，非要杀他不可？"

"你说什么？我尊敬他还来不及，能有什么仇？"他的语气显得焦灼不安。

"无论如何都有一个动机。或许，你在潜意识里仇恨老人。"

"潜意识？哪来的潜意识？最多老人对我是有成见的。"

"什么成见？"轮到我心急了。

"他的二女儿是我的情人，我曾答应娶她。但……"

"怎么了？"

"但最终嫁到外地去了。她的婚姻并不幸福。"

"哦，我知道了。因为这个原因，你杀了他。"

“我怎么杀了他？我是说梦中而已。”

“梦中杀人更加可靠！你想避开所有的人嘛。”

我听到他在电话那头竟然呜呜地哭泣起来。

“你最好去自首吧！”我斩钉截铁地说。

电话那头只剩了电流的声音。

“到底是谁杀死了老人？难道我真能逃脱干系……”我全身的每个毛孔里都涌出恐惧。我再次哈哈大笑，笑过之后，泪水从双眸里委屈地流淌出来。放下电话，我禁不住低声哭泣。

“杀，到底杀是什么？需要杀什么？用什么形式杀？能杀什么？谁又杀得了谁？”然后，我自问自答，“仅仅取对方的性命才是杀吗？杀有无穷无尽的方式。影子可以杀灭，精神可以杀光，前生后世也可以杀掉！什么都杀了，就解脱了！”

我一时陷入迷乱癫狂之中。在惶恐里，似乎听到一串脚步声正在逼近我的房子。敲门声就要响起了。

窗外，呜呜的警笛声令人失魂落魄地划破长空，呼啸而来……

在瑟缩发抖中，我自言自语：“我要矢口否认。一切都是桑登所为！没有谁看见过我杀死巴登，杀死巴登……”

一滴水

巴桑从沙地深掘下去后，终于看见了一滴饱满的水。他用叶片轻轻托起，供奉在一个透明的杯子里。尽管感到十分饥渴，看着水滴嘴巴更馋，喉结无数次上下滑动，吞咽的动作一个接着一个不断上涌，而且眼前幻觉纷飞：自己一会儿置身于一条清澈的河中，一会儿坐在蓝色的湖边，一会儿把头埋进了流动的雪水，但他只好忍受，任凭双眼喷薄出贪婪的欲火，把全身都要烧焦了。看得累了，他就走开。为了分散自己的注意力，也为了那个莫名的虚荣，他还挨门逐户敲开村人的木门，让村人都来参观这滴水。人们已经完全忘记干净的水是什么样子了，他们仔细地看着，然后喃喃交谈，仿佛大家都置身于一场幻梦里：

“哦，这就是水啊!”

“这哪是水滴，是一颗珍珠吧?”

“嚯嚯，你见过珍珠?”

“没有看过但听过呀，耳朵可是用来听的。”

“那你听见过水声吗?”

“怎么没听过，但我快要忘了。”

“你听，那水珠在歌唱。”

众人像兔子一样竖起耳朵聆听。

于是，许多人在心中感应到一条潺潺流动的溪水的声响。

众人的心神安驻在水声中片刻后，巴桑推搡吆喝着，把他们赶出家门。因为他知道，让村人待得久了，这滴水的命运将危在旦夕，而且极有可能引起发一场昏天黑地的打斗。他看见众人的眼中开始出现越来越盛的火焰了。那火焰一旦熊熊燃烧，会把自己和别人都烧尽。

他锁上门，尾随村人零落的身影来到村外。

那条“河”像一条腐烂的死尸躺在山脚下。污浊的各种垃圾、人马牲口的尸体，令人生疑的发出黑亮绿光的植物藤蔓，断枝败叶，它们把所谓的河面完全覆盖、遮没了。许多人家全家老少站在河边，想方设法清除河面的各种杂物，再掏挖出一些乌黑的液体，舀进木桶里。那浓黑绸缎般的液体一进入木桶，见了天地，便散发出更难闻的气味。有人转身呕吐起来，有人捏住鼻子，有人干脆闭上眼睛，难过得满额皱纹挤缩成了一块核桃壳。有些人家等待着那液体沉淀后出现一点清浅的水面时，开始燃起柏枝，用烟火熏烧，希望通过洁净烧熏，神灵帮忙，一家人能够吃上一点干净的水。有的人家更为聪明，把装满液体的锅架在火上烧沸，在最初的黑烟烧尽之后，果然飘升起几缕白色的水汽，于是全家人争相把头聚拢过去，张开嘴巴，让水汽一解干渴之苦。完全受不了煎熬的，有人跳进河里，但河面只是抖了几抖后，一切复归平静，那人仍然渴死在河面上，只不过又增加了一具新尸体罢了；有人疯了；有人拱进河床下，再也没有出来。有的小孩子，挖出一碗液体，不管不顾地喝下去，很快，肚腹绞痛，人在地上翻滚不止，不久，大睁双眼，双手扼紧喉咙，面目可憎地死去。尽管各展其才，施尽了各种法子，这个村子还是陷入了饥渴的苦难岁月。

村人没有法子了，先是男人们开始钻进山林，用石头打麻雀，用火铳打野鸡，下套子，捕猎大体形的野兽，一段时间里，村人的生活开始好转，这些飞禽走兽的肉可以吃，血水能够解渴。但是，很快，新的窘境又来了，长翅膀的都飞离了这块区域，腿脚灵活的也迁徙到别处去了。村子及其周围，再也听不见鸟叫的声音，再也看不到一只动物矫健的身影了。村子一片死寂。

不久，村人又想出了新的招数。奶牛、奶羊、母猪的乳汁成了解渴的惟一源泉。大人们把这些动物的四脚捆绑起来，然后大人小孩子轮流拱到乳房下吮吸。最初一两次的心满意足之后，有奶汁的家畜看见人们惊惧地逃散。

有一天，达姆家的男主人一早起来，呼天喊地地吼叫起来。

“谁，谁把花母牛害成这样?”

家人下到底层的畜圈去看，只见奶牛的乳房血淋淋地淌着血水。

“哦，三宝啦。这可不是个好征兆。”他的女人说。

女人回过头去看，只见自己最小的孩子正悄无声息地从梯子上趴身而下。看到孩子眼里惊恐的目光，女人立刻明白了这么回事。

“你到底做了什么啊？”

小孩子的眼睛躲避着阿爸目光里的凶狠，他扑进阿妈的怀里：“阿妈，我渴得要死了。可是，它没有奶水了。”

“没有奶汁，它还会再生出来嘛，你怎么就啃了？”

小孩子吓得哭起来。一哭，眼睛里滚出两滴清亮的泪珠。阿妈立即俯下身子，一边安慰孩子，一边把泪珠吸进嘴里。那两滴水吞咽下去后，舌头还在嘴巴里满意地咂吧了两下。

男人把恶狠狠的目光向母子俩射去。

每个家庭都在演绎这样的故事。这些产奶的动物们，一看见人影一听到人声，举蹄扬尾逃窜。而有些人家，开始一只接着一只宰杀家畜过日子了。家畜里聪明的头领看见人类开始有计划地杀它们，便趁着深夜开着院门的最好时机，带着子女们逃进了山林。

忠厚的母马、公马和看家狗留了下来。然而，人一旦没了法子，便向它们下手了。从来不吃马奶的村人开始挤马奶喝，马奶哪会够一家人的吃喝呢？家人就又取它们的血液当水喝了。不久，村里的家畜也绝迹了。干硬的狗皮在主人的屁股下咔咔咔地呻吟着。

村人的日子越发艰难了。哪里能找到一点水源啊？

在毒日的焦烤之下，十余条蛇从死河里游上岸来，向着村子匆匆进发。这群蛇看见灰溜溜的村人，依凭闻到的气味以为是同类，便吐着芯子高兴地爬过去。众人突然睁大眼睛，嘴里啊啊呜呜地呼号叫嚷。现在，他们连自己的语言都要忘怀了。蛇群一看见村人眼里的火焰，立时明白自己进入了死亡阵地，便赶紧转身逃散。哪里还有它们的生路？村里的男人小孩扑上去踩踏、摔打、啃咬。小孩子们被刺激得活蹦乱跳，嘴里呼叫着，手脚并用地蹂躏柔软的蛇身，几番挣扎，群蛇死光了。很快，蛇身蛇血消失在村人的肚子里了。

村子再次陷入了死亡一般的寂静。村子上空升不起一缕象征人间烟火的炊烟。

每当有一户人家里响起哭声，那一定是那家人在等待自己的眼泪了。然而，终于还是到了山穷水尽的地步：再哭也滴不出一滴泪水了。连重复利用的尿液都变得无限稀薄了。

有一天，俄村家的孩子死了。这是那家人的说法。但是村人没有看见尸体下葬。按照过去的传统，村人都会去帮忙，并且请僧人做法事，再择日子确定方位后入土安葬。

村人发现，俄村家人的气色红润了许多。

死人的事件接连发生，但已经没有哀伤的气氛了。相反，每户人家各怀心事，心知肚明地把日子熬煎下去。炊烟又若有若无地飘到半空中。

五彩的太阳光出来了。皮包骨头得不成人样的巴桑把玻璃杯捧出屋外。透过杯子里的那滴水珠，他看见了五色的彩虹。他懒洋洋地躺在垫子上，面对太阳，透过水珠和玻璃闪动的五彩光芒，他想起了五方佛的光芒，嘴里开始祈祷西方的净土。

村人哀伤落寞地来了，聚集在他的院子，像是有人事先通知了似的。

他疲惫地笑一笑，把玻璃杯递给离自己最近的人，然后，大家相互传递，让每个人都能用心地看上一眼，都记住水滴和“水”的名字。

这时，一位同样枯瘦的游方僧飘然来到院子里。众人让出一条道。

僧人从最后一个人手上接过杯子后，像巴桑一样，对着太阳，眯缝双眼，宁静地看着。此时，村人的神色显得安宁。仿佛人人都找回了自己，成了一个真正的安静的文明人。

在众人平缓的呼吸声中，僧人不失时机地以缓慢的语调开示庄严净土。

时光又像水一般轻柔淌动。

人心里生出春夏和秋冬。

开示结束。僧人露出悲悯的笑意。

有人从僧人的描述中回落到严酷的现实境地。那人瓮声瓮气地质问：

“那净土在哪儿?”

“在遥远的西方。”

“怎么走?”有人接着问道。

“乘着信心的光线走，瞬间可以抵达。”

“嚯，嚯!”有人叫道，“骗人的家伙!”

“不，我为什么要骗你们呢？净土就在我们的心里，地狱也在我们的心里！每个人都是自己的主宰。”

“那你带我们走!”有人眼露凶光吼道。

“带我们走！带我们走!”众人跟着吼。

“我要喝水！我们要水喝!”很多人边喊边向着僧人逼近。

见处境危险，僧人缓步退身，打开院门，像影子一样悄然消失在外面。

这一天晚上，传说，村人辗转难眠。村子幽深的寂寥里，有一种不真实的空洞感。

第二天，天雨下来了。家家户户用各种器具接取天上的甘霖。然后，站在雨水里，任雨水冲刷身体，任雨水淌进焦渴的躯体，任雨水安妥污迹斑斑的灵魂。

那场豪雨之后，太阳再次变得毒辣，它依然用焰火暴晒村庄。

于是，有人疯了。那人每天设法拽住光线——窗格前与天窗中的光柱，向上攀爬，而结局是：他重重地摔倒在地。被截断的光线已接续上了。

那一滴水终于消失了！巴桑没有号啕大哭，也没有去扰动村人，他只是感到了深深的寂寞和无情的打击。至于那滴水是蒸发的，还是被非人吮吸了，这已经变得不重要了。但他分明听到从远方传来的滔滔河水声。

巴桑把密闭的玻璃杯端到阳光下，在阳光的暴烤中，玻璃杯也因为干燥而爆裂了！村子是在爆炸声中猛烈抖动而惊醒过来的。

村人扶老携幼地离开了。

有人说，在迁徙的路上，村人之间发生过杀戮、吃肉、喝血等悲惨事件，在即将抵达一个有水的地方之前，村长把自己的妻子杀掉、烹煮，在全村人共享饕餮盛宴后，他本人疯了。他裸身跳舞，每天说着“吃人吃人”的疯话，却从此过上了不吃不喝的日子。他还不断讲述神山、河流开发得到的一沓沓钞票藏在山洞里的故事。他笑着说，我们全村人几生几世都吃不完。又表演村里他睡过女人的种种情色姿态。村人面无表情地看着村长。现在，人们连笑的力气都没有了！

最后一批村人，在巴桑的带领下，来到了密集烟囱喷吐的烟雾把天空笼罩，吞咽的食品令人七窍生烟的大城市里。

他们看到城市里乌黑的河流，立即伏下身子埋头猛喝；见到水龙头下清亮的水柱，咬住水管头再也不愿放了。许多人因为暴饮死掉，其余的人纷纷住进了医院。为此，城市里的媒体还发起一场声势浩大的“拯救村民”行动。村人这才知道：城市也缺水，原来，河水和水龙头里流出的水都是不能喝的。干净的饮用水说是从一座深山里运来的。在城市里过了几个月不见天日的日子之后，村人终于决定还是离开。他们要到有山有水也不那么酷热的地方。城里人排成长队前来相送。

那一天，红彤彤的太阳高挂在城市上空。

村长说："火，火，火球！"

村人请求好心的城里人收留村长。

城里人笑着说："多他一个不算多，我们精神病院的条件好着呢。还有人要留下来吗？"

村人纷纷摇头。

巴桑代表村人表达谢意，最后再三解释说："看不到山水，见不到太阳和月亮，生不如死，我们都会疯的！"

村长又跳又唱："哈，哈，疯子，人人都是疯子！"

众人笑了。

巴桑领着最后的几个村人前去寻找水源。他发誓，他千真万确听到了一条河水的召唤。他们逆行于小车如密密麻麻的甲壳虫缓慢蠕动的高速公路，再走上几天几夜之后，下到一片树林，穿过树林和丘陵，最后向着一座矮小的雪山进发。

终于有人惊呼看到了一条蓝色的河。一条彩虹辉映的山坳出现在远方……

众人喃喃：

"水，水！"

"河，河！"

"水声，水声！"

也有人说："家，家乡！"

巴桑瘫软在地，嗫嚅道，这是真的吗？真的吗？还是咱们在一场幻梦里？

他的眼里泌淌出几滴清亮的泪水。

他用一片绿叶把泪水接住！他想起了那滴饱满的水珠。是它支撑自己和村人走到了今天啊！

传说，那位游方僧又回来了。那时，村子已成为虫蛇野兽的乐园。它们的生命力似乎比人类更为坚韧。那位僧人用兽语讲述流变的规律和所有生命、自然万物同为一体、共生共荣的教法。动物们因为从祖辈嘴里听闻过村庄里相互残害、杀戮的悲惨遭遇，所以对僧人的教言总是心领神会。他时常从“一滴水”的故事起头。这位智者还循循善诱，慈悲与智慧是人与一切非人必需的双翼，缺少任何一翼，都会堕落！一条花蛇仅仅因为这最后一句教言成为仙人，与僧人同时传道开示……

无头阿妈和三个儿子

——仿写之作

一位阿妈没了头，一个人走着，寻找她的三个儿子。

因为没了头，寻找儿子显得很困难，或者说，远非她的能力之所及。

村庄和街面上的人看见没了头的阿妈，都吓得惊叫起来，然后纷纷逃窜。也有极少的胆大之人，透过门缝或窗隙窥视，并根据衣着和茫然行走的脚步猜测这位阿妈到底是谁。但是没有人想到这位阿妈就是自己的邻居和最为熟悉之人。

没了头的阿妈四处瞎走时，狗、牛、马也都惊恐而望，然后撒开四蹄逃散。

没头的阿妈一路叫着三个儿子的名字（没了嘴巴，我不知道她是怎么喊出声的），继续走着。因为也没了眼睛，当她感到夜色降临时，无头妈妈怕三个儿子找不到自己，便让滴淌的鲜血淌成一条血路，当冒涌的鲜血跟不上脚步，无法从血脖子根上涌出时，妈妈干脆用手舀出血水，接续上断头的血路。因为浓郁的血腥味，这位妈妈做这事情倒未能将她难住。于是，在她身后，一条隐约的血路向着黑夜伸延而去。

无头阿妈的头也在焦急地寻找着自己的身子和三个儿子。

守家的二儿子劳作回到家不见阿妈，先在前后院和村庄里寻找，但始终不见阿妈的身影，当他来到村外看见一条血路时，迎面相遇的人告诉他有一位无头的阿妈正在寻找自己的儿子，二儿子想到那可能是自己的阿妈，便哭天号地沿着血路奔去，并不时嘶哑地哭诉："大哥和弟弟回家，不见了阿妈，我如何向他们交代啊?！呜呜……"

这一天，也是巧得很，多年离家学佛法的大儿子和在城里当官的弟弟也都回家来了，三兄弟在路口相遇了。阿妈的二儿子先扑进大哥的怀里，大哥平静极了；二儿子再扎进弟弟的怀里，弟弟脸上掠过有些嫌恶的表情，似乎在说：你没看见我身边有这么多部下吗？成何体统？老二擦去泪水，向兄弟俩哭诉阿妈失踪的事情。可能觉得家丑不可外扬，弟弟挥手让身边的人走掉了，黑色的轿车悄无声息地滑进浓黑的夜色。

于是，三个儿子呼喊着阿妈的名字，顺着血迹找去。老大神情恬淡，嘴里不时念诵着经文说："无常，这就是无常。"老三说："丢人，真丢人！"并躬腰擦去地面的血迹。只有老二大声地无所顾忌地叫着阿妈的名字，并眼泪哗哗地告诉两个兄弟这么多年来自己守在母亲身边的辛苦。

阿妈喊着三个儿子的名字，走在前面。

三个儿子喊着阿妈的名字，走在后面。

到了某处，阿妈听到了儿子的声音，儿子听见了阿妈的声音。三个儿子向前跑去，终于找到了阿妈。可是，阿妈的头没有了！

虽然没有了头，阿妈仍然试图安抚他们，用母亲的胸脯和还能动弹的双臂。

阿妈问儿子们："可在路上看见我的头？"

他们说："没有。"

"头怎么掉了？"老大问。

"掉了？头怎么可能掉？"

"被人砍了。"

"用什么？"老二问。

"斧头。"

"谁？"老二问。

"你们的阿爸！"

"可怜的人。"老大说。

"畜生！"老二骂。

"疯子！"老三吼。

"为什么砍你的头？"三个儿子几乎齐声问道。

"因为他觉得我配不上他。"无头阿妈将脖根转向大儿子。

"众生平等。"大儿子说。

"他嫌我吃太多饭食。"无头阿妈将脖根转向二儿子。

"食物都是我找的。"二儿子说。

"他嫌床上我占了他的地方。"无头阿妈把身子扭向三儿子。

"他没有资格嫌这嫌那，床是我买的。"三儿子说。

此时，天空突然电闪雷鸣。三个儿子抬头仰望，连无头阿妈都将血脖子抻直了。一场暴风雨眼看就要袭来。无头阿妈说：

“你们没有看见我的头吗?”他们摇头。无头阿妈看不见他们摇头。趁着短暂的平静，无头阿妈滔滔不绝地表达对大儿子和小儿子的思念之情，并让他俩坐到她的面前，分别用左手和右手深情地抚摸，当然，难以掩去对二儿子的不满乃至愤恨之情，说他没有本事让自己的阿妈在人前风光在家吃饱喝足。阿妈最后欣慰地说，你俩回来了，我的好日子也该到了。

说完，无头阿妈哭了，脖根的血水汹涌而上，胸口的收缓急骤起来。无头阿妈和三个儿子知道时间不等人，再耽搁，阿妈就要没命了。

“难道你没有神通让阿妈的头恢复到脖子上来吗?”

大儿子说：“我没有神通，果报是没有办法的。”

“难道你的权势不能让最好的医生接好阿妈的头吗?”

小儿子说：“我能，但是你的头在哪儿?”

无头阿妈知道对二儿子不能抱什么期望。况且自己的愤懑之情仍蓄积在胸中呢。

“我去把头找回来。”二儿子说完转身就跑。

“你回来。”无头阿妈叫道，“你就是这样冒冒失失、莽莽撞撞。”

无头阿妈面前，三个儿子商量分头去寻找阿妈的头，谁先找到都通知另外两个，让阿妈坐在原地等候。

于是，三个儿子分头跑去。

第三天，大儿子看见阿妈的头长在一只猪的身上了，人头猪身的它正在狂奔猛逃，身后跟着许多挥舞各种器械的人。

大儿子明白，被砍后的头颅也一直在寻找身子，当骨碌碌滚动的头颅遇到某户人家正在杀猪，当猪头被砍下的当儿，已经绝望的阿妈的头便跳上去，咬接在猪身上了。

当三儿子来到一个村庄时，猛然遇到一只牛头人身的怪物从路边窜出。身后跟着吼叫的人群。

三儿子认出那是母亲的身子。

二儿子在自家门口，撞上醉醺醺的阿爸时，怒从心起，狂叫着扑上去，将阿爸的头从脖子上拧下来。阿爸的身子在地上蹦跶不止。

二儿子拎着阿爸的头，叫着阿妈的名字，跑着去寻找阿妈的身子。

他想，实在不行的话，就用阿爸的头接上阿妈的身子好了。

他不知道，人面兽身或兽面人身的新鲜种群已经出现在人世间了！

我是一头正在老去的藏獒

我是一头正在老去的藏獒，毛发稀疏，瘦骨嶙峋，耳朵耷拉，脚步蹒跚，视力模糊，更为忧伤的是我没有亲人。每当我摇晃着身子走到墙根晒阳光时，路过的人总是无视我的存在，他们的目光望向远处，脚步匆忙走过。有时，我来不及躲避，那些人眼里立时露出鄙夷的神色，用脚一踢，我就倒身在地，或者，踢飞到一米开外——这当然要看他们的脚力了。他们的鞋头尖锐地击打在老朽的肋骨上，令我痛入骨髓，这时，我难以自禁地发出一声悠长的哀音：“啊噫——”只感到身子轻巧地飞了出去——如果我还处在青年时，即使腾空飞起来，我也不会发出任何懦弱的声音，我会在空中及时调整自己的姿势，然后稳稳地落到地上，像一座雪峰岿然不动，同时早已做好了进攻的准备。而今我老了，只能忍辱负重，将屈辱压在心底，任泪水孤独地淌下脸颊，任路上的灰尘喝下我扑簌簌下落的泪滴。我无限忧伤地望着那些高傲的人离去，他们把冷漠的背影丢给我，令我在漫长的黑夜中梦魇不断。我已经不记得从什么时候开始，人类把我抛弃了。遥想古老的岁月，人类和我们是多么亲密啊，我们像兄弟一般相互照应，像亲人一样相互守护。我的祖辈时常向我讲起人类与我们族类相伴相携走过无穷时空的史诗——真的，那称得上是史诗呢，那样豪迈壮烈，那样柔情似水！连雪山和河流都唱起赞颂的歌声，还把我们的故事收藏起来，讲给年年新生的雨水和花朵，连我的后辈们都听过它们布韵扬音的诗歌和散文哟。当来年的花朵凋落时，花朵们也将歌声带入泥土，安详的，自在的，也是孤傲的，而雨水把我们的故事带入溪流汇向江河，或升到载歌载舞的云朵上，带到更为遥远的海洋包围的国度，我们的祖辈曾随铁骑到达过的各人种生活的地方。可是，现今，面对那些冷漠地将我们像一块无用的破布一般抛弃的人类，我又能说什么呢？我只能仰望他们高傲的脸庞，甚至还得乞求他们给我一钵温饱的食物，让我蜷在房角或可怜地躲藏到圈养畜群的底楼。在那里，我有时还得躲藏少主人无情的飞脚，看见他到来，我赶紧摇晃着身子躲开，嘴里忍不住发出乞怜的声音——我真是讨厌自己这样无耻的哀叹，然而，像是本能反应，那声音总是从嘴里不由自主地溜出去。女主人虽然不踢我赶我，但是，那对我熟视无睹的样子也一样令我无比伤心，有时更痛彻心肺。什么时候，我们从人类的视野中淡去了呢？我不知道。我有时诅咒自己早点死去，可是，那样多的回忆让我最终抑制了自戕行为。不是我没有胆略，更不是我留恋这可厌的人世，而是，我总是想找到自己的亲人，哪怕是最后的一位。我曾经从一块高崖上纵身跳下，可是我最终醒了过来，我拖着满身伤痛的身子又回到了村子，整整过了一年半载，我才恢复过来，直到今天，我身上的两根断肋骨还想冲破皮囊，想到外面的世界里吸气呢，每当天气变得阴郁时，它更让我隐隐疼痛；我还从桥上跃进夏日汹涌的河水，任水流卷裹而去，我还大口大口地喝进了许多水，或许我命不该绝吧，当我醒来时，我发现自己蜷身在岸边的沙滩上，不知道在此度过了多少天。人说狗有九条命，我疑心这说法是有道理的。半个月后，我逆流寻道而上，终于回到村子。在村里，遇见的头一个男人是扎西，他见到我冲口而出的竟是这样的话：“噢，这条老狗还没有死。”听了这话，我恨不得再次撞头自杀。我知道他们在等着我死去呢。那些野孩子又闹又叫追着打我。你没有看见过这样的场景：一群孩子有的扬着手臂甩打石子，有的举着棍子追逐，在满天的尘雾中，一只老狗拖着一条跛腿，一瘸一拐地逃跑，拖着长舌，那喘息声如雷轰鸣，又像一辆破车，似乎很快就会散架塌落，我嘴里因为挨着了石块或棍棒而发出阵阵哀音，而他们仍不放弃，一路追逐，踢、打，几乎令我累昏倒地或要被打死了。好在最后关头，我遇到了一位好心的阿婆，她吼叫着将他们驱赶，说我是她家的狗，狠狠地骂那些孩子，阿婆的凶恶相把那些孩子镇住了，他们赶紧逃走。阿婆走到我身边，嘴里说："可怜的狗。"伏下身子，用手捋顺我头上凌乱的毛发，然后在自己的裙怀里摸索了半天，才找到一块红糖，将那指头大小的红糖赐予我。老人说话时，我用感激的眼光看着这位救命恩人，想与她再多一些交流啊！可是，老人似乎也很忙，她看不懂我眼里的语言，很快转身离去了。在河谷黄昏的天光中，我把身子蹲坐在后腿上，久久地望着老人越走越远。我想表达我衷心的感激之情啊！然而，直到老人消失于土碉楼的村寨中，她依然没有回身望过我一眼。那一夜，我睡在野外，手里捧着那块糖，睡得很香很长；那一夜，我又一次梦见了母亲，梦见了父亲，也梦到了广阔的草原。我猜测阿婆怀里揣的那块红糖，是要送给自己孙子的。当太阳光暖融融地把我晒醒时，我怀里的那块糖落到了地上。我用心地把它捧起来，用舌头慢慢地舔舐，也把阿婆的恩情一点点地咀嚼、回味，这对我来说是无比美好的新一天的开始啦。当我再次回到老主人的屋子里时，看到许多人抬着老主人下楼来了。啊，我的主人也瘦了老了。人也一样在老朽啦！我对着主人大声地招呼。主人从担架上微微侧过头来看我。有人大声吆喝。我只得又逃开了。主人，你是我的亲人，我是你忠诚的守卫啊！什么时候起，我们的黄金时代就结束了呢？

我的兄弟，你什么时候回来了？我还以为你死了呢。家里人告诉我说你因为见不到我自杀了。我知道你没那么容易死，就像我被病魔缠了几年，死神还是不肯收留我。我的兄弟，如今我也变得像你一样，只能用眼神与你交流，你看懂我的眼神了么？听到你的吼声，我只能稍微偏斜头来看你，我看到了你眼里的迷茫和无助，但我被他们抬着，我无法大声地说话，也无法完整地说一句话了，当然，你不知道我身上发生的事情，我也不知道你历经的艰难。但是，我的心里、梦里不曾缺少过你的身影啊。你是我人生中的一部分，就像我也化成了你一生熟悉的一股体味一般。在苍凉的时空里，什么时候开始，我们都同时老了呢？岁月年年更替，风水年年轮转，从我们的血脉深处传来的远古呼唤却从来不曾停息过，它日夜澎湃，也曾令我们的人生昂扬而充满激情，就像你无敌于狼子野心和狼心狗肺，即使你孤独迎战凶残的狼群，你也不曾怯懦半分。那一次在草滩上的激战中，三只狼在你手下惨死，其他的狼群在母狼的带领下，撇下一路哭声和哀号离去，只有一头小牛犊成了众狼填肚的食物，它们在回到原野的路上还得为那可怜的一点食物争吵乃至内讧呢。牛犊是趁着你与狼群搏斗时，一只狡猾的野狼趁机偷袭的，否则，它们难以得手。那次，你多处受伤，在帐篷门口养了一个月，我用草药包扎你累累的伤痕，每天给你喂精食使你渐渐恢复。我记得你卧在帐篷口，远望牦牛群翻过草丘时，眼里流露出的复杂表情，那是不甘，是英雄的寂寞，是幻想，也是憧憬呢。你用如雷的吼声对着天上的云朵吼叫，那些飘浮的云朵在头顶颤悠；那吼声是让那些豺狼听的，让它们明白你守着主人的畜群，让它们别抱丝毫幻想。每当我背回一捆矮柏的柴薪时，你的眼里就露出无限欢欣的样子，你使劲地摇摆浓黑的尾巴，有时伸出长舌嘀嘀嘀地说话。

我知道那时的你是寂寞的，你想表达的更多的东西，我们只能意会和神交，可是，我至今依然认为我俩是心心相通的，我们像情人像兄弟，或者，超过世间的任何情感。如果在牧场的生活中没有你的存在，我不知道我有多么寂寥，多么空虚。咱们相携着走过岁月的边陲。如同太阳和月亮，都是天地的朋友，都是爱的化身。我的兄弟，自从那次受伤之后，你便更加起劲地鼓荡起生命的活力，你总是跑在畜群身边守护它们，每当畜群吆回营地拴上足绳后，你又在浓黑的夜里寻觅各种腥臊气，警惕着一切来犯者的侵袭，一有风吹草动，你便围着营地转着圈跑动。在你的吼声里流泻出的是无所畏惧，是不老的英雄之气。你高大威猛的形象威风凛凛，你如铃铛般的黑眼里满是男子气，你的四足稳踏如雪山，你挺拔的英姿映在天镜中，许多人禁不住赞美你像雪狮像种牦牛，还有人说你是雪山护法神的化身呢。后来，我也干脆唤你为“岗森”。是的，你是雪山狮子，是草原的守护之神。从那以后，为了练就克敌的本领，练就一身强健的体魄，我时常看到你跳上石包，又快速转身从石包上冲下，有时像箭一般直线冲锋，有时像人一样腾跃跳高、猛扑、伏击。我终于又看到威风凛凛的你了，看见你这样，我的生活也变得活泼而有生气了。我的兄弟，你还记得太阳都升到半空中了，我还没有起床，没有把牲畜放牧出去的那一天吗？就是在那一天，我发现自己被恶魔缠上了，我的脑袋昏沉，想爬起身，想睁开眼睛，可是，像是有一股子恶魔的迷幻之药灌进了脑子，我怎么也无法起身。我听到你在门口吼叫，你是在唤我呀，我怎么会不知道？你最终还是无法放心，冲进帐篷里来，在我脸上闻嗅之后，用牙齿叼住我的衣袖使劲拽着，把我往外拉。你把我的衣口都撕破了，才把我拖到了门口。看着你焦躁的样子，我终于睁开眼睛咧开嘴巴笑了。你记得吗？见我这样，你露出不解的眼神：主人怎么了？他为什么要这样？你把舌头伸得老长，还在轰轰地喘着粗气呢。可是，你知道吗？兄弟，就是从那次起，我的身体开始慢慢地垮塌下来，就像一座山渐渐显出老朽之态。兄弟，你不知道，在家族里，我有着另外的更多忧伤呢。与你那次的伤痛离别之后——我知道那对于你也像人类中情人间的分别一样，也是痛入骨髓的，我再也未能回到牧场上了！你还是留了下来。那黑色的母獒也是多么美貌啊。在你们的种群中，它肯定是一个美人，不然，为什么那么多种獒都闻声追逐而来呢？我看得出它对你的深情，你也对它是多么倾心啊。可是，母獒与你亲密了半个月之后，最终还是伤心地离去了，它跑去时眼泪像那夏日缤纷的花朵撒落了一路。当看见它翻过草丘，再也看不见身影后，你也吼叫着像箭一般冲了出去。两天后，你一身憔悴地回来了，我看到了你眼里的深深落寞。兄弟，你把自己的爱人送到哪里去了？那些情敌都嘲笑你对主人的愚忠了吧？你与它们打架了吗？你的爱人是怀着你的儿子离开的吗？如果是那样，我真希望你“无情”地离去。我体会得到你的痛苦，体会得到你内心的伤痕。然而，太阳升起的早晨，月亮莹亮的夜晚，你依然又生机勃勃地守护畜群，你不曾忘记自己的职责。

我的兄弟，我真的不愿意去回忆后来的变故了。其实，人类和你们的先祖从亘古起一路相伴走来，大家是朋友，是兄弟，是超乎种群的伟大家族的共同成员。我真的不想说起后来出现在我们这一辈的裂痕。人类是罪魁祸首，是他们开始学会了抛弃学会了变节学会了无情，他们无视家庭另一些成员的存在而首先开始了遗忘。那一天，家里出现第一次的争执，虽然没有提到你，但我已经感到他们开始把我们亲密的生活瓦解、撕裂了。我的儿子竟然说，在秃山上想待你就自己去吧，我可不想。秃山——它是指雪山围护的茂盛的绿草地啊。当时，我真想掴他一耳光，让那嘶呤呤的回声在屋子里久久回响。一屋的人都开始学会见风倒了。村庄里突然刮起的这股风令我手足无措。当然，这不是首先在我们家出现的。是退休干部阿珠第一个把家里的牲口全部卖给牛贩子，也是他第一个买了一辆带货厢的车子送人拉货，之后，许多年轻人学着他将牧场上的牲畜卖了。把牲畜卖掉便意味着我们成了纯粹的农人，成为农人却没有太多的农田可以经营，那他们想要怎样呢？做生意？想想可以，会做吗？有钱吗？你要到哪里去找副业挣钱？年轻人真是头脑简单，完全依着自己的性子来，我知道年轻人都爱热闹，他们耐不住深山草地上的孤寂，这倒不怪他们，人都有年轻的时候，都喜欢有女孩子的地方。可是，怎么能把畜群全都倒卖了呢？我对儿子说："如果你把畜群卖了，这个家的央（福运）就会流走，家族就开始走下坡路了。"兄弟，你想不出他会说出怎样的话，要把我气死了："央，啊嘀，央是个什么东西？你拿来给我们看看。"啊，真是世道变了，天地都在晕眩，他竟然嘲笑起"央"来了。他们什么时候变得啥都不信、啥都怀疑呢？兄弟，从那以后，我的心感到疼痛，心里开始有阴影了。但是，只要我活着一天，尽管他们说我古板、落后、死老脑筋，他们都不敢动我们的畜群，就算他们再也不上牧场，我都不会把牧场抛弃。兄弟，我说不出太多的深刻道理，但我觉得一旦整个村庄和河谷都放弃了牧场，把所有的畜群卖光，那么整个河谷就会成为一个最为贫瘠的农区，却又不伦不类。这里从格萨尔时代起地产不丰，啥都有一点，又都不丰裕，传说这是因为格萨尔王分配财宝时这里的神山落伍了，待要分尽了才赶拢，他只分到了一些残渣余食，就此造成了这样不丰不裕的境况。更重要的是，如果把牧场了断，我总感到那无疑像是把藏人的另一只手臂砍断，另一只血脉生生地断流了。而这些年轻人要凭着冲动，只顾自己的玩乐，把祖宗的传统都要丢弃了。我想象不出，整个河谷全没有了畜群，家家在底楼畜圈里养几头温和的黄牛，它们奶子打出的酥油就连每个家里老人用的都不够啊，全河谷没有酥油了，不知道他们吃什么？儿子振振有词地说："酥油可以买呀，况且黄油很便宜，何必死守着牧场？"他们指的是内地从机器里整出来的油脂，全没有酥油的味道，我可喝不下去用它打出的酥油茶，许多老人喝了也发呕呢，点酥油灯倒还不错。儿子还说："你喝不下去，我们喝就是，给你买牧场的酥油就行了。"话说得真好听，如果到了非喝不可的地步，我又能怎么样？那不过是诓小孩子的圈套罢了。如果全藏人都像他们把畜群卖掉，那我倒要看看他们到哪里去买酥油？从那以后，儿子便坚决不上牧场了，我知道他是在暗暗地与我较着劲，他是想看到我最终妥协的一天。你休想吧，除非我死了！可是，兄弟，我的身体一年不如一年了，你还记得我有一天对你手语的时候么？病魔把我的舌头捆缚了，我竟然说不出话来了。多么可悲可怜！我知道自己血压高，在高山牧场上是暗藏着某种危险的，但是，我没有想到它来得这样快这样的突然，袭击得我毫无防备。兄弟，我看到你眼中的疑惑和不安，当我再次拿起石头吆喝你时，你终于明白了我的意思，你把邻居的牧户找来了。我聪慧的兄弟，我知道你是充满灵性的，你是有办法的，但我没想到你很快就把他们找来了，你用了啥办法，让他们明白我的处境呢？我不得不离开牧场骑马下山啊！你想跟我走，但我还是把你留了下来。你得保卫畜群呀。对于我的病，我没有太挂在心上，我想自己不会有大碍的，然而，现实不是这样，病魔把我的舌头麻醉把我弄哑之后，接着把我的手臂也弄麻木了，继而整个身子都无法动弹。兄弟，我成一个废人了。可是，我的脑子是清醒的，是亮着光的，甚至比以前更加透亮，心知肚明，而我却无法说话了，连嗯嗯哼哼的话都说不清楚。兄弟，你一定想到后来必然发生的事情了：

仿佛我说不了话，似乎恰巧扫除了儿子眼前的所有障碍呢，他把牧场解散，把所有的畜群都卖了，连几头犏奶牛都没有留下！当从他们的眼神和嘴里知道这事后，我举起灶口的火钳砸向儿子，儿子眼疾手快，把火钳从我手中轻松地夺走了。我嗯嗯嗡嗡含糊叫着，再次扑向他，儿子起身离开了。我的泪水从眼里倾泻而出，一度，我还昏死过去。当醒来时，我知道一切都已经无可挽回。我不知道当我像一个死人躺在屋里的时候，河谷中有多少人家已把牧场终结了。我的兄弟，这意味着我们的后代将成为地道的农人了，守着几亩薄地过日子了，他们也不需要坐骑了，马匹也要从他们的生活里远去了，而你，我的兄弟，你这雪山狮子，你离开了雪山草原，放下尊严来到河谷后，你又与一只绵羊有啥区别呢？你必定遭人嫌弃被人欺侮啊！离开雪山草地，我过不了围着一座房子生活的日子呀！我们的天性是自由无羁的，我们需要驰骋展翅，都喜欢流动迁徙——哪怕是动荡不安的生活也比这样的生活强啊！更可气的是，那些往山外跑的活佛，回来时怀里抱着猫一样大小的小白狗，还不知羞耻地说是某某老板送的，把那小狗当作儿子似的宝贝，他们走到哪儿带到哪儿，还喜欢整天抱在怀里，用母性的眼光爱怜地看着，用手指细心捋顺毛发。他们也学会背弃了，他们也不再爱藏獒了。兄弟，这是什么样的“新时代”啊？

今天，他们再次抬着我去县城治疗。我从他们的神情看出：他们恨不得我早死呢。惟有你，我的兄弟，你的眼神里满是真切的爱和担心。兄弟，你自己保重啊！

我再也没有看见我主人的身影了。为了等他回来，我沿着他们离去的路来回跑了无数次，我用嗅觉用心捕捉主人身上散发出的熟悉气息，可是，随着时光流逝，有关他的气味越来越淡，最终完全消散在空气中了。我不知道主人去了哪里。村里的人一定看见过我鼓荡全部的英雄老迈之气，在村子周围的路上来回地跑呀跑呀，有时嘴里忍不住吼出一声声愤懑之音。不过，对他们来讲，这也是我留给他们的最后身影吧？从此以后，藏獒种群会在此绝迹吧？天空低沉，白云无情地张开了嘲笑的嘴巴。来吧，一切该怎么结束就怎么结束吧！这个正在来临的世界已经不再是我们的世界了。有一天，我躺在主人藏房前的核桃树下，看见许多人走到主人屋里去了，然后，又来了很多僧人，不久，从屋里传来念经声。那几天，主人屋里来往的人没有断过，我先前还以为主人病重为他祈福祛灾，我也在心底用心为他祈祷，可是，从后来的情形看，主人可能已经走了，他们似乎是在为他操办后事，但我不愿意相信这个事实。我在寒流袭扰的梦里见到主人后禁不住哭泣着跑在他的身边。当我在梦里真实地哭泣着时，瘦弱的肚子上早已狠狠地挨上了一脚，身子也不由自主地飞了出去，然后落在一堆青杠柴上，令我疼痛得咬紧了嘴巴。啊，这一脚把我从梦中一下子带到了可恶的现实里来了。少主人又跟了过来，嘴里狠狠地诅咒着我。我只得忍着疼痛跛着腿跑开，从少主人手中打来的石头尖啸着擦着我的头皮和身子飞去。啊，难道我为主人哭泣都不行吗？这是什么世道？难道老了没有多大用处了就不顾年轻时的功劳可以被无情地抛弃吗？我在野地一棵枯干的老树下，睡了一觉，第二天才斗胆回到主人院子。为什么少主人深夜就跑出来打我呢？而且是在我哭泣的时候？我终于想明白了：他们是嫌我的哭声不吉利呢。人类真是可笑，他们虽然自认高等，但是喜欢不分青红皂白地下断语，我在梦里为主人真实地哭泣与那无缘的哭泣是全然不同的。是的，我们能够敏锐地捕风捉影，对于死神的敏感，我们强过人类。我们能够看见死神来临的身影，所以有时会给主人或村寨传达死亡的讯息，而人类却并不领情，他们往往要打我们，甚至不顾死活呢。当我趁着夜色再度回到院子时，天上星光下，在村寨上空，我看见了主人的魂灵像一阵风一样离去了。我仰天哭泣起来，主人似乎听到了我的哭声，他像一片云彩似的落到我身上，我还感受到他右手的抚摸了。主人，你的眼神依然对我充满了爱的光芒，可是却这样宁静而安详，似乎你早已超脱了，无病无痛。主人，为何你的身影连一点重量都没有呢？你真的要远去了吗？天空传来了空灵的声音，你又从我身上飞升起来。主人啊，你要到哪里，你带上我好吗？一颗流星穿过村庄上空消失在远处，我的主人向着流星陨落的地方飘袅而去。主人，为何你不言不语，难道你真的已经死了吗？我再一次昏沉过去。不知道我在村庄里毫无生趣地生活了多久，我看见主人屋里的客人都早已走了，主人的屋子变得冷清起来。我还是守护在核桃树下，夜夜做着与主人在一起的梦。我也老了，身子骨感到浸髓的寒冷，身上的病痛也越来越多。我还时常听到少主人与媳妇间的吵闹声，少主人痛打媳妇，儿女吼天喝地围着他们在哭。主人，你走了，这个家里慈爱的氛围已经消失了。我只是感到一种深沉的隔阂，还有仇恨！少主人骂媳妇是个把生殖器拿在手掌里的烂人，吼着让她滚出家，去与野男人媾和生私生子，去当一个荡妇。主人，为什么少主人有那样大的狂暴之气呢？女人只是哭，然后向少主人讨饶。难道少主人与你在牧场时，少主人的女人成了村里男人的情妇吗？为何你一离世，家里再也没有安宁了？主人，我是真切地老朽了，内心也绝望了。趁着我的绝望和衰弱，狼群开始走到村边袭击家畜了。有一次，两只狼竟然跑到村口猛地按住了一头猪，一前一后生生把它撕裂了；另一次，一头小牛犊在河边的田地，两只狼看见了，渡河而来，上岸后左冲后突地袭击它，幸而一头耕牛见了扬着角儿追打，当几个大人看见时也又呼又闹，它们这才渡河离去；村里的老人去采摘嫩叶时，她们总在河岸听见猪崽被狼伏击后吱吱的惨叫声，后来，白格村竟然到了老人们在村子周围轮流去放牛的地步了。这时候，他们就又想到了我们，议论起我们来。当我在村里缓然走动时，他们给我投来的眼光里充满了各种复杂的心情。我知道他们已经意识到某种东西不可挽回地流失了，像水，像风一样。而这种流失与村庄的气运、风水有关，与人类和人类的朋友相关。我已经老了，我是个孤独的老狗，没亲没故，没有后代，也没有家园。我真想用人类的语言对他们说："你们放出活佛们的袖珍狗，放出那些胆小的看家狗，让它们去与狼群搏斗吧。"有一次，当我看见两只狼游河而来时，我猛地从已废弃的打场外的陡坡上冲下，不料，腿脚不灵，我连栽了几个跟头，把那老骨头差点丢散在那儿了。当我瘸着腿来到河岸时，两只狼早已到了对岸，它俩从河岸发出嘲弄的尖叫声，然后才悻悻离开。我咬紧牙，把这份屈辱不甘地吞进肚子里。

这一天，我在村口的瓦房外懒懒地晒着太阳。阳光的暖流像血液一般灌注到我的身上，我做起温暖的梦来。在梦里，我又看见了雪山，看见了鲜花盛开的广阔草原，看见了主人的帐篷，帐篷里炊烟袅绕而上，升到太阳里去了。那些高大的畜群那些生生不息的小犊子哟，像珍珠一般撒满草原，我像雪山狮子一样跟在畜群身后，不时跑前跃后地围护，跟着我的是我那漂亮的爱人啊，我们的后代——数只小獒在帐篷边跑来颠去嬉戏。这时，天空中似乎突然飘来一片阴云，同时，我闻到了一股火药味。在一声惊天的爆炸声里，我的身体被抛到了半空中，当我飘落到地面时，后腿感到了钻心的火辣辣的疼痛。我看见医生的儿子拍着手欢喜地叫道："炸到了炸到了，我把它的腿炸飞了。"我起身跑动时，左后腿塌了下去，回头一看，左腿已经从我身上消失了。我的眼里突然涌起了孤独而绝望的泪水。那儿子跑去拾起我的左腿，血肉模糊的它可怜地躺在暗蓝的木门口呢。我猛然冲过去，在那儿子的腿上狠狠地咬了一牙，啊，我的牙并不老残，它尖锐地刺进了血肉里，我感到温暖的血水涌满了我的嘴巴，我将牙齿拔出，再一次把锋利的牙齿嵌进另一只腿里，血水又汹涌地灌注到我的喉咙里来了。当我把牙齿咬向医生儿子娇嫩的手上时，他把我的左腿丢在地上，哭叫声冲天而起。面对嫩骨薄肉，我突然清醒过来。这时，人们大呼小叫地跑来，医生还端着一杆枪出现在门口。那以后的情景像一个混乱的梦不甚清晰。我叼着那来自我身上的腿脚，用三只腿跑呀跑呀，一直到把追赶我的人们抛下，还不泄气地跑下去。我要跑回到雪山的怀抱，跑到草原的帐篷里，那里才是我的家，也是我最后的归宿。当我从山岗眺望到美丽的草原时，我的眼泪哗哗哗地淌了下来。

啊，这是我久违了的家园故国，是我梦想驰骋的天国啦。我穿过空中交织闪耀的蓝色波纹——医生是个权势极大之人，他一定以我必然传播狂犬病为由而对我开始围捕和追杀了吧，那些蓝色的波光不就是他们之间往复交流的信息——我颠簸着下了山岗后，便向着像莲花般盛开的雪峰跑去……